文芸社セレクション

地の光

原田 弘子

HARADA Hiroko

文芸社

地の光

「天照よ、よもやの事にて、笑うて笑えぬに夢をば作ってしもうた。早速にて物珍しきとぞ、笑うも良し、笑わぬもよし。兎にも角にもぞ、見て見て笑え。心の儘によ」

「何と、作ったと言われましたか」

「作ったも作ったぞ。天にいて、ひっくり返って笑うたとて、真逆のぞ、失敗したからとて、笑うて笑うて引っくり返るに我れも又よ、事情とはいえ、今又帰るに笑うてしまうに、何と何と天照よ、急ごうぞ。猿めが今だ、逃げたか。去って行ったとなると、何とのう天照よ、彼奴の名は何と何とぞ、逃げたとあらば去るじゃ。真逆の去るよ。余りの可笑しさに、此れは此れはと、一早くに我れにこそ知らせねばと、我れとした事がぞ、行くぞ天照よ」

　果たして天空の神は、あっと云う間に消え去っていた。

　果たして天照も又、一瞬にして後を追うべく消えていた。

「父よ」

「父とな」

「父よ、真逆のご立派じゃ」

「真逆のとか。父とは誰の事じゃ」

「誰も何も、天の声が四方《よも》やのこの時とばかりに、物申すとぞ、宛《さなが》らの天の声よ」

「父とあらば、父として問おうぞ」

「有難き事よ」

「単純にぞ、我れはこの天照の子じゃ」

「何とのう、益々に有難きじゃ」

「有難きと在らば、有難きよ」

「実に何やら騒しきぞ」

「実に何やらよ」

「何とのう」

「名は何と云うぞ」

「名は有って無しよ」

「無しとか、それは良かった」

天照は高天原を見渡した。

「天照よ、よう来た」

天照は更に感動していた。

「御神よ、何処におられます」

「此処におるぞ」

天照は空《くう》の中で天を仰いだ。

「見えませぬ」

尚も天照は天を見据えていた。

「見えて尚見えん。宇宙よ」

「そうではありまするが、先程にては見えておりました」

天照は更に天を見渡していた。

「見えたと在らば大したものよ」

天照は、一瞬我れに返った。

「そうでございました。我らは全て御神の腹の中じゃ。そうでございました。大層な話を聞き、気が動転致しておりました」

「天の長《おさ》が動転とか」

天照は益々に天を仰いでいた。

「その様に、見えて尚見えぬに御神が、どの様にして小さき物体をお創りになりました」

「其処じゃ。我れとした事が余りに小さき故、何処ぞを一つ間違えて創ってしもうた。まずは見てみよ」

「何処におりまするか」

天照は天空を見据えた。

「其方の足元じゃ」

天照は驚き、足元に目をやった。

「此れは此れは、面白い形をしております。跳び跳ねておりまするぞ」

天照は、物体を手の平に乗せてみた。物体は天照の手の平で跳び回りながら奇声を上げていた。

「其処じゃ。二つの足でしっかりと歩かせ、急ぐに走らせ、知恵があり、国造りをするに力の有る人を創る積りであったが、しっかりした足どころか、手まで使うて跳び跳ねよる。どれが足やら手やら解らん様に出来てしもうた。それでも知恵が有れば何とかなる物を、知恵が又足りん。物を持たせて見たが力がない。一寸油断するとあっちへ逃げこっちへ逃げ、キャッキャッキャッキャッと音を出して誠に喧しい。其処でじゃ、此奴に名を付けた。あっちに跳びこっちに跳びして去っていく故、猿と名付けた。此奴は猿じゃ」

「去っていく故猿でございまするか。此れは面白い。そうでございまするか。此れに似た物を創ろうとなさいましたか」

天照は、可笑しさを堪えながら猿を見入っていた。

「その通りじゃ。細かく細かく創るに、どうも我れの様に大きな者では創りづろうてならん。さればじゃ、天照よ、天の神々で知恵を出し合うてしっかりした物を創ってみよ」

「此れは有難い事、創らせて頂けまするか。初めから創れと仰るなら我れとて困った事になったと思いましょうが、此処まで出来ていますれば少々何処ぞを扱うて、何処が間違いであったか調べて見ましょう。連れ帰りまして宜しゅうございましょうや」

天照の心は既に天に向っていた。

「その為に呼んだ。しっかりした物が出来たなら、我れに言わずとも即座に地に下ろせ。所で天照よ、子孫を創るには、神々に男と女《おなご》がある様に人とて二人創り、子が出来る様確たるに創れぞ。一つとて間違いがあってはならん。間違いがあって息を入れたなら大変な事になる。息を入れる以上人は人ぞ。間違いの儘天で遊ぶぞ」

「天で遊ぶですか」

天照は、一瞬天と地を忘れていた。

「物体は飛ぶ事も出来まするか」

「人とて神ぞ。飛んで当然。物体である限り飛ぶ事もなかろうが、物体が朽ちた時、其処に入っていた光は神その物ぞ。其方の子ぞ」

「何と、我が子ですか」

「当然」

天照は唖然としていた。

「猿めは御神のお子でありましょうや」

「我が子なれば知恵があろうに」

「成る程、光と云えどもですか」

「臨機応変」

「成る程成る程、臨機応変ですか。臨機応変をもってならぬ様確かな物を創ってご覧に入れましょうぞ」

天照の心に再び天と地が蘇ってきた。更には直ぐにも天に帰りたく、笑いを堪えながらも猿を見る時、今までにない安らぎを持って見ていた。臨機応変……と。

「天照よ、猿めも一緒に地に下ろすがいい。人共が何とかかんとか育てるであろう。育たずに息絶えたなら地は地で又何ぞ考えようぞ。知恵を出し合うて地を作るも楽しみな事じゃ。早速連れ帰り、皆で知恵を出し合い完璧な物を作り上げ、地へ下ろしたなら後は地の者共に任せればよい。口出しする事もなし。天より見て楽しむ事じゃ。但し、創った以上責任がない訳ではない。人に間違いあらば地の者共が育てゆくに力を借してやる事ぞ。間違いのない人とする為に天照よ、地球を守るに長として我れ自身創る事ぞ。天の長として天をも作れぞ」

天照は、一瞬自分を見ていた。

「御神、人が仕上がりますに名は何としましょうや」

「天が作る以上、地が育てる以上、天地一切の長として其方に任すぞ」

「それは又有難き事。所で御神、この猿めどの様にして連れましょうや」

「どの様にとか。其方の腹の中に入れて参れ。どう跳び跳ねようと腹の中では出ようもない」

天照は既に猿を抱え込んでいた。

「そうでございました。されば御神、早速に連れ戻り、しっかりとした物を創って参りましょう。天の者共が小踊りして喜びましょうぞ。真逆の真逆、この様な物が作られておろうなど誰が考えましょう。特に素盞嗚《すさのう》などはどうなります事やら。それこそ飛び回って猿の如きとなりましょうぞ」

天照は、自分自身飛び回らんばかりであった。

天照は、何事もなかった様に天に下り立った。天照の帰りを待ち侘びていた天の神々は、思い思いに近付いてきた。

「貴方様よ、御神には何用でございました」

天照の妻速開津姫《はやあきつひめ》は、夫としての長を静かに出迎えていた。

「そうじゃそうじゃ、父よ、何用でござった」

素盞嗚命であった。素盞嗚命は目を輝かせながら天照に迫った。

「それにしても父よ、早いお帰りで」

神々もそうそうと言わんばかりであった。

天照は、笑いを必死で堪えながら天の神々の中へと進んでいった。

「面白い物を貰うてきた。さればじゃ、今出す故、近寄って面白き物が逃げん様にしてくれぞ」

今正に天照は、自分自身笑い転げんばかりであった。

「逃げると言われましたか。此れは奇怪な。逃げる者など我れら以外におりましたか」

金山彦命《かなやまひこのみこと》であった。

「それが何と居たのじゃ」

天照は更に笑いを堪えた。

「一つ言うておく。この者を出すに一瞬見て笑い転げるに違いない。其処でじゃ、笑い声が地に届いては拙い。地の者共が何事かと上ってきては困る。まずは内緒じゃ。突如見せて驚かしてやりたい。その驚く姿を見たいと思うなら、笑いたきをぐっと堪えて笑わぬ事じゃ」

天照は、今にも笑いが張り裂けんばかりであった。

「それは困ったのう。誰よりも我れは笑い上戸じゃ。笑うなと言われると尚更に笑うてしまう」

「ならば抑自《そもじ》は見るな。見ずとも後で儂が詳しゅうに教えてやる」

金山彦命に対し天宇津目命《あめのうずめのみこと》が釘を差した。

「此れは宇津目よ、又聞きでは折角笑えるもんが笑えん様になってしまう。後から見たでは此れも又面白うない」

金山彦命は天照をしげしげと見ていた。

「ならば笑い上戸を袖の下にでも隠しとく事じゃ。大声で笑われて地に聞こえたでは元も子もない。折角の父のお考えが無となる」

天宇津目命にとって金山彦命は、天に於いての心からの友であり、兄弟であった。

「ならば斯うしよう。のう宇津目よ、其方の後ろからそっと覗こうではないか」

「二人とも何を言うておる。目の前で見ようと覗いて見ようと見るに変りはない。しっかり見て、笑いそうになったなら御神を思い出す事ぞ。笑いが引っ込む」

天照も又既に笑いが引っ込んでいた。

「されば出すぞ。我れの腹の中におる。ほれ猿よ出てみよ」

天照は、隠し持っていた猿を神々の前に差し出した。

猿が飛び出した瞬間神々は目を見張り、笑うどころか夢かとばかりに顔を見合わせながら猿を見入っていた。

「父よ、何者です。それにしても小さい。ピョンピョン跳ねて、ギャーギャーと苛付いておりまするぞ」

天宇津目命は目を見開いていた。

「猿と言われましたか」

「御神が言われるに、ギャーギャーと言いながら、あっちに逃げこちらに逃げ、去っていくからと猿としたそうじゃ」

神々は顔を見合わせ、遂には吹き出してしまった。

「此れは堪らん、此れは堪らん」

笑い上戸の金山彦命は七転八倒し、その音は地に轟き、地の神々は何事かと固唾を呑んでいた。

地球上では猿田《さるた》彦命《ひこのみこと》が地の神々と共に天を見上げていた。

「何事であろうか。あれ程の騒ぎ、尋常ではない。妻よ、上《のぼ》ってみるか」

地球を守る為に、天照の子として地の神として長となり、地上を自然界として作ってきた猿田彦命にとって、天は正に常に気になる存在であった。今も又音の何かを知りたく一瞬飛び出さんばかりであった。

「貴方様よ、天からのお声がない限り上っていってはならぬと言われておりまするぞ。只々何事であろうと云うだけで、お声も掛からずに上っていけば、それこそ何事やと押し返えされまするぞ。そうなると自分だけが何も知らずに知らされずに、どうしてであろうと溜息をついて悩まねばなりませぬ。のう貴方様よ、上からのお声が掛からない限り、何事が起こっていようと気にせずに地の事だけを考えて行きましょうぞ」

猿田彦命の妻 筆鈴白姫《ふでのすずしろひめ》は常に明るく、夫をそして地の神々を支えながら女としての務めを果たしていた。

「それはそうじゃがあの音じゃ。気になってならん」

「気にはなりましょうが、地とて大きな音を立てて地を動かしておるではありませぬか。天とて地の音を聞いておりましょう。それでも何も言わずに我慢しておられる」

「それは違うぞ妻よ、此方から天は見えぬが、天から地は丸見えぞ。我慢どころか面白可笑しく笑うて見ておる」

猿田彦命の目が天に向って今にも飛び出さんばかりであった。

「そうでございました。何時ぞや天に上った時に、誠隅々まで地が見えておりました。貴方様よ、天は天、色々ありましょう。何か有れば上ってこいとご命令がありましょう。無い限りはじっと我慢なさりませ。それはそうと貴方様、不動共が申しておりました。聖天《せいてん》竜王《りゅうおう》が観音という光の玉を持っているそうにございます。その観音という玉が何時の間にやら粉々に割れて大変な事をしてしもうたと狼狽えておりました。丁度いい具合いに、どうしても上の音が気になりますなら、観音の玉の事を聞き出す名目で天を呼び出されませ。それで序に、先程の音は何でしょうとお聞きになればいいでしょう」

筆鈴白姫は常に夫を見ていた。

「それは良《よ》い考えじゃ。ならば呼んでみよう」

猿田彦命は天を仰ぎ、そして叫んだ。

「父よ、答えて下され。父よ、大変な事になりました。父よ」

猿田彦命の心は天に向けて飛び立たんばかりであった。

「兄者よ、何用じゃ。どうなされた」

素盞嗚命であった。素盞嗚命も又地を常に気にしていた。地からの呼びかけは素盞嗚命にとっての心からの喜びであった。

「聞きたき事がある」

「どの様な事を」

「聖天竜王が持参した観音という玉が粉々に割れてしもうたそうじゃ。どうすれば良かろうかのう。それに又、観音とは何であろうか」

「観音とか。さてのう。兄者よ、父に聞け」

猿田彦命は、しめしめと言わんばかりに北叟笑んだ。地の神々も又天の返事を待った。

「猿田彦よ、観音の玉が割れたとな。割れた玉は拾い集め、聖天竜王に持たせておけ。観音が何であろうと時がくるに解る事ぞ」

「解りました。所で父よ、天で何事か有りましたや」

猿田彦命は北叟笑みながら聞き耳を立てた。

「有って無しよ」

「有って無しとか」

猿田彦命にとっての自然であった。

「妻よ、観音の欠片を持ってこい。全てじゃ、観音の事はその内解ろう」

猿田彦命にとって天は正に笑いの園として写っていた。

「ならば聖天竜王に持って来させましょう」

筆鈴白姫にとって天への助言は常に臨機応変であった。常に自然であり、地の母として光り輝いていた。


「竜王よ、観音の玉はどうしたぞ」

「割れたのではもうどうにもなるまいと、あの広き海に全て投げ捨てました」

「何と云う事を。其方は大変な事をしたぞ。天よりの声を聞いたであろう。あの玉は全て拾い集めて其方自身が持っておけと、そう言われたではないか」

「失態失態、我れとした事が、割れたからには要らぬわと捨ててしもうた。粉々となった物をどう持ちますや」

「持てと言われるからには持てるわ。それよりもぞ、どうやって拾うぞ」

聖天竜王は、此処ぞとばかりに胸を張り、猿田彦命の前に立ちはだかった。

「誠に簡単、不動共の力を借り、地を動かし、この水が向こう側へ流れましたら即座に拾い集め、地を又戻せば良《よ》いのです」

「それ程の大層な事が出来ると思うてか」

猿田彦命はしげしげと聖天竜王を眺めながら、自分に出来ぬ事がと信じられぬに思いであった。

「父よ、何もご存じないか。我れはその力を貰うてござる。我れの体はこの地に巻き付き、巻き付いた体に不動共が取り巻き、一瞬にして地は右に左に動きまするぞ。やって見せましょう」

聖天竜王は得意万面であった。

「不動共よ、集まってくれや。我れは今から全身の力を込めてこの地に巻き付く。其方方は儂の体を押して、この前の水が一里程向こうの方向に行くまでこの地を動かしてくれ。されば父よ、母よ、即座に観音の全てを拾い集めて下され。集め終えたなら声を掛けて下され。即座に水は返り、元どうりとなりましょう。されば巻き付くぞ」

聖天竜王は、あっと云う間に長い長い光となって地に巻き付き、不動たちはそれぞれに四股を踏み、竜王の体を満身の力を込めてヤッとばかりに掛け声をかけた。水は瞬間に一里向こうへ流れ去り、即座に猿田彦命と筆鈴白姫は観音を拾い集めていった。

「良し、いいぞ」

猿田彦命の合図と共に不動の力が緩み、水は瞬間に元の位置に戻ってきた。

「やれやれぞ。不動よ、誠に頼もしきぞ。誠に地は安泰じゃ。それにしても竜王はこの地の星を抱え込むなど、天が見て今頃は笑いも止まっていようぞ。のう妻よ」

「天の事です。止まるどころか、余りの事に大笑いされておりましょう。あれ程の事は滅多に覗ける物ではない」

その時、聖天竜王が意気揚々と現われた。

「竜王よ、ご苦労であった。真逆の真逆、彼処までとはのう。竜王よ、地の星は正に安泰ぞ。何と頼もしい。地は地でしっかりとぞ。天など有って無しじゃ。のう妻よ」

「天有っての地。只、気にする事もなし」

「地有っての天でもある。のう竜王よ」

猿田彦命は、今正に有頂天であった。

「その通り。父の言われる通りじゃ。この地の星なく天は笑えぬ。全てを見て取って笑うておるのじゃ。天有っての地など、母よ、正に気にせぬ事じゃ」

「竜王よ、観音は有って無しぞ。気にする事もなし、自然よ」

「大事と云うて有って無しとか」

「有って無しよ」

「竜王よ、負けよ。女《おなご》は強しじゃ、勝てる訳がない。退散じゃ。逃げるが勝ちよ」

猿田彦命の中に一つの大きな力が生まれた。

「誠じゃ、逃げるが勝ちじゃ。のう母よ」

「逃げる事もなし、我れが逃げるぞ」

筆鈴白姫は身を翻《ひるがえ》し猿田彦命を追った。


「所で父よ、金剛力が今一つ観音を持っておりまするぞ」

「何と、金剛力はその観音の玉をどの様にして持っておる」

「懐《ふところ》に入れておりまする」

「其方はどの様にして持っておった」

猿田彦命は、観音の何かを知らずとも、如何にも大事であるし、それだけに観音の玉の管理は気にして当然であった。

聖天竜王は、既に拾い集めた観音の玉を自分の中に仕舞い込んでいた。

「我が口は誠に深うございます故、口の奥に入れて置きましたが、地を動かす時についつい力が入りまして、口から飛び出してしまいました。されば、父や母にご迷惑をかけた次第です。これからは如何なる場合、今回の様な失態は致しませぬ。大事な大事な玉じゃ。大事な玉と云うて何でしょうな」

「大事は大事、放っておけ」

猿田彦命の心は既に決まっていた。天は天と。地は地、臨機応変だと。

「父よ、我れがそっと見て参りましょうや」

「否々、天は天よ。大方笑い上戸の金山彦が笑いが過ぎて七転八倒したのであろうぞ。放っておけ」

「そうに違いありますまい」

　猿田彦命にとって天は正に笑いの園であった。


天では、地の騒動を興味深く見ていた。

「何をする積りでしょうな。不動までもが集合しておる。竜王め、何と何と、何と何と、何々、地に巻き付いておりまするぞ。ほう何とのう、良うも良うもじゃ。成る程成る程、何とのう」

　素戔嗚命は、自然の儘に自分を出していた。

「それにしても凄い。一里は、否二里は動いたか。否々、この分だと三里は行くのう。父よ、竜王にしては凄いぞ。何をしているかは知らんが、この様な時にこそ呼んで欲しいものよ」

　金山彦命も又、自分の思をこの際にとばかりに出していた。

「何とそうぞ、こう云う時にこそじゃ。のう父よ」

「何を見ておる。あれ程の者が居《お》るのじゃ。天は見て楽しみ、地の星に足りない物を与えていくに役目ぞ。地とてそれを知っておればこそ自分の力で動いておる。それにしても大したもんじゃ。何とそうか。観音の玉よ。先程にて言うておった観音の玉じゃ。割れたからとて海へ捨てたか。拾い集めるにあの様に大騒動をしておるのじゃ。何と頼もしきぞ。素盞鳴よ、金山彦よ、天にて役目を忘れてならずぞ」

「忘れてはおりませぬぞ父よ、言うてみただけよ。あれ程の事じゃ、言うてみたくもなろうと云うものよ。のう素盞鳴様よ」

「何とのう、儂は本気ぞ」

「本気本気、本気じゃが言うてみただけよ。そう云う事ぞ、素盞鳴様よ」

「本気本気と、本気であって言うてみただけか。本気で言うてどうする。言うたからには本気よ」

「ならば言いましょうか。本気の冗談よ」

「儂もよ」

「何と引き上げるぞ。竜王をみよ、気が抜けておる。何と情ない」

「あれだけの事をしたのじゃ、抜けて当然」

「当然とか、宇津目よ。地の星の一つや二つぞ。のう素盞鳴様よ」

「一つや二つとか。二つは要らぬ」

「本気の冗談よ」

「冗談冗談とか」

「何と父よ、竜王めが大声出して何やら言うておりまするぞ」

「何じゃと、大声を出しておるとか」

素盞鳴命と金山彦命は常に遊びをもって生きていた。その遊びを常に見詰めながら、それでも尚天宇津目命は自分の中の遊びとして二人と本気をもって接していた。常に本気の冗談が飛び交っていた。天照も又その中に入り込みながら一途に和んでいた。今も又本気の冗談が天を包み込んでいた。

「何と父よ、地の父が逃げ出しましたぞ。何々、母もじゃ。父よどうなさる。竜王め、この我れが此処へ引き連れますや。此れは可笑しい。父も母も笑い転げておる。何とのう、流石に地の父、下したか。勝てる訳がないわのう」

「だから放っておけじゃ。地は地。天は天」

「そう云う事じゃ、のう素盞鳴様よ。のう金山彦よ。天は天。猿々じゃ」

「そうぞ猿じゃ」

「正にじゃ、猿々じゃ。当分猿に翻弄される」

「そう云う事よ。此れから先は冗談は無しよ」

「誠じゃ」

「冗談なくして天でもない。のう素盞鳴様よ」

「誠じゃ」

「金山彦よ、本気の冗談よ」

「何とぞ、臨機応変とか」

「基本よ」

「誠じゃ」

「父よ、猿じゃ猿じゃ」

心の儘に天の神々の心は宇宙に向っていった。

「さて始めるぞ。急ぐ急ぐと云うて何ぞ。素盞鳴よ、金山彦よ、気を引き締めよ」

「何と父よ、臨機応変。何時でも引き締めておる。のう素盞鳴様よ」

「臨機応変、その通りよ」

「ならば良し、始めようぞ」

天照は再び猿を天の神々の前に出した。

「この猿はじゃ、御神が人と云う物を作ろうとなされて失敗されたと云う事じゃ。この様な小さき物をあれ程に大きなお方が良くぞ作られたものじゃ。この物を見てじゃ、何処が間違うておるかじゃ。御神が言われるには、この二本の足でしっかりと歩いたり走ったりさせたいと仰る。所がじゃ、この猿めは跳ねてばかりで歩く事をせぬ。どうも御神のお考えとは違うらしい。それにもう一つ、物を思う力じゃ。それに欠けるらしい。只キャッキャッキャと騒ぐ、この通りによ。御神のお考えの中に、我らと同じ様に話が出来る物にしたいと仰る。其処でじゃ、何処が悪いかしっかりと調べた上で完璧な物にせよと、そう云う事じゃ。完璧と云うても、どう云う物が完璧なのか誠に解らんが、兎に角じゃ、作ってみようぞ。知恵を出し合うて出来上がったなら、それこそ音立てて猿田彦を驚かせてやろうぞ。御神が仰るには、神とて男と女がある様に、その男と女の子孫が出来る様に上手に作れと仰る。一つ間違うても猿と同じ事じゃと。夫々に先ずは形を考えようではないか」

天照は、天の神々の一人一人に目を向けていた。神々も又心を一つにして聞き入っていた。

「父よ、形としては此れと同じ様な物でよいのではございますまいか。後はもう少しシャキッとさせねば。腰の萎えを直し、ふらふらとする手をカチッとし、このふわふわとした体が気に入りませんな。此れを取りましょう。すっきりと致しましょうぞ」

「その様に考えるか。宇津目にして表面を見た上での考えじゃが、どうぞ」

「この我れも同じ考えじゃが、この顔も又気に入りませんな。目をキョロキョロさせて間が抜けておる」

金山彦命は、如何にも如何にもと云う様に猿を見ていた。

「金山彦の言う通りじゃ。かなり間が抜けておる。儂の思うに、今まで言うたのに加えて、女と男とを見分けるには、此処ん所に有る此れですな、男は無しにして、女の方を大きくしてはどうでしょう」

素盞鳴命も又真剣その物であった。

「素盞鳴の考えは正しいと思います。貴方様よ、子が出来てこう云う形の物でありますと、子と云う物は小そうて、当分の間一人では食えませんでしょう。その時に此処より食い物が出る様にしては如何でしょう。抱き上げて丁度良い位置にありますぞ」

速開津姫《はやあきつひめ》は、想像豊かに猿を見ていた。

「妻よ、それは好い考えじゃ。たまさか子が出きて自分で食えるとしてもじゃ、親子の愛が此処より繋がるなら、誠に良《よ》い思いつきじゃ」

天照にとって速開津姫は、こよなく愛して止まない相手であった。

「この物を見ていると、我らをじっと見ております。この目の奥に何ぞ有るのでございましょうな。見てみたいものです」

「流石に宇津目じゃ。表面だけではなく奥底まで覗いておる」

「儂も先程からそう思うとった。しかし御神は色々と考えられる事じゃ。考えられると直ぐにも父だけでもお呼びになってお考えを伝えて下されば、我らがきちんきちんと動くに。何でもかんでも自分でなさる。我らとてこの様な小さき物を作るは如何に天とてぞ。それを事もあろうにあれ程に大きなお方が作られたなど頭が下がる。此処まで出来ておるからには、と言うてのう」

「目の奥とて何とて、何処が間違いか上手に探さんとこの猿めは息絶えてしまう。何としてでも息絶える事なく探し出さねばならん」

天の神々は夫々に人の何かを考えながら猿を見ていた。

「容易い事だと思うたが、大事になってしもうた」

「素戔嗚よ、大事大事と言うとっただけでは事は進まん。只々見るより、人と云う物を考えて見ようではないか。我らと同じ様に物を言える人を作るのじゃ。もし自分が人ならばこう云う形で、こう云う風に夫婦として男になりたや女になりたやと考えて行くなら、まずは形だけでも出来上がるのではあるまいか」

「そうして見ましょう。一人一人思い思いに、自分だったらこうなりたや、その思いを出せば好いのじゃ。容易い事じゃ」

「何でもかんでも宇津目に掛かると容易い事ばかりじゃ」

「そう言われますが素戔嗚様、私とて必死で考えておりまするぞ。その上で容易い様に思えるから容易いと言うております。貴方様とて思の中でそう思うておられます様に皆同じじゃ。皆が容易い容易いと云うておったんでは誠に直ぐに出来てしまう、のう父よ」

「素戔嗚よ、其方の言うたこのふわふわとした、此れは此れで必要ではあるまいか。地を歩くにこう小さいでは傷が付きはすまいか」

天照は何時でも冷静であった。常に長として自分を見せ付けていた。

「しかし父よ、此れでは見掛けが悪い。一度剝いで見ますか。剝いでみて可笑しければ又々付けてやればいい。其処から始めましょう」

天宇津目命は常に一歩先を読んでいた。

「どうやって剝がすぞ」

「我れが光を当ててみましょう。剝げるやも知れません」

「それはお止めなされ。貴方様の光を当ててご覧なさい、一瞬にして消えてしまいまするぞ。こんな小さき物が、貴方様の様な強い光では一溜まりもありませぬ」

水速女命《みづはやめのみこと》は、女神として天宇津目命の妻として冷静に猿を見ていた。その中で夫としての天宇津目命の意見は余りにも飛躍しすぎていた。水速女命は咄嗟に妻としての愛として、猿を考え誰よりも先にと夫を諫めた。

「ならばどうするぞ。其方の光とて強すぎるぞ。誰の光を当て様と一溜まりもない。宇津目は何かと云うと儂の意見に対して突っ掛かってくるが、何を考えておる」

「此れは滅相もない。突っ掛かるなどと、只自分の思いをはっきりと言わして貰うとるだけじゃ」

「素戔嗚様は誰の光でもと仰いますが、私ども女の光は強くも弱くも自由自存に出来まするぞ。ならばほんの少々だけ私がやって見ましょう」

「そうか、それに気付かなんだ。我が妻なればそれが出来ましょう。水神なれば水の如き強さと優しさがある。水掛けながら柔らかく柔らかく剝いで行くなら綺麗に剝げましょうぞ」

　天宇津目命にとって自然の成り行きであって、妻だからと云ってそれを押し付けている訳ではなかった。水速女命にしてみても、今の場合自分の分野であるを解った上での事であった。

「此れは此れは宇津目よ、大層妻を褒めよるが我が妻とて同じ事。女は皆水を持った水神じゃ。褒めると云うなら我が妻は」

天宇津目命に対する勝ち負けは、素盞鳴命にとっての上下関係の深さでもあった。神としてこの時の素盞鳴命は常に天と云う物を頭に置き、常に上下関係を意識していた。

「素盞鳴よ、其方が褒めるに儂も又褒める事となる。金山彦とてぞ。褒め合うてどうする。そんな時でもない。御神は夢を描いて急いでおられる。それを下らぬ事で、時が惜しい。ならば水速女よ、其方が言い出した事じゃ、一つだに失敗は許される事ぞ。この天に於いて其方の外にはない」

「水速女よ、失敗は許されぬぞ。光を当てるはいいが、水は天の女神として掛けよ。其方の物ではないぞ」

神その物を人として作った宇宙神にとって、その神々自身が間違いを犯している事実に、自分の分身としての夢を壊された思いであった。結果宇宙神はもう一つの夢として、神々を以って生かすに物体と云う物を思い付き、その物体を育てる事で神自身の心の動きが夢に近付くなら、物体と共に一石二鳥として夢に向って近づき、更には神々の夢ともなるとその手始めとして、失敗はした物の一つの物体を作り上げた。それが猿である。その猿を以って天の神々は、正に今一喜一憂していた。

「当然です素盞鳴様。ならば妻よ、しっかりと力を見せてくれ。褒め称えた以上、失敗は許されんぞ」

天の神々の見守る中、水速女命は優しく猿を包み込み、あっと云う間に猿である物体の毛を拭い去っていた。

　水速女命が猿から離れた時、一瞬天の神々は目を見張り、今度は大声を上げて笑い出していた。その音は天に轟き地に響き、宇宙神も又何事かと覗く程であった。

　天の神々は笑いが止まらず、特に笑い上戸の金山彦命は七転八倒し、物凄き形相で唸りを上げ、とうとう天より地を目掛けて転がり落ちていった。


　地球上で此れを見ていた地の神々は、転げ落ちてくる光の玉を追っていた。

「あれは誰ぞ。天で何が起こった」

　聖天竜王は真っ先に構えていた。

「とうとう知らせてきたか。出迎えようぞ」

　猿田彦命は、こう云う時はとばかりに海辺の丘に座り込み、天からの光を待った。

　金山彦命は落ちながらも笑いが止まらず、大きな音と共に海中に物凄き飛沫を上げながら落ちていった。その飛沫は地球上の全てに覆い被さり、地の神々はずぶ濡れとなって尚光に向って固唾を呑んでいた。

「何とぞ、知らせではなかったか。落ちてきたか。落ちてきたとなると素盞嗚か。困ったもんじゃ。彼奴らしい」

「貴方様よ、光の色が違うておりましたぞ。今落ちたは金山彦でござりましょう」

「ならば金山彦か。賢い彼奴がどう云う訳で落ちてきたのであろう、余程の事じゃ。出てきたならば問い質してみようぞ」

猿田彦命は、今か今かと待ち侘びていた。

地の神々も又海辺にどっかりと座り、今か今かと待っていた。

その時、突如轟音と共に海中が一瞬光り、金山彦命が飛び出してきた。地の神々は固唾を呑んでその一部始終を見ていた。光は一瞬止まったかに見えたがその儘天へ舞上っていった。地の神々は二度ずぶ濡れとなり、唖然として光の様を見入っていた。

「貴方様よ、何だったのでございましょう」

猿田彦命は、唖然とした儘天を仰いでいた。

「天では未だ騒いでおりまするぞ。海の中に何ぞ入れたのであろうか」

「父よ、私が見て参りましょう。天とて海の中とて一溜りもありませぬ。何事か起こったのか行って見れば解りましょう」

「竜王よ、直ぐにも行ってみてくれ」

猿田彦命の心に天への怒りが漲《みなぎ》ってきた。

「ならば行って参りましょう」

聖天竜王は、あっと云う間に海中目がけ大きな波飛沫を上げて消えていった。地の神々は固唾を呑んで一言もなく聖天竜王を待った。

果たして聖天竜王は唸りを上げ、波を起こしながら飛び出してきた。

「此れは堪らん、此れは堪らん。父よ、行って見なされ。今の今まで何事もなかった水が目に滲みてなりませんぞ。どうした事でござりましょう」

地の神々は波打際に近付き海水の匂いを嗅いでみた。そして次々に海中へ飛び込んでいった。

「此れはどうした事じゃ。今の今まで何事もなかった水が、とても我慢出来ませぬ」

「金山彦め、何と云う事をしてくれたぞ。悪戯するにも程がある。竜王よ、何が何でもじゃ、今度ばかりは許せぬと、きっぱりと言うて参れ」

天は天、地は地と、生き甲斐をもって生きようとしていた猿田彦命にとって、地を汚されたという思いが怒りとなり、更には一言もなく去って行った金山彦命に対し、既に天無しとの思いで一杯であった。

「竜王はお叱りを受けませぬか」

「お叱りを受けたならきちんと受けてこい」

猿田彦命に、父としての天照に今度こそけじめを付けると云う強い力が働いていた。

「此れはしたり。父とも在ろうお方が何と冷たき事を言われるもんじゃ」

「今度と云う今度はぞ、この広い大事な海を汚されたのじゃ。悪戯にしては事は済まん。直ぐにも行って言いたい放題、匿と言うてこい。それでお叱りを受けたならぞ、儂がそう云う風に言えと、そう言うとったと言えばよい。父とて物の道理が解らぬお方ではない」

猿田彦命は既にそれが解っていた。それでも尚けじめはけじめと、地の父としての強きであった。

「されば父よ、行って参りましょう。さすれば天で何が起こったか解るというものじゃ」

「そう云う事じゃ。見逃さずにしっかりと見て参れ」

「行くからにはそう云う事じゃ。叱るはこっち、天ではない。のう父よ」

「そう云う事よ。しっかりと叱って参れ」

聖天竜王は自分自身に気合いを入れ、天に向って舞上っていった。

「金山彦よ、海中に落ちていったが、あれ程の水飛沫を見たは初めてぞ。地に於いても初めてであろうぞ」

「素盞鳴様よ、天から見て初めての物が、地に於いて二度はあるまいぞ」

天宇津目命は透かさずに素盞鳴命に対し牽制した。

「水飛沫も何も真逆の海の中じゃ、何と底の底まで落ちていった。直ぐにも飛び出そうと思うた所、中に何やら動く物がおる。何やらと、ちょいと触って見た所が、此れが何とグニャグニャとしていて、振り回した所が透き透った海中が誠濁ってしもうた。何者やら今以って解らん。兎に角確かめる暇もなく逃げ帰ったと云う訳じゃ。のう皆よ、何じゃと思う」

今の金山彦命にとって落ちた事よりも尚、海中においての不思議な物体の方が重要であり、落ちた事での反省など忘れているかの様であった。況してや天の神々さえもそれに触れる事はなかった。

「何であろうかのう。父よ、ご存じないか」

素盞鳴命さえも金山彦命の非を忘れ去っていた。

「何とのう、何者であろうか」

天照さえも海中での物体の影に隠れた金山彦命の非を忘れたかの様に不思議な物体に集中していた。

「父よ、海中での生き物が何であるかを一早くに聞き出した上で人を考えましょうぞ」

「そうそう、そうなされ。一つ一つ片付けて行かんと、次々に出てきては事が事だけに忙しゅうて人作る暇がない」

素盞鳴命にとって天での役目として、天の神々の中でも自分こそは天照の片腕であるとし、その如何《いかん》に関係なく常に天の神々の全てに対し口を挟んでいた。

その時、天空より大きな声が広がりを見せ、天を、そして地を包み込んでいった。

その時、一気に天に向っていた聖天竜王はその声に驚き、身を翻して地に向って降りていった。

「父よ、何事でしょう」

聖天竜王は一瞬にして猿田彦命の元へと降り立っていた。

「戻ったか。何事であろう」

地の神々にとって天空からの声は滅多にない事だけに、猿田彦命は夢かとばかりに天空を見ていた。

「天地一切に物申すぞ。地に於いての水は濁りなし。気に止める事もなし。正に空《くう》は晴れやかなり。天に於いて天照よ、人類をもって生きよ、永遠にである。天の力を示すに七の律法は絶対なり。人出来たとあらば、その七の律法を以って生かすべし」

天空からの言葉が如何なる場合をもって律法であり、天地一切の神々の心に染み渡っていった。

「何とぞ、真逆の真逆、ばらばらにされながら又一つになったか。実に不思議」

「何とじゃ、正に不思議。のう父よ」

「不思議も不思議、確かにこの我れがばらばらにしたぞ。正に一つになるなど尋常ではない」

「それはそれ、気に止める事もなしとぞ」

「納得じゃ」

「臨機応変よ」

「それにしても今一度じゃ」

「金山彦よ、二度と笑うな」

「あの笑いが有ったればこその今よ」

「納得じゃ」

「納得とか。されば今一度よ」

　金山彦命は今にも飛び降りんばかりであった。

「父よ、地が何やら騒いでおりまするぞ」

「金山彦よ、其方の所為ぞ。今度こそ笑うな。可笑しゅうなったなら御神を思え。笑いが引っ込む」

「父よ、臨機応変ぞ。猿めは何処です」

「我が腹の中じゃ。出す故に笑うな」

　天照は、天の神々を見据えながら、如何にも笑うな笑うなと言わんばかりであった。天照は如何にも大事そうに猿をそっと置いた。

　二度猿を目にした天の神々は笑いを堪えるどころかくすくすと笑い出した。それを見た天照は咄嗟に猿を抱え込んでいた。

「急ぐと云うて笑うか」

　天の神々は二度笑い出した。

「父よ、臨機応変ぞ。急ぐと云うて急いでおる。可笑しい物は可笑しい。止めようがない」

「臨機応変とは何ぞ。止めるも又臨機応変。事と次第ぞ」

「次第も何も笑いじゃ。止めようがない」

「ならば笑え、待つぞ」

「待つと云うて笑えぬわ。笑うて損する」

「ならば笑うな」

「笑うなと言われて笑わぬも又損」

「やれやれぞ。待つとする」

「既に笑いが止まってしもうた。宇津目よ、何が可笑しい。其方も又臨機応変、可笑しい物は可笑しいよのう」

「可笑しいも可笑しい。金山彦よ、其方の負けじゃ。臨機応変も何も笑いを止めてしもうた。父の勝ちよ」

「負けるの何のと、言うてみただけ。勝った所で普通。負けるも勝つもないわ」

「無いどころか、どう見ても負けぞ」

「どう見てもか。ならば負けじゃ。猿をもって決戦よ」

「冗談も決戦ともなると受けて立つぞ」

「立って損する」

「父の云う通りぞ。宇津目よ、相手が悪い」

「素盞嗚様よ、相手が悪いとか。その儘お返しじゃ。其方様に言われとうない」

「返したとて受け取らぬ。取って損」

「金山彦よ、又負けじゃ」

「負けて勝つ、そう云う事よ」

「そうそう、そう云う事よ」

「負けて勝つとか。負けは負けよ」

「金山彦よ、そう云う事じゃ」

「勝てぬ相手に勝とうとも思わん」

「そうそう、それが一番。勝って損する」

「損とか、宇津目よ」

「損も損、勝って我れ見ずじゃ」

「のう素盞様よ、勝ったからには見よぞ」

「見るも何も勝っておらぬわ。負けてもおらぬ。臨機応変言うたまでよ」

「ならば言わぬ事じゃ。言うたからこそこうなった」

「臨機応変じゃと、そう言うておる」

「臨機応変も時と場合、道逸れてそれを臨機応変とは言わぬ」

「逸れると云うて、言われた其方はどうぞ。逸れておらなんだか。逸れていると思えばこそ言うたぞ」

「素盞鳴様よ、其処じゃ。この我れを臨機応変なきと思うたか。笑うも言うも全て臨機応変、間違い有って天でもない」

「何とそうぞ。その儘返す」

「金山彦よ、そう云う事じゃ。貰うておけ。貰うて得する」

「得とか。得も何も貰うも何もよ」

「素盞鳴様、そう云う事じゃ。貰うたも同然、放っておけ」

「置かれて結構、すっきりするぞ」

「すっきりすると在らば放るぞ。放ってこの我れとてすっきりじゃ」

「さて父よ、すっきりした所で猿ぞ。出しなされ」

「何とこの我れとてすっきりした。始めるぞ」

天照は、天の神々を以って自分を高めていた。


地の神々も又急ぎ海を見た。

「何と云う不思議な。可笑しな事もあるもんじゃ」

地の神々は、二度海水を舐めてみた。

「此れも又可笑しい。濁りはないにこの辛さは何じゃ。消えておらんぞ。竜王よ、濁りはないが水が変わりましたと、どう致しましょうと、はた又、天の様子を探って参れ」

「此れは有難い」

「さればぞ、この際じゃ、其方の裁量で今一度天を笑わせてこい。隠した物が出てくるやも知れん」

「此れは難問じゃ。知恵者の方々を笑わせるなど、どうやって笑わすか其処を考えねば、上ってから考えるでは遅すぎじゃ」

「この辛き水を舐めた時、皆それぞれ魂消《たまげ》てしもうて面白き顔であった。その事でも言うてみい。それぞれの真似をしたり、私とてこうでしたと、面白い顔をして見せよ。金山彦が又笑い転げて落ちてくるわ」

「此れは良い案じゃ。やって見ましょう。笑わせる前に見付けたならばどう致しましょう」

「折角の天じゃ、笑わして参れ」

聖天竜王は、再び光の帯となって天へ舞上っていった。

天では、人を作るに天の神々が猿を前に今にも笑わんばかりであった。

「金山彦よ、笑い上戸は当分無しぞ」

「何度も言うぞ、臨機応変。笑うたからとて真逆の真逆、この様な者がおろうなど誰が思おうや」

「如何にも解る筈もない。だが然しぞ、其方は特別。笑いすぎじゃ」

「すぎもすぎぬも臨機応変」

「父よ、既に笑いもなさそうじゃ。金山彦よ、笑うて空《くう》に飛べ。空で笑うに地とて気にせぬ」

「そう云う事じゃ。皆もぞ。笑うて空じゃ」

「何とそうぞ、皆もぞ」

「金山彦よ、空へ行け」

「何と父よ、笑いもせぬにぞ」

「臨機応変」

「空に飛べと言われるが、空とは何処ぞ」

「空は空、外にない」

「地も又空じゃ」

「地は地、空ではない」

「地をもって飛ぶに空じゃ」

「地をもって空は地も同じ、空と言えぬ」

「少々にて地をもって覗いて居よう。笑いが止まる」

「止まっておるわ」

「止まるどころか可笑しゅうてならん。大事な人じゃ。笑いをもって先ずは止める為、夢を以って空よ」

金山彦命は、地を覗くに覗き穴へと飛び去っていった。

「父よ、竜王が上って参りますぞ。地の父と何やらコソコソと話していた様ですが、何用でしょうな。父よ、猿めを隠しなされ」

「正にぞ。地では今回の事を気にしてであろうぞ」

「父よ、竜王めを揶揄うてやりましょう」

「当然」

その時、聖天竜王が床の下より顔を覗かせ様子を伺っていた。

「天は好い気なもんだ。一固まりに固まってあれでは笑うわ。彼処に飛び出していって笑わすなど、とても出来そうにない。兎にも角にも出て行かねばぞ。然し天の方々が笑おうか。何とのう、そうかそうか、あの方に焦点を合わせれば好いのじゃ。あの方なれば嫌でも笑う。さて出るか」

今正に聖天竜王が飛び出そうとした時、天の神々が一瞬笑い出した。

「宇津目よ、流石に其方。何時聞いても面白い話じゃ。時が来て地に降りる様な事があったなら、今なる面白き話を地の者にも話して聞かせよ」

天照の聖天竜王に対する遊びであった。

「一時も早ようにそうなりたいもんじゃ。然しこの度、笑いすぎて金山彦が地に落ちたはこの我れの所為、地で何と思いましたやら。何事が起こったかと焼きもきしておりましょうぞ。竜王でも上ってきて、様子を聞きにくるなら面白き話でも話して聞かせましょうに。真逆上ってくる事もありますまい。地の父とて立派なお方じゃ。天が呼ぶまで我慢なさろう」

「儂もそう思うぞ。地の長とも在ろう者が、それ位の事で竜王を使わすなど在り得ん事じゃ。一々上って来られたでは可笑しい時に笑いも出来ん」

素盞嗚命も又、天として笑いを堪えていた。

上がるに上がれずこの話を聞いていた聖天竜王は、出していた首を引っ込め、どうした物かと考えていた。

「天で起こった事とは関係ない」とばかりにあっと云う間に床の上に立ちはだかった。

「此れは此れは皆様方、お揃いで宜しゅうございました。下で聞いておりましたが、誠羨ましく思いましたぞ。余程面白き話でもありましたや。地に於いては忙しゅうて笑う暇などとんとござりません」

聖天竜王は、天を相手と、況してや一大事とばかりに真剣その物であった。

「所で父よ、地の父の使いで参りました。先程から何方様かが笑い転げて海中に落ちて見えた際に、海の水が濁りまして、所が突然又元に戻ったのですが、可笑しな事がありまして、濁りは無いのですが味が変わりました。辛うてとても入れやしません。どう云う訳であれだけの水があの様になったのか聞いて参れと申されまして、それで此処に斯うして来ました訳で」

聖天竜王の落ち着き払った態度に天の神々も又、笑いを堪えながらも真剣であった。

「竜王よ、たったそれだけの事で来たか」

「此れは何と父よ、たったと言われますが地にとっては大事の大事、不動共が疲れを取るに海、あれでは出来ません」

「それにしても竜王よ、地より呼べば聞こえたぞ」

天照にとっての遊びは常に本気でもあった。今も又長としての愛として本気であった。

「そうではございましょうが、此処は矢張りきちんと筋道立ててと、天とてご満足であろうと、地の父がそう申されておりました」

「それで地ではどう考えておる」

天は天、地は地を以っての当然の言い分であった。

「地では何と云うか、此れは」

言葉に詰まった聖天竜王に天の厳しい愛の鞭が浴びせかけられた。

「のう竜王よ、地とは何ぞ。猿田彦がおって其方方がおってぞ、知恵を出し合うて作り上げていくが道であろう。どうしても解らぬと云うならば天の知恵も貸そうが、地の方で何も考えんといきなりくるでは、考えが有ったとしても無いわ」

「此れは父よ、恐れ入りました。では一つ、折角来たのですから笑い話の一つもして帰りましょうぞ。只帰るでは面白うもない」

聖天竜王の心からの笑いであった。

「竜王よ、今笑うたばかりじゃ。又々笑うて金山彦が、笑いが止まらず地に落ちてみよ、何処に落ちようと又異変が起こる。それにぞ、笑うてばかりでは御神の怒りに触れる。真っ直ぐに帰れ」

「素盞鳴様よ、此れは冷たい。偶には私とて破目を外して誰ぞを笑わせ、自分も一緒に笑うて見たいものです。ならば斯うしましょう。私の話を聞いて誰もお笑いにならなければその儘私は帰りましょう。その代り、誰か一人とてお笑いになった場合、宇津目様の話を土産に持って帰りたい。どうでしょう」

「此れはしたり、竜王よ、宇津目は話が上手じゃ。今一度その話をお前にしよう物なら又々皆、先程と同じ様に笑い転げてしまうわ」

「金山彦の言う通りじゃ。自分で言うのも何じゃが、この話は何度話しても誰でも笑いよる。お前の話を聞いて誰ぞが少々笑うたとしても、儂が直々に行って父の前で話すわ。お前の話は誠に面白きか。聖天竜王の話は退屈じゃと、誰ぞから聞いた様なぞ。誰であったかのう」

「儂じゃ儂じゃ」

「そうそう、素盞鳴様でありましたな。竜王が生まれた時に空におる雷《いかづち》が、此処に竜王を見せにきて褒め千切りおったそうな。立派な物じゃろうと。素盞鳴様が、何処が立派じゃと言われるとじゃ、誠にしっかりしとる。雷がそう言うもんじゃから素盞鳴様が、お前は何がしたい、そう言われた時に竜王よ、一席胸張ってほざいたそうな。その時の事を素盞鳴様によると、退屈で退屈で眠気が差したそうじゃ。笑うた後に一眠りするも良かろうが、笑わせると言った手前、我らが笑わずに寝てしまうでは其方の沽券に関わろう。それよりもすんなりとこの儘帰れ」

　天宇津目命は、地をもっての聖天竜王を試していた。

「皆様方は何を考えておられる。どうも様子が変だ。何かございましたか。私は只、久々に天に上って参りましたから、笑い話の一つも土産に置いて参ろうかと、そう思っただけでございます」

聖天竜王は、遊ばれているを、そして、この様な事になるであろう事は承知の上での事であった。

「ならば話してみよ。のう方々よ、聞くかよ」

金山彦命は笑いを堪えながらも、聖天竜王の言う笑い話を気にしていた。

「既に笑い話が固まってしもうて堅とうなりました。今日は持って帰りましょう。何の為に来たやら。帰り辛うございます」

聖天竜王にとって天は余りにも大きく、況してや天は正にそれ有っての地でもあった。それでも聖天竜王は天が天ならばと、地は地のやり方があるとばかりに遊びをもって天に向った。

「矢張り何か言われてきたか」

「此れは金山彦様、責任は貴方方に有りまするぞ。もう一度地に降りて海水を舐めてご覧なさいませ。辛うて口が曲がりまするぞ」

聖天竜王の目がきらりと光った。

「今度は儂の所為にするか。竜王よ、お前の力を試してみよ。海中に潜り、ヌルヌルした物を捕えて地上に引き摺り出してみよ。正体が摑めるやも知れん」

金山彦命の自然は正に臨機応変であった。

「そうでございますな、そうして見ましょう」

聖天竜王の遊びは金山彦命をもって笑わせる事であり、それに向って目を光らせていた。

「竜王よ、帰ったならば猿田彦に言え。海水は先の先を考えての事であろうと。辛うて入れぬなら、入れるに場所を造ればよい。全ては御神のなさる事、感謝はあれど気にする事もないと」

「そうぞ竜王よ、全ては御神のなさる事、気にするよりも尚地は地で笑え」

「それも又父に伝えましょうぞ。それにしても残念。笑わせて今一度金山彦様に地に落ちて貰おうと思いましたに」

「何とのう、それが目当てであったか。落としてどうする積りであった」

「丸で責任を感じておられぬ。大事な海をあの様にされたのじゃ。今一度落ちて貰うて一気に新しき海を作って貰おうかと、そう思いましたのじゃ」

聖天竜王は更に金山彦命に向っていった。

「竜王よ、責任どころか喜べ。誠に面白き事とてある。猿田彦に言え、近々良い事があるぞと」

「面白い事ですか。成る程、それで笑われたか。近々と言わずに直ぐにも見せて頂きたい」

「ほう、その為に来たか。竜王よ、見て笑うて其方が地に落ちよ、一気に海が出来る」

「真逆の真逆、天に来た甲斐が有ったと云うもんじゃ。此れですっきりした」

　聖天竜王に使いとしての自信が湧いてきた。

「言うたまでよ竜王よ。父に言うておけ。正に近々笑わしてやりましょうと」

「益々に見たいもんじゃ」

　遂に聖天竜王は自分の中で天を制していた。

「竜王よ、笑わせると云うのはぞ、我れの話よ。誰とて笑う。其方の笑い話が聞けず誠に残念。近々地で聞こうぞ」

　聖天竜王は、既に金山彦命一人に向っていた。天宇津目命の言い訳など、今の聖天竜王にとって聞いて尚無視であった。

「金山彦様、其方様には責任を取って貰いましょう。実に辛い水を作って貰うた。天の方々には気にする事もないでしょうが、地にとっては大事。実に舐めて見ましたが、何とまあ辛い事か。父などはこの様な顔をなさり、母などもこの様な顔をなさり、不動共も皆々この様な顔をし、我れは我れで、恐らくはこの様な顔でありましたでしょう。誠に父とて母とて当分この様な顔で、恐らくは元に戻る事はありますまい」

　怒りを以って此れを聞いていた金山彦命はくすくすと笑い出し、それに連られて天の神々も又くすくすと笑い出した。

「何ともはや凄い顔じゃ。一度、一度舐めて見たいもんじゃ」

「何と面白い。金山彦よ笑うな。笑うな笑うな。竜王の策に落ちるぞ」

　流石の天宇津目命も又、堪え切れずに笑い転げていた。聖天竜王の策に嵌った金山彦命は笑いが止まらず七転八倒し、当々地に向って落ちていった。透かさず此れを見た聖天竜王は「ご免」とばかりに金山彦命の後を追った。

「何と云う事を。策に嵌ってしもうた」

余りの事に天宇津目命は一瞬笑いを止めていた。

「正に正に、呆れたもんじゃ。遊ぶつもりが遊ばれてしもうた」

流石の天照も又聖天竜王の策に陥っていた。

「父よ、大事じゃ。地上に落ち様ものなら地の思いどうりぞ」

素盞鳴命も又既に笑いを止めていた。

「父よ、此れは面白い。竜王めが金山彦に巻き付いておりまするぞ」

天宇津目命の遊びは常に臨機応変であった。

「何とのう、大事ぞ。共に落ちようものなら地がふっ飛ぶぞ。海に落ちてくれればよいが」

天照は、さりとてとめる術《すべ》もなく只々見惚れていた。

地では聖天竜王の帰りを今か今かと待ち侘びていた。

「父よ、やっとじゃ。否、待てよ、此れは凄い。又々あの方じゃ。それにしても凄いぞ。父よ、当々笑わしたか。それにしても凄い。流石に竜王様、頼りになる。皆よ、逃がすまいぞ。父よ、任せて下され」

「何と任せるぞ。正に頼りになる」

　その時一瞬光が走り、大きな水飛沫と共に地が割れんばかりであった。地の神々はずぶ濡れとなり、何事かとばかりに二人の落ちていった方向を見た。

「何事じゃ、何か起こっておる。何と物凄い事よ」

「貴方様よ、何と恐ろしき事。今一人は竜王じゃ」

「何とそうぞ。それにしても凄いもんじゃ。共に落ちて参ったか。頼りになる。不動共よ逃がすな」

「流石に竜王、落ちたからには逃がすまいと必死なのでございましょう。捕えたならば何としましょう」

「捕らえたならば吐かすわ」

「吐きましょうや。相手は手強い金山彦じゃ」

「負けた以上吐くわ」

「負けてくれましょうか」

「其処じゃ。如何に竜王とて勝てまい」

　猿田彦命は天を、そして金山彦命を知り尽くしていた。

　その時、一瞬光が走り金山彦命が飛び出してきた。続いて聖天竜王も又、逃がしてなるものかとばかりに水音高く飛び出してきた。此れを見た地の神々は、此処ぞとばかりに二人を追った。

「残念無念、逃げられたか。それにしても竜王様よ、大したもんじゃ。良くぞ彼処までじゃ、感服ぞ」

「正に無念ぞ。流石に天、上手に逃げよる」

聖天竜王は天を見上げながら、天に勝ったと云う誇りと共に自信に満ちた笑顔を以って猿田彦命の前に現れた。

「只今戻りました。残念無念、捕り逃してしもうた。父よ、正に残念」

「何と見たぞ。良くぞじゃ。良くぞ笑わしてくれたぞ。それだけで充分よ」

猿田彦命は満足であった。

「折角の勝ち、逃がしたは残念。流石に天じゃ、逃げ足が速い」

一切地にとって滅多にない清々しさであった。


天では、天の神々が地を覗いていた。

「父よ、海中に落ちましたぞ。此れは凄い。竜王め、金山彦を捕える積りじゃ。如何に竜王とて敵うまいぞ」

素盞鳴命は全てを忘れて見入っていた。

「此れは面白い。何と父よ、あれ程の竜王が金山彦に空で巻き付いていながら、あれでは負けじゃ。ほう、矢張り金山彦の勝ちじゃ。金山彦が飛び出して戻って来ますぞ。何と追うてくるぞ。ほう、父らしくない。不動共までが追うてきましたぞ」

「何と何と宇津目よ、行くか」

「既に勝ったも同然。行く事もあるまいぞ、のう父よ」

「放っておけ。自業自得」

「しかし父よ、金山彦を引っ捕えてどうする積りじゃ。何事か聞き出す積りであったか」

天宇津目命は常に臨機応変であった。

「あれだけの事をするからにはそうであろうぞ。しかしぞ、地の父とも在ろう者があの様な事をするなど、遊びとて許せんぞ。それとも竜王の一存か。不動共の動きも又ぞ。どっちにしても猿田彦の責任、地は地を忘れておる」

「正に一存じゃ。如何なる父とて彼処まではぞ」

天宇津目命は、地を以っての猿田彦命に対し同情的であった。

「それにしても父よ、同罪じゃ、のう」

素盞嗚命は、只天をもって生きていた。

「同罪どころか、猿田彦の知恵じゃ」

「しかし悔しいのう。ああ出てくるとはぞ。金山彦も金山彦、彼処まで笑わずともぞ」

素盞嗚命にとって金山彦命は、どう仕様もない我が儘者であった。

「父よ、地の父の知恵ともなれば許せませんな。どうなさいます」

「騒いだ天とて許せる物ではない。同罪よ」

「父よ、許せぬに彼奴が戻って参りましたぞ」

素盞嗚命にとって此れからが遊びであった。

「やれやれ参った参った。父よ、申し訳もござりませぬ。勝つも勝った。勝って参りましたぞ」

「勝ったとか、金山彦よ。誰に勝ったぞ」

「誰と云うて竜王ぞ。真逆の真逆らの儂に勝とうなど。良うも良うもあの様な馬鹿げた事をしたもんじゃ」

「金山彦よ、地の父の策に嵌ってしまったのじゃ」

天宇津目命にとっては遊びと云うより本気であった。

「何じゃと、父の策じゃと」

「そう云う事よ。笑わせといて其方の落ちるを待ったのじゃ」

「誠か。父がのう、それは残念じゃ。そうと解っておればぞ、大人しく策にかかってやったに」

金山彦命は本気であった。

「金山彦よ、実に其方は自分を解っておらぬ。解ろうともしておらぬ」

「宇津目よ、解るも解らぬもなかろうぞ。折角の地、父に会うに何が悪かろうか」

「何の為の策ぞ。会うてはならぬに時ぞ」

「何とのう、そう云う事じゃ。それにしても宇津目よ、久し振りにて戦うたが、地にて竜王の存在は風神その物ぞ。危うく負ける所であった。気分爽快ぞ」

「負けよう物なら其方は戻って来れなんだ。勝った勝ったと言うが負けたも同然。策に引っかかったのじゃ」

「しかし笑うたわ」

「笑うを止めよ。止めぬ限り又落ちる」

「可笑しいもんは可笑しいぞ。笑いを止めるに儂ではない」

金山彦命にとって笑いは自分自身であった。

「当分儂ではないでいよ」

「居られるかどうか、人出来るまでそうして見ようぞ」

「信念信念」

天宇津目命は既に言う事もなかった。

「金山彦よ、そう云う事じゃ」

天照の一言は天の長としての威厳であった。

「金山彦よ、笑うな」

素盞鳴命が口を出した。

「笑うなと言われると笑いとうなる。素盞鳴様よ、信念じゃ。其方様とて人の話は良く聞くもんじゃ」

「聞くも聞かぬもない。聞こえておる」

「聞こえておると聞いておるとは違いまするぞ」

「何が言いたいのじゃ」

「人の話は良く聞くもんじゃと、そう言うております」

「そう云う事じゃ、素盞鳴よ」

天照はその場を治めようとしていた。

「何が言いたいのじゃ此奴は」

「素盞鳴様よ、金山彦の言いたき事は笑わぬと云う事じゃ。聞き漏らされた。其方様が」

天宇津目命にしてみても既に治め、人作りに向って進めようとしていた。

「成る程のう、聞き漏らしておったか」

素盞鳴命は、金山彦命をもって遊ぶを絶たれ、そして今、その全てが終ってしまった。

「さて」

天照はさっさと先に立って歩き出した。


「父よ、逃げられました」

「正に勝ったではないか。天に勝つなど、況してや、逃げられたとはいえ彼処までとはのう。良くぞ機転が利いたぞ」

「気分爽快じゃ。何と云うてもあの方じゃ。負けて当然。兎に角食らい付きましたのじゃ」

「正しく気分爽快ぞ。いい物を見た」

猿田彦命は満足であった。

「逃げたとはいえ、こっちとしては逃げられてしもうた」

勝った負けたは元よりも、今の聖天竜王にとっては曾てない清々しさを以って気分爽快であった。

「所で父よ、天の父が言われるには、近々何か好い事がありますそうで、父にそう伝えよと、そう言われましたぞ」

「好い事とか。笑うた原因は何ぞ」

「それは解りませぬが、誠に可笑しい。何か隠しておりまするぞ」

「まあ好いわ。その隠しておるが好い事であろうぞ」

猿田彦命は淋しさを隠しきれなかった。

「所で父よ、海水の事でござりまするが、全ては御神のお心、気にする事はないと、そう言われておりましたぞ。辛きなら辛きでそれが自然じゃと。空より見ましたが、西の方向の池、あの池をば利用して、今少し広げて見ては如何でしょう。その為にもとあの方に巻き付き、彼処に持って行こうとしたのですが、何しろあの力じゃ。何なく大きな海の方に持って行かれてしもうた。もし彼処に落ちようものなら一石二鳥でありましたに」

「成る程のう。今一度笑わしてくるか」

猿田彦命の脳裏には既に大きな地があった。

「今一度などとんでもござりませぬ。天を笑わせるには実に度胸が要る。並の度胸では笑わせるどころか突き返されてしまう。兎に角へ張り付き、笑わせましたのじゃ。父が言われた様に、辛き水を舐めた時の様子を利用し、まあ必死で動き回りましたぞ。この様にです」

猿田彦命は笑えなかった。それでも地の神々はくすくすと笑い出し、筆鈴白姫も又大笑いをし出した。聖天竜王は一極声高となり益々調子に乗っていった。それでも猿田彦命は、くすくすと笑いながらも心からの笑いを以って聞く事が出来なかった。

「されば金山彦様の落ちるを見た上で我れも又飛び降りて参り、巻き付いてやりましたのじゃ。斯うなったからにはと、ぐいぐいと締め付け、心ならずも引き離されて仕舞いましたが、天を笑わすには、普通の笑い話ではとてもとても無理じゃ」

聖天竜王は、地を以ってもまた又笑わせた事に対し満足であった。

「それにしても可笑しい。良い事と云うて何であろうか。天の父でも降りて来られるか。それとも貴方様にでも上ってこいと言われるのでしょうか」

筆鈴白姫は、大笑いしながらも猿田彦命を見ていた。

「そう云う所であろうぞ。何にしても竜王よ、ご苦労であった」

「ならば父よ、早速に池を広げて参りましょう」

聖天竜王も又猿田彦命を見ていた。

「そうしてくれ。任せるぞ」

「誠お任せあれ」

聖天竜王は直ちに舞上り西の彼方へと消えていった。

天に於いての長として、地を守るに長として天照は、人間の父ともなるべく、此れから生まれるであろう物体としての我が子を夢見ていた。

「出すぞ。出すが金山彦よ、一切笑うを許さずぞ。笑おう物なら地に下りよ。下りたなら一切上るを許さずぞ。笑いは笑い、正に大事。だが併し金山彦よ、笑いも時と場合。時として笑い、場合によっては笑わぬ事ぞ。時が何時で場合が何時か篤と考えよ」

天照は、金山彦命を見据えながら抱え持っていた猿を金山彦命の前に差し出した。

「金山彦よ、笑うな。笑うな笑うな」

素盞嗚命は、自分も又ニヤニヤとしながら金山彦命を窘《たしな》めた。

「笑わぬ笑わぬ」

しかし笑い上戸の金山彦命はくすくすと笑いが止まらず、天の神々も又くすくすと笑い出してしまった。金山彦命は矢も楯も堪らず大声を上げてゲラゲラゲラと七転八倒し、地に落ちまいと必死であった。

「金山彦よ、其方は地に下りよ。地が又騒ぎ出すぞ。地に下りて出来上がるを待て。そう笑うてばかりいては猿めが吃驚して息絶えてしまうわ」

天照は二度猿を抱え込み、長としての威厳をもって笑いを堪えていた。

「此れは父よ、何と情ない事を。一番好い時に地に下りてご覧なさい、それこそ天が気になって地の者共が気付きまするぞ」

「気付いて上等、下りよ」

「父よ、それはないぞ。ついつい、今は時とばかりに笑うてしもうたが、場合でありましたか」

「金山彦よ、時どころか場合どころか、臨機応変よ」

「何と臨機応変か。ならば笑うた」

「金山彦よ、臨機応変はそう云う物ではないぞ。それこそ時を見る。場合を考える。そう云う事ぞ。正に考えよ」

「見て考えるか、見て考えて笑うたぞ」

「何とのう、見て一瞬笑うたもんが何処で考えた」

「目よ」

「何とのう、目で考えたとか。のう父よ、目を潰せ。目を潰そう物なら考えんでよい」

「なればこそ地ぞ。地の他に潰すに場所とてあろうかぞ宇津目よ」

「有りましょうぞ。宇宙は広い。のう金山彦よ」

「何と宇宙か。宇宙も又いい。又々笑うたとしたならぞ、宇宙じゃ。宜しいな父よ」

「宇宙が断る」

「笑うからには断るまいぞ父よ。のう宇津目よ」

「断らねば笑い上戸が治らぬ」

「何とそうじゃ。天とて宇宙、空の中じゃ。嵌めたか、金山彦よ」

「何とのう、そうなるか素盞嗚様よ。ならば宇宙じゃ。嵌めて嵌めるぞ」

「のう父よ、飛ばせ」

「勝手に飛ぶ。何と云うても天の神、飛ぶからには帰ってこれまい」

「何と冷たい。当分笑いはお預けじゃ」

「時と場合、臨機応変よ」

「何とそうぞ。見て考えるじゃ。今度こそしっかりと考えようぞ。脳裏でじゃ」

「目も又いい」

「何とのう父よ、人間をもって笑いはその時じゃ。信念我慢、そう云う事よ」

「信念我慢も又自然よ」

「何とそう云う事じゃ」

「結局笑うか、金山彦よ」

「結局そう云う事よ、宇津目よ」

「父よ、二人一緒に飛ばせ」

「勝手に飛ぶ」

「飛ぼうものなら帰るな」

「帰らぬ帰らぬ。のう宇津目よ」

「そう云う事じゃ」

「出すがよいか」

「待った父よ、今は無理じゃ。素盞鳴様が笑わせた。可笑しゅうてならん」

「何と儂が笑わしたとか。何とのう」

「笑わしたも笑わした。飛ばせ飛ばせと」

「何とのう、本気であったに」

「ならば可笑しい」

「何とのう」

「笑うておれ。皆行くぞ」

天照はさっさと空の中に消えていった。


天照は、既に人間界を神と同じ様な物として考えていた。

「天照よ、夢を見るに地上は、物体が住むには今の儘では拙いぞ。燃える山を静め、流れ出るに水を塞き止め、一切を仕上げて尚木々の全てをそれぞれの知恵をもって植え付けていけ。人間の物体は余りにも小さく、さりとて大きくも出来ずぞ。天の者共よ、一旦地に降り、地の全てを知る事ぞ。地を知らずして人でもない。地は地、天は天ではないぞ。さればぞ、猿は猿として天に任す。その一切を隠すも又いい。だが併しぞ、地は地で何事かと思うであろうが、思うに思わせ天照よ、その上で天に戻って参れ。降りるは一瞬、上《のぼ》るも一瞬」

　心に沁みる太陽神からの言葉であった。

「何と云う優しきお言葉。地に降りよとぞ。地に降りるに猿はどうしましょうぞ。連れて降りるに見え見え見えじゃ」

「見え見えも何も聞いたか。降りるも上《のぼ》るも一瞬とぞ。降りぬも同然。降りぬに上るもない」

「何とそうぞ。降りぬに上るもない」

「何と降りずに見るとか。兎にも角にも人作りよ。作らねば猿が死ぬ。猿とて人も同然。殺してならずぞ」

「しかし父よ、人の為に火を消せと言われるが、消すに地を以っての仕事。消すは手易かろうが、降りずにどうやって消すぞ。地をもって云う訳にもいかぬ」

「言うぞ、それこそが天の仕事。何の為に覗いておる。降りずに造る、そう云う事よ。人間がぞ、生きていく為にはを考える時、自ずと解ろうと云うものぞ。あれだけの火ぞ、生きられようか。きちんきちんと言うていく」

　天照は、猿をもって天の意味を今更ながらに知った。

「何と父よ、降りるか」

「降りずに降りるのよ。それこそ宇宙を利用よ。地に於いてはそれを自然と云うぞ。正に宇宙を利用しながら本気で遊ぶぞ。宇津目よ、正に一瞬降りて参れ」

「降りるは好いが父よ、どうやって火を消すぞ」

「宇宙よ。利用よ」

「利用と云うて、宇宙とか。成る程、利用と云うより嵌める訳じゃ。そうよのう父よ。知恵を試すか父よ。何と一瞬じゃ。それにしても父よ、火を消したからと云って地はそれを自然じゃと思おうか。思うまいぞ。一瞬たりとも降りるのじゃ。次々に降りてみよ、誰とて気付く」

「その為の宇宙よ、利用よ」

「その利用じゃが父よ、何とのう、共に降りるか、宇宙と」

「その通りよ」

「成る程のう、ならば早速じゃ」

天宇津目命は、一瞬空に向かって消えていった。

「さて次じゃ。金山彦よどうするぞ」

「どうするも斯うするもなかろうに。斯うするぞ」

金山彦命も又、一瞬空に向かって飛び出していった。

「何とのう、流石ぞ」

天照は、次なるにと素盞嗚命を探した。

「素盞嗚よ、何処へ行ったぞ。逃げたか」

「逃げたどころか降りて参りましたぞ。どうなります事やら」

「何と降りたか」

天照は、透かさずに地を覗いてみた。

「宇宙どころか直接じゃ。何と云う奴ぞ。それにしても一瞬じゃ。待つしかない」

天照は呆れ果て、只々その行方を追った。


「あれは誰ぞ。何と素盞嗚ではないか」

「何とそうぞ。何用でしょうか。近々と言われておったが、それにしても素盞嗚とは。あれ程の事が有ったばかりと云うに素盞嗚とはのう。貴方様よ、充分に心して待とうぞ」

「心も何も素盞嗚ぞ。臨機応変よ」

「如何に素盞嗚とて天は天、心せねば。使いは使いじゃ」

「使いじゃが素盞嗚、臨機応変よ」

「何々、向こう側へ降りましたぞ。行って見ますか」

「行く事もない。高が素盞嗚、遊ぶと在らば遊ばせておけ。遊び疲れてくるわ」

「そうでしょうか」

「第一向こうには不動がおる。天の遊びを見せて貰おうぞ」

「何と貴方様よ、上って参りまするぞ。何か置いていったのでしょうか。行って見ましょう」

猿田彦命と筆鈴白姫は、即座に素盞嗚命の降りた向こう側へと急いだ。

猿田彦命が地上に降り立った時、突如大音響と共に目の前が大きく崩れ去っていった。

地の神々は一瞬飛び上がり、そして崩れた場所に集まってきた。

「何と云う事を。地上におって見えぬ物が天におって見えたか。いきなりの事とてそれを知り、降りてきてくれたか。有難いもんじゃ。何と素盞嗚がぞ、見えた途端に一瞬降りてきたか。それもぞ、向こう側にじゃ。何と天ぞ。降りて尚一言もなしにじゃ。彼奴らしくない。一瞬の判断にて降りた故の事か」

「それにしても有難い事じゃ。その事によって貴方様よ、父にお叱りを受けませんかの」

「受けたからとて兄弟愛、何の何のぞ」

「お叱りを受ける所かお喜びでしょう」

「そう云う事よ。それでこそ天」

猿田彦命と地の神々は、大きく崩れた地を自然の物として考え、それに沿って動いていった。

天より地を覗いていた天照は、宇宙をもっての一瞬を、その中で素盞嗚命の動きは全てを見据えた動きとして、此れこそが天をもって見ていた。

「やれやれぞ。宇宙を以って利用しようとぞ、天の二人が行って隠れ様があるまいと、真逆の一瞬の判断よ。父を引き付けその間にと、兎にも角にも走った走った。父よ、この我れの判断に間違いはなかろうか」

「何と素盞嗚よ、立派ぞ。あれこそが自然じゃ。地にとって其方の動きは、あれ程に崩れたのじゃ、真逆の兄弟愛じゃとそう取ったであろうぞ。有難い事じゃと」

「何とのう、考えもせなんだ。一石二鳥とはこの事じゃ。のう父よ」

「何とそう云う事よ。更には感謝じゃ」

「何とのう、感謝とか」

「素盞嗚よ、感謝は天にぞ」

「同じ事じゃ」

「同じではないぞ。恐らくは天の一人として来てくれた物であろうと、そう云う事ぞ。真逆の真逆、其方の判断などと誰が考えようかぞ。この我れとて真逆の真逆であったぞ」

「天をもってのこの我れぞ父よ、真逆の真逆とはぞ、如何に父とてぞ」

「そう云う事よ。流石に天と、思うて思うたわ。真逆の真逆が引っ繰り返ってしもうた。一時はどうなる事かと思うたが、立派も立派。天と云うより地と云うより正に風神よ。素盞嗚よ、此れで其方はこの天の代理よ。分身よ」

「何とのう、代理とか。分身とか」

「そう云う事よ。この天を引っ張ってゆけ」

「何とのう、其処まで言うて下さるか。引っ張るも引っ張らんも臨機応変、自然じゃ」

「何と益々ぞ。長は交替じゃ」

「何とのう、交替とか。交替良かろう父よ」

素盞鳴命は、冗談冗談とばかりに大笑いしていた。天照も又大笑いしながら素盞鳴命をしっかりと見ていた。

「父よ、戻って参りました。宇宙を利用して降りて参ったが、降りた所にて誰もおらなんだ。おらぬからにはと、一にも二にも人間を考えながら崩してきたが、篤とご覧あれ。あれで木々を植え付けるに人間は生きられようぞ。後は地の仕事じゃ。のう金山彦よ」

「素盞鳴様、宇宙を利用して何処へ逃げたぞ。地を以って降りずに何処へ降りられた」

「降りて一瞬上ってきたぞ」

「それで何をなされた。一瞬をもって遊ばれたか」

「何とその通りよ」

「何と地が、誰一人おらぬ筈じゃ。其方様を追うていたか」

「誰一人追うておらぬわ」

「何と、追いもせずに何処へ行ったぞ。それこそ宇宙を利用し天を覗きにきたか」

素盞鳴命は自信満々であった。

「此処よ此処よ、此処を使ったのよ。正に一瞬よ。宇宙を利用せずともこの姿を見せる事でぞ、何と地の者共は寄ってくる。寄って来た所をぞ、一瞬にして逃げるのよ。さすればその間に誰もおらぬ所をぞ、崩せたとそう云う事よ。知恵は正に使うて得するものよ」

「何とのう、知恵者じゃ。其方様がのう。天に宇宙での影でも動いたか」

「金山彦よ、宇宙での影とは誰の事ぞ」

「誰と云うて影じゃ。目に見えぬ影じゃ。確かに影はおる。影はそれこそ宇宙よ。素盞鳴様よ、其方様も又宇宙を利用されたのじゃ。一瞬にして考えるなど、其方様はぞ」

「考えたも考えた。二人の知恵をもって考えたのよ、此れは先回りじゃと。さすれば大成功よ。のう父よ」

「真逆の真逆、確かに見た。一部始終をぞ。何とあれは遊びではない。天に於いての仕事ぞ。影など何処に居ようぞ。天は一体、そう云う事ぞ」

「影をもって無しとなればこの我らをもって負けじゃ。宇宙を利用するをもって考え、一切地を考えなんだ。地は正に知り尽くしていた。遊びをもって知恵を絞った、そう云う事よ」

「それそれ。知恵は遊びとて何とて本気で出すものぞ。結果の素盞鳴は人の話を本気で聞いていた、そう云う事よ」

「金山彦よ、負けは負け認めようぞ。認めた上でぞ、人間作るに本気ぞ。笑うて負ける」

「臨機応変、全て自然じゃ。のう素盞鳴様よ」

「負けるも勝ちもない。一体よ」

「何と立派じゃ。宇宙にやはり影はおるぞ」

「おったからとて儂は儂よ」

「そう云う事じゃ。影の力は自分の力よ」

「金山彦よ、負けじゃ。影と云うなら自分自身影の力を頂ける様、人は気にせぬものぞ」

「そう云う事じゃ。天は一体、そう云う事よ」

「父よ、地を以って火は消したぞ。流れるに水も又大きく長く作ってきた。人間が生きるには風を避けるに場所とて要るであろうと、金山彦と共に大穴をも作ってきた。しかし父よ、地の者共がどう思いますやら、穴をもって遊び崩さねばよいが、のう金山彦よ」

「崩した所で高が穴、又々作ろうぞ」

「作るにあれだけの穴じゃ。人が生まれて作るには、地が動くにあれだけ小さな人間じゃ、穴どころか危険すぎる」

「宇津目よ、常に臨機応変、気にする事もない。地は地に任せ、人間作るに急ごうぞ」

「そうそう、人間作るに既によ。何と我れは千人力よ」

「素盞嗚様よ、千人は多すぎぞ。其方様が千人ではぞ、天どころか地どころか宇宙が崩れる。一人で充分ぞ」

「ならば一人じゃ」

「何とのう、素直じゃ」

「金山彦よ、人作りじゃ。そう在らねばぞ」

「そうぞ金山彦よ、時と場合とはそう云う事よ」

「それにしても大したもんじゃ」

「風神よ」

「素盞嗚様よ、正にらしい」

「正に正に、らしい」

「全ては臨機応変、自然よ」

「天に今一人長が生まれた。のう金山彦よ」

「父よ、長交替ぞ」

「そう云う事よ」

「そう云う事とか。此れは可笑しい」

「金山彦よ、交替とはぞ、代理と云う事よ」

「素盞鳴様よ、代理はどうぞ、代理をもって満足や」

「天で代理は皆ぞ。長とは宇宙の代理でもある。ならばぞ、天全て宇宙の代理よ」

「宇津目よ、本物じゃ」

「父よ、どうした事ぞ」

「天は宇宙じゃ、何が起こっても不思議ではない。何とその時よ」

「成る程、そう云う事じゃ」

「何とそう云う事じゃ」

「父よ、この儂に何が起こっておるとか」

「何と云うても天よ。天である限り、天の力として自信満々となれると云う事よ。今正に其方よ」

「何か可笑しい」

「宇津目よ、何と戻ったぞ」

「父よ、一時の夢じゃ。しかし一時とはいえ好い勉強をした。のう金山彦よ。素盞嗚様が御神に見えたぞ。素盞嗚様よ、今なる自分を忘れなさるな」

「忘れるも忘れぬも自分よ。自分自身よ」

「そう云う事じゃ。忘れる訳がない。のう素盞嗚様よ」

「忘れるも忘れぬも何をぞ」

「たった今の自分じゃ」

「忘れる訳がない。咄嗟の行動は正に臨機応変よ。自然よ」

「何と忘れておらぬ」

「あれ程の事、忘れるか」

「何と忘れておる」

「実にじゃ。素盞嗚様よ、其方様は代理ぞ」

「当然よ」

「何とのう、何と忘れておる。代理は皆じゃ。素盞嗚様、天は皆宇宙の代理よ」

「父もか」

「素盞嗚よ、今なる自分を覚えておらぬか」

「覚えるとか覚えんとか、この儂は天にて代理、風神よ」

「風神とか」

「言わなんだか、宇宙にて風神じゃと」

「宇宙にて風神と云うたか、誰がぞ」

「何と父よ、其方様じゃ。忘れたか」

「忘れたのう、代理もよ」

「皆よ、父が可笑しい。長失格じゃ。代理としてたった今よりこの儂が長よ」

「父よ、そう云う事じゃ。長ともなると天はそれに従う事になるが、父よ、従えようか」

「さあのう、それも又自然、その時その時よ」

「何とそうじゃ、そう云う事じゃ。素盞鳴様よ、臨機応変、自然じゃ」

「何と冗談冗談。長たる者が狂う訳がない。狂うたはこの儂よ。自分であった自分ではなかった、正に影よ。何と心地よくいられた。全て解った上での遊びよ。彼処まで行くとじゃ、当然長よ。父も又影の中で物を言うた訳じゃ」

「素盞鳴よ、そう云う事じゃ。長たる者こうあれとの教えよ。有難い事よ。のう皆よ」

「父にして今更の勉強とはのう。生きるに奥が深い。探って探って行こうぞ」

「それにしても見せて貰うた。解り易くあったわぞ。解り易いお方を選ばれたものじゃ。のう宇津目よ」

「正に正に、流石に御神よ」

「有難い事よ。自分の為、誰の為でもない」

「何と又々ぞ」

「遊びよ、上手に遊びよる」

「遊びとか。遊ぶに暇とてあるまいに」

「何とそうぞ。父よ、猿じゃ猿じゃ」

「猿はとっくの昔に地よ」

「何じゃと」

天照はやっと我れに返り猿を探した。

「何と猿がおらぬぞ。何時の間にぞ素戔嗚よ」

「一瞬の時よ。何故かそうしてしもうた。気が付いた時この手に猿がいた。結果地に置いてきた、そう云う訳よ。全ては御神、宇宙が天を利用したのよ」

「何とのう、有難き事よ」

「何とのう、しかし残念じゃ。猿を地に取られたか」

「金山彦よ、此れからぞ。天には人間と云う者がおる。猿は見本よ。たっぷりと見た。そうじゃ、猿を見届けようぞ」

「宇宙が動いたと云う事はぞ、急げと云う事よ。見届けるも何も既に地の物、放っておけ」

猿をもって笑いが心からの物としてあった天にとって、人間を作るとはいえ、物体を失った寂しさは天の神々に、本気で天としての役目を全うしなければならないという気迫が漲っていた。

地の神々は一つの小さな物体を目にし、それぞれが驚々として見ていた。

「何という奇妙な物じゃ。好い事と云うて、この様な奇妙な物を一言もなく置いていくであろうか。もしにぞ、使いとして素盞嗚が置いて行ったとしてぞ、あの素盞嗚が一言もなく置く訳がない」

「だが併し父よ、どっちにしても降りたのじゃ。正にあの素盞嗚様が一言もないなど、どう考えても可笑しいぞ。一言有ってならずと、恐らくは天命じゃ。此処をどう扱うか試す積りぞ父よ」

「試すも何も小そうて試され様もない。扱うと云うてどう扱うぞ。何と水を飲んでおるではないか。水を飲むなど、沉してやひょこひょこと地を歩くばかりで飛ぶ事をせん。あれでは火に囲まれた時、流れる水に囲まれた時、風に吹かれ様ものなら一溜りもない。外にもおるか」

「其処じゃ父よ、此奴を、如何に小そうてもぞ、この地で生かすをもって下ろした物じゃ。下ろしたからにはこっちの物、生かそうと殺そうとじゃ。天にしてみたら試すと云う事よ。ざっと見た所、このふわふわとした物はぞ、水に浮くやも知れん。何の何の父よ、心配は要らぬわ。何なら水に浮かべて見るか」

「何と云う事を。それで浮かばなんだらどうするぞ。折角の物体、沉してやまだ何も解っておらぬ」

「そう云う事じゃ」

「ならば父よ、斯うなさいませ。地の事はこの我らに任せ、父と母は当分この者に付いてその全てを見ていなされ。その全てが解って参りましょう。然も折角の物体、消えて失くなりまするぞ。のう竜王よ」

地に於いて金剛力《こんごうりき》も又、猿田彦命にとっての大きな力であった。

「そう云う事じゃ。金剛力らしい。父よ、当分地はこの我れに任せよ。一切合切じゃ。金剛力と共に此奴をも考えながら行こうぞ」

「そう云う事よ。結果今までどうりよ」

「何とそうじゃ。それにしても父よ、いい具合いに、向こうに有った火の山が一瞬にして消えたぞ。あれが有ろう物なら此処には住めぬわ。第一この池とてぞ、何と何とそうであったか。天にやられたぞ父よ、物体をもって降りてきたのじゃ。然もぞ、この仕返しはするぞ。一言言えば我らがしたに、此れこそが天ぞ。言うに事欠いて、この物体は天の物ぞと言わんばかりじゃ。のう金剛力よ」

「天は天、天の考えの元に動いただけよ。地が天を気にする様にぞ、天とて地を見ておる。偶々の物体よ。住むに場所と言えば地よ。偶には自分の手でと考えたとて不思議ではない。まあ良いではないか。目くじらを立てるに事でもない。その分手が抜けた。有難い事よ。のう父よ。天は天、地は地よ。遊ばれたと云うならこの地とて、此れから先この物体をもって遊べばよい。見せ付ければ好い事よ」

「何とそうぞ。父よ、ゆったりと遊べ。この我らとてしっかりと遊ぶぞ。のう者共よ」

　地の神々の中に一瞬にして生き甲斐が生まれた。


　人を作るに天の神々は、猿を心に置いてそれぞれの考えを出し合い、その一つ一つを確かな物として作り上げていった。

「今一つ心をどうするかよ、心は物体とて必要。見た所猿には心が無い。あれでは人と言えぬ」

「父よ、何の為の人間じゃ。心無くして人間でもない。生まれた途端に人間よ」

「父よ、誠にそうぞ。何の為の人間、心無くして何の為に作るぞ。天の子ぞ」

「心は光」突如の宇宙からの言葉であった。

　天の神々は宇宙を仰いだ。

「何と父よ、実に光ぞ。父と母の光じゃ。心を一つにし、物体に閉じ込める事よ。それでこそ物体として心を以って生まれて来ようぞ」

「何と宇津目の言う通りよ。父よ、物体を作るに心は其方様自身じゃ。作るも作らぬも自然に生まれる。何と父よ、今を以ってぞ」

「今を以ってじゃと。自然じゃと。今と云うて天でか」

「宇宙にて猿が生まれた如く、人間も又其方様の中じゃ」

「何とのう、猿の如きとか」

「如きと云うて違うぞ。人間じゃ。まずは育てると。そう云う事です。育てた上で地に下ろし、地に有る轟音轟く大水穴《みづあな》に閉じ込め、其処で十月十日経った時、夢の人間が生まれると、そう云う事ですのじゃ」

「何と金山彦よ、何処にそう言える」

「言えるも何も口から出た」

「何とのう実に不思議、宇宙よ。何と金山彦よ、影の声よ。何と言うても天の物、地に聞こえてはと、そう云う事じゃ。天を以って作れなどと、結局御神の力。それにしても我が子とはのう。御神の、真逆の真逆、皆よ、此処は何処じゃ、御神の腹の中じゃ。腹の中で一切合切よ。有難き事よ。此れこそが自然よ」

「何とのう、嬉しい限りぞ。あの地球が丸で其処に見える」

「何とじゃ。それにしても近い。丸見えぞ」

「丸見えの筈じゃ。地球ではないぞ。地球はあれじゃ。金山彦よ、あれが何か解るか」

「父よ、今度は儂の番じゃ。どうやらそうらしい。先程よりあれは月じゃと思えてならん。笑い上戸の月じゃと。金山彦よ、笑いとうなったなら月へ行けぞ。其方にとっての月よ。月より地球は丸見えじゃと」

「何と云う事を。人間の為よ。猿の為よ。地球にて闇夜がある。闇夜を照らすに月よ。何と有難き事。地も又喜んでおろうぞ」

「宇津目よ、我が為の月とか。笑い上戸は皆ぞ。それにしても嬉しい事じゃ。早速に笑おうぞ。素戔嗚様よ、何ぞ笑いの種はなかろうか。無いと在らば蒔こうぞ」

「金山彦よ、蒔く事もない。笑わずとも天の物よ。地を以っての覗き穴よ。覗いて覗き人間守るぞ」

「何とのう、覗き穴とか。覗き穴とあらば早速じゃ。父よ、まずは行かれよ」

「まずも何も人間が先じゃ」

「父よ、自然よ。自然に生まれる。一切合切ぞ。時がくれば其方様自身おわかりになる。人間とはそう云う物じゃそうな」

「ほう、自然とか」

「全ては自然。人間を作るに天をもって考えたが、それも又自然。考えたからには、考えて仕上げた人間が生まれてくると、そう云う事じゃ。正に楽しみ、行く末に次々に生まれ出る。父よ、月じゃ。人間忘れてゆったりとせや」

「何とのう、忘れよとか。忘れるどころか、人間思うて覗いて来ようぞ」

「そう云う事よ、見本がおる」

「何とそうじゃ、見本がおる」

天照は、速開津姫を伴い月に向って消えていった。

地では、猿田彦命と共に地の神々が呆然としていた。

「何と美しきぞ。良き事とて正にじゃ。何と天は無言の儘に此処までも地を考えておられ

して足りぬわ」

る。有難き事よのう。竜王よ、今の今まで天を言いたい放題言うてきたが、正に懺悔ぞ。

「正に正に。懺悔は正に地を守る事じゃ。猿を殺さぬ事じゃ。何と父よ、猿めの為か。何とそうぞ。闇夜がこの明るさじゃ。猿の為、何とぞ。猿はその様に大事か」

「大事も大事、この我れの生き甲斐よ。今もほれ、すやすやと良う寝とる。目が覚めるにどう動くやぞ」

「明るいと云うて闇夜に近い。どうする事も出来ますまい」

「それも又楽しみ。明りをもって感じようか。感じるとあらば大事の大事。感じぬとあらば捨て置こうぞ、勝手に育つ。天とて知らぬ事。捨てたからとて何も言えまい。天はそれを知って捨てたか」

「見るからにそうぞ。恐らくは捨てる事になりましょうぞ。となるとじゃ、誰の為じゃ。我らが為か、それも又好い。明りの中にて誰ぞ居るか。益々に美しい」

「おったからとて天の物。地としては有難き事よ」

「何とそうじゃ。そう思えば何事もよ。のう不動共よ」

「闇夜なきに働けとか」

「何とそう考えるか。それは無いぞ。此れまでどうりよ」

「言うて見たまで、のう皆よ」

「本根よ」

「何と本根とか」

「本根も本根、明り見て働くも又好い」

「何とのう本根じゃ。そうしようぞ、天が喜ぶ」

地にとって月は大きな真逆の出来事であり、天との開きを見せ付けられた一瞬であった。

「天は天、地は地よ。天の為に働く訳ではない、のう皆よ」

「天見て働いたかよ、皆よ」

「上見て働くかよ。地上どころか地の中までもぞ。上見るに暇とてない」

「何とじゃ父よ、そう云う事よ。地は地、感謝と云うより利用よ」

「利用出来るに感謝よ。天は天とて感謝は感謝、斯うして見るに心が和む」

「海はどうじゃ父よ、あれも又感謝であろうか」

「何とそうぞ、感謝ぞ。天のする事、何の間違いがあろうか。何時の日にか解ろうぞ」

「者共、そう云う事ぞ」

「感謝感謝と、天とて地に対し感謝はある筈、のう皆よ」

「有って有ろうぞ、山程に」

「感謝は正に心ぞ。皆それぞれ自然よ」

「自然ともなると有って無しじゃ」

「それが自然、それでよい」

「それで良いとか。ならば有るじゃ」

「有るとなれば天も又有るじゃ。天は正に如何にも自然、有るも有る」

「有るとしとこう、のう皆よ」

「有るを以ってあの明りに感謝よ。何と和む」

地の神々は、暫しどっかりと座り込み、月明りの中で心を洗い流していた。


「父よ、どうでござった。一目瞭然見えましたか」

「心の底から喜んでおる。地にどっかりと座り和んでおるわ。何と有難き事。地に於いても感謝であろうぞ。金山彦よ、笑いは大事、大事じゃがぞ、自然と云えども臨機応変と云えども天に於いて神とはぞ、七転八倒は控えよ。地を騒がしてはならん」

月を得て天照は、天の大きな責任を感じていた。

「七転八倒も何も、可笑しい物を止められようか。笑いも人それぞれ、七転八倒は皆しておる。父よ、其方様とてぞ。結果云うなれば、この体が皆とは違うと云う事じゃ。ついつい跳ねる。この天を十重二十重にして欲しいものじゃ。さすれば地に落ちずに済む」

「何と自分勝手な。金山彦よ、自由のかけ違いよ。七転八倒する中で一瞬自分となれ」

「宇津目よ、笑いの中に一瞬があろうか。七転八倒の中で一瞬は正に和みよ。常に自分となっておる。七転八倒しながら宇津目よ、其方の一瞬は笑いを止める事か。七転八倒とは何ぞ、止め様がない。一瞬も何も有り様がない。笑うは笑う、笑わぬは笑わぬよ」

「ではあるがぞ、臨機応変はそう云う場合とてある。そう云う事よ」

「正に正に。結果この我れは常に臨機応変よ」

「金山彦よ、其方の為の星じゃと言われた。兎にも角にも行って参れ。笑い上戸が治るやも知れん」

「父よ、笑い上戸は皆ぞ。なればぞ、我が星と云うて天の物、可笑しくも無しに行けぬ」

「金山彦よ、ならば笑え」

「宇津目よ、笑うには種が要る。種も又自然よ」

「種は蒔いたわ」

「蒔いたとか、それにしては笑えぬ」

「あれ程に大きな種ぞ、笑えぬとか。行けば七転八倒するわ」

「笑うに月ではのう。種の上に乗って笑えようか。種は目の前にあればこそ笑える」

「種はあの星ではない。地ぞ。月から見る地で笑えようぞ、猿がおる」

「何とのう丸見えか。それにしても今はその時ではない。父よ、笑えたか」

「何とのう、笑えなんだ。笑うどころか気にも留めなんだ。況してや、如何に月の明りとて猿を見るに暗すぎる。地の者共とて今は微かによ」

「何とのう、月は見えて尚見えませぬか」

「それは違うぞ。地にて裏表がある。月も又よ。天から見るに自由自在なれど、月から見るにそれがない。まあ見てみよ、美しい」

「何とのう美しいとか。我れがいく」

素戔嗚命は瀬織津姫《せおりつひめ》を伴い月に向って消えていった。

「金山彦よ、種が飛んだぞ」

「何とそうじゃ、あれこそ自然じゃ。自然も自然、七転八倒など自然の非ではない」

「正にじゃ」

天において素戔嗚命は、宇宙に於いての神々にとっての自由自然の見本であった。

「しかし貴方様よ、星が動いておりますぞ。動いて西へ向っておる。我らも西へ向かいますや」

「何とのう、西へ向かうと云うより裏側じゃ。星が沈むに又々明るくなるのよ。まずはそれを待とう。その上で西じゃ」

「そうでしょうか、天の遊びやも」

「遊びにしては凄すぎる。如何に天とて、何とのう、天の物ではないわ。自然よ、猿めのお陰よ。暗闇では暮らせぬ。感謝も何も自然ぞ。感謝は宇宙じゃ」

地の神々は一瞬立ち上がり天を仰いだ。

月が西へ消え去り、太陽の明りが大地を照らしていった。

「貴方様よ、西へ参りましょう」

筆鈴白姫は先に立ち猿田彦命を誘った。

それよりも早く聖天竜王は、地の神々に合図を送り既に立ち上っていた。地の神々は怒濤の如くに西へ向って走り出した。

素盞鳴命は、月より地球を見ていた。

「丸見えじゃ。見えてはおるが何と見えぬぞ。だが併し美しい。ちらちらちらと地が揺れておる。それにしても妻よ、月より見るに地球は回っておるか。確かに回っておるよのう。可笑しいぞ。天から見るに回っておらぬ。何と月から見るに地球が回り、天から見るに、何じゃと、天が回っておるか。天は回っておらぬわのう」

「貴方様よ、天は自由自在、天にて我らが回っておる。天は地球の天上じゃ。天上は天にて床じゃ。大きな鏡ぞ。なればこそ地が丸見えじゃ。貴方様よ、此処から見るに地球はもっと大きく見えるぞ。しかし何と暗闇、月の明りは地球を照らすにその為の物じゃ。人間が生まれるにその為の物ぞ。貴方様よ、この月はあの地球を回っておるのじゃ。貴方様よ、あれをご覧なさいませ。地の者共が走っておりますぞ。この月を追っておるのじゃ。矢張り回っておるのじゃ。どうです、お解りか」

「違うぞ。月と共にあの地球も回っておるぞ。天から見るに見えぬわのう。見えていたか」

「見えなんだぞ。何とのう、月と共に回り出したのじゃ。天から見るに回って居ようか」

「妻よ、戻るぞ」

素盞鳴命と瀬織津姫は天に向って降りていった。

「やっと戻ってきたか。余程月があの方に合うたと見える。それにしては何ぞ有ったか。あの方の様子が可笑しい」

「何と誠ぞ。それにしても又可笑しい。覗き穴の方向に行ったぞ。金山彦よ、行って見ようぞ」

「父よ、行って見ようぞ」

天の神々は、天にある覗き穴に向って急いだ。

「素盞鳴様、何事じゃ。地で何事か起こったか」

「起こった起こった。まあ見てみよ。何が見える」

「何が見えると云うて地であろうに」

金山彦命は覗き穴から地球を覗いてみた。

「何がと云うて、何々、何々、父よ大事じゃ。地が動いておるぞ。覗け覗け」

「何じゃと」

天の神々は次々に地球を覗いていった。

「大事も何も、月と共に動いておるのじゃ。あれも又宇宙の自然よ」

「誠よのう、何と云う物凄き事ぞ。地も又それを知ろうぞ」

「真逆の真逆、天と地が離れる事はなかろうのう。あの様に動いて、何処ぞへ飛んで行かねばいいが」

「真逆の真逆、それはないぞ素盞鳴様よ。此処は天ぞ、地の天上じゃ。天上なしに地でもない、のう父よ」

「正にじゃ。宇津目の言う通りよ。天上なく地でもない。それこそ飛んで行くわ」

「それにしても凄い事じゃ。月から見るに月の動きが良う解る。地球も又動いておるぞと。実に見て見たわ。何と凄い事ぞと急ぎ戻って参った」

「妻よ、月じゃ」

金山彦命は木花咲那姫《このはなさくやひめ》を連れ、月に向って舞上っていった。

天宇津目命も又水速女命を伴い金山彦命の後を追い舞上っていった。


「金山彦よ、あれは何ぞ、父か」

「正にじゃ、父ぞ。父が又何をしておる。何とのう、気付いたか。地が動いておる事に気付いたのじゃ。良くぞ気付いたぞ、さすれば宇津目よ、父の所に行って見るか」

「何とのう、そうするぞ。途中までならば天よ。地の父とて正に途中、地と天の間《はざま》よ。訳有っての逢瀬、何言われる事もない。天とて地とて大きな出来事、会うて当然。偶然の偶然よ。上から見るに父がいた、そう云う事よ。正に偶然」

「何と偶然じゃ。会おうとして会う訳じゃない、正に偶然じゃ。行くぞ」

金山彦命は木花咲那姫の手を取り、地との間に向って飛び降りていった。

天宇津目命も又水速女命の手を取り金山彦命を追った。

その時、猿田彦命は少しでも月に近付いてみようと地と月の間に留まり上を見上げていた。

見上げた先より突如光が飛び出してきた。猿田彦命は驚き、一瞬身を翻《ひるがえ》していた。

「金山彦よ、父が逃げるぞ。逃げたとなると追うも出来まいぞ」

「何と弱気な。偶然偶然、折角の偶然ぞ。追うぞ」

「偶然も逃げられたでは偶然と言えぬ。追うて損よ。地は地、天は天として月を見ようぞ。流石に父、居座っていながら動いておるが解るとはのう。天に聞く事もなしと、あの様に見定めていたのじゃ。それにしても残念。今少しであったに」

「追わぬとか。追わぬと在らば今一度月じゃ」

金山彦命は月を見上げた。そして地を見た。

「何と宇津目よ、あれを見よ。逃げるぞ、天じゃ」

「何とそうぞ、天じゃ。後を追うてきたか」

金山彦命は木花咲那姫を連れ天へ向って舞上っていった。同時に天宇津目命も又水速女命を連れ天へ向って舞上っていった。


「父よ、逃げられた。それにしても父よ、どう云う事じゃ」

「どうもこうもない。真逆の真逆よ」

「ならば聞こう。何故に逃げられたぞ」

「逃げたとか。逃げるも何も何の事じゃと、そう云うぞ。竜王よ、誰を追うたぞ」

「誰と云うて誰じゃ」

「何のかんのと遊んだか」

「何とのう、誠にご存じなかったか。父の逃げるを見てぞ、さてはと、飛び出してしもうたが、確かなるに居た、天の方々が」

「方々とか」

「誠によ。方々なればこそ誰ぞと云うて解らん。而もぞ、逃げて逃げた。と云う事はぞ、父なればこそと、真逆の間よ。今こそとばかりに皆して追うたのよ。所がじゃ、今少しの所で父に逃げられてしもうた。天にとっては残念無念よ。父にとってもじゃ。宇宙の仕業よ。会うてはならぬと、そう云う事よ」

「何とのう、誠に残念、気付かなんだ」

「良かった良かったと、そう云う事じゃ」

「良かった良かったとか」

猿田彦命は残念無念とばかりに空を眺めた。

「残念無念やれやれじゃ。遊びも此処まで。人間作るに笑い無しよ」

「誠に残念。遊びと云うより本気であったに」

「本気も本気、それにしても逃げるとはのう」

「逃げたと云うより気付いておらなんだ。気付かぬ儘に戻っていった、そう云う事よ」

「それにしても竜王め」

「それも又よ」

「地では何や可やと心の儘に言いたい放題であろうぞ」

「それも又よ」

「人間人間よ」

「正によ。笑いは程々ぞ」

「宇津目よ、笑うに程々があろうか。程々の可笑しさとはぞ、それを笑いと言わぬ。程々の笑いとは、其方の云う一瞬考える事の出来る笑いぞ。笑いの中で心からの笑いは一瞬も何も無よ。無心よ。一つの事に集中する、此れこそが笑いぞ。のう妻よ」

「納得じゃ。今度笑う時にはぞ、この我れも又無心となろうぞ。正に一瞬を以って笑うておった。夫婦は一体、夫を信じて参ろうぞ」

「此れは此れはぞ。良くぞ夫婦一体じゃ。無心も無心、此れ以上の無心はない。木花よ、無心とは人それぞれ。一瞬も何も、無心の中での一瞬とはぞ、我が夫が云う如く、人それぞれの中の其方の夫を言うておる。此れで解らねばぞ、月へいけ。月はその為の物であり笑い上戸の為ではない」

「宇津目よ、其方の妻じゃ、連れて行け。月はその為にある。天の物でありこの我れの為ではない」

「一瞬を探して来ようぞ。何処ぞに落ちておるやも知れん。のう妻よ。木花よ、自分を信じよ、ならば一体となれる。笑い上戸結構。そう云う事よ。月に一瞬が落ちていたとしたならばぞ、次は金山彦よ、其方が探せ。探し出した一瞬がぞ、同じ物であったとしたならば夫婦一体どころか天を以って一体となれる。人間の為人間の為よ。心の儘に探そうぞ」

天宇津目命は、水速女命と共に月へ向って舞上っていった。

金山彦命も又、木花咲那姫を連れ走り去っていった。

「出た出た、矢張り出たぞ。月は太陽の分身じゃ。太陽が沈む時月が現われる。月は太陽の分身に違いない。太陽の神のお心よ。父よ、この地をもって下さったのじゃ。されば父よ、上って見るか」

「折角のお心を、地の為と在らばぞ、上るなどとんでもない。しかしぞ、地をもって同じであるや否やを見て見たいものじゃ。それも又そうなろうぞ。竜王よ、決して上ってならずぞ。金剛力よ、其方もぞ」

「父よ、地をもって風光明媚にする為に働いておるに我らぞ。其処に持ってきて月じゃ。此れ程の風光明媚があろうか。その月をじゃ、上がろうなどと思おうか。例え上がれと言われても断るぞ。だが併し父よ、其方様《はざま》は長じゃ。月を知るに必要があろう。月へ上がらずとも見えようぞ。母と共に月との間に行き見てきなされ。地と同じと在らば火が水があろうぞ。その上で待つ事じゃ」

「そうよのう、そうしなされ父よ。流石に金剛力、間とはのう」

「間とはのう、早速に行くか妻よ。間ならば地も天もない。実に間よ」

「貴方様よ、間は間、あれとて天ぞ。待って地じゃ。待つ事にしましょう」

「母よ、それは違うぞ。地は地、天は天ぞ。間は天ではない。地でもないぞ。間とはその為にある。地にて風光明媚を見るにぞ、どれ程に間に上った事か。この大きな地じゃ。上から見て当然。地におって地が見えようが。さあ父よ、行きなされ」

「何とのう、どれ程にとか。実にそうぞ。地におって地は見えぬ。行くぞ妻よ」

猿田彦命は筆鈴白姫を連れ間に向って上っていった。

間に着いた猿田彦命と筆鈴白姫は月を見極めるに必死であった。

「水の在処《ありか》は何処でしょう。見えませんな。火は正に丸で地じゃ。天の者にて誰ぞ居ましょうや」

「水は見えぬが丸で地じゃ。それにしても此処から見るに此れも又美しい。地も又じゃ。金剛力は常に此処から斯うして見ていたか。地の長としては失格よ。何と妻よ、金剛力に嵌められたぞ。月も無きに何の間ぞ。何度もなど、間無きに来れようか。何にしても有難き事よ。何とのう、金剛力め、自分の為じゃ。何度もなどと言い、それをもってこの儂の心を計ったのじゃ。計った上でまずは行けと、嵌ってしもうた。と云う事はじゃ妻よ、戻るぞ。戻らねばぞろぞろと上ってくる。上ってきてみよ、天が笑う」

「何とまあ、嵌められたとか。何と云う金剛力め」

「上を見よ妻よ、誰ぞ降りてくるぞ。拙い、正に拙い。逃げるぞ」

「誠じゃ。何と貴方様よ、宇津目と金山彦じゃ。何と嬉しい事、逃げますや」

「逃げねばぞ。間とはいえ天、行くぞ」

猿田彦命は一気に地に向って降りていった。筆鈴白姫も又天を気にしながらも一気に地に向って猿田彦命に続いた。


「戻られたぞ。何が有ったたか、一体とならずに戻って来られた。月にて見張っていたか」

「見張るなどなかろうぞ。如何に天とてぞ、見張るに心無しよ。心無しに天でもない」

「だが併し、間で何が起ころうか。起こったればこその逃げじゃ。父は兎も角母がのう」

「一体よ。それこそが一体。父が逃げるに母が逃げずにおろうかぞ。逃げて当然。だが併し逃げはなかろう。間にては遊び、本気で遊び、あれこそが遊びよ。竜王よ、真逆の其方も遊べ」

「何とのう遊べとか。間でか」

「真逆のそうよ。地がよう見える」

「何とのう、行くぞ」

聖天竜王は、一気に間に向って飛び出していった。

「金剛力よ何事ぞ、竜王ではなかったたか」

「何の何の、既に戻ってきます」

「戻るも何もどうしたぞ。何とそうか、逃げるが見えたか」

「何と逃げて戻られたか。」

「真逆の真逆、追うたのではなかったか。何の為に飛び出した」

「竜王を嵌めましたのじゃ。何と嵌まり易い。嵌まるに相手が悪い。一瞬なりとも考えるに解る事、まずは待ちましょうぞ。所で父よ、どうでござった月の様子は」

「何とのう、嵌まるに相手が悪いとか」

「正にじゃ。なればこそ戻れば解る」

「金剛力よ、其方は何故に上がらぬ。嵌める事もなかったであろうに。共に上がれば良かったぞ。さすれば月が解った」

「何と父よ、何度も言うぞ。間が有ろうと無かろうと何度となく行ったぞ。勿論此れからも行く。何度もよ。月見ずともぞ、同じ星。水が有ろうが無かろうが地と同じよ。行くに必要もない。父にはぞ、地の長として同じとて何とてぞ、見ておくに必要があろうかと、ならば行ってきなされと言うたまで。正に必要ぞ。月を知らずに長でもない。そうぞ。竜王に対しては正に遊びよ。まあ待とうぞ」

「間が有ろうと無かろうと行ったか」

「月がこの様にあればこその間、無ければ空よ。地を見るには其処が一番、外に無い」

「何とのう、されば待とうぞ。遊ぶも又好い」

猿田彦命は、地をもって金剛力の大きな力を支えとし、天以上の者として見ていた。

「金剛力よ、嵌めたか。間から見るに良うく見えるなど、闇夜にて何が見えようかぞ。だが併しぞ、間より見るに地は月にも増して美しい。嵌められるに甲斐ありぞ。而もじゃ、月にて水は見えなんだ。水無きに地とは同じ様でも、父よ、どうぞ、同じか」

「結果一緒よ。竜王よ、嵌められたとはいえ金剛力の月を見る目、地球を思う心を聞きながらぞ、其方も又地の者として聞いた事に対し何の感動も覚えなんだか。只々間にとそう思うたか。思うたからこそ飛び出した、そうよのう」

「何と、そう言うか父よ、嵌められたも何もそれはそれ。その際にぞ、何と間に天の光が見えたのよ。下から見るに父よ、逃げてきたかとばかりに見えた。されば一大事と、嵌められたも何も飛び出した訳よ。それを何とこの様な言われ方、如何に我れとて父よ、言わして貰うぞ」

「はてさて竜王よ、間に天の光が見えたとか。見える筈もなし、語るに落ちたぞ。其方は言うたぞ。間から見るに地は暗闇じゃと。間から見て暗闇が、地から見るに間に何が見えようか。竜王よ、嵌められたからとて、況してやぞ、言わして貰うなど、正に竜王よ、父に対し非を認めよ」

「何と又してもか。されば父よ、非は非としてぞ、認めるとしてもじゃ、逃げ戻ったを見て飛び出したは誠。されぱぞ、間に誰ぞ居るかと思うて当然。全ては誠、何処に非があろうか。金剛力を利用したまでよ」

「だからと言って非は非、認める事ぞ。事の起こりはぞ、月に行きたやと、言うてはならぬ事をばぞ、言うたに其方が悪い。認めて認め、後はらしく生きよ」

「らしくとか。らしくなればこそ月に行きたやと言うてみたまでよ」

「ならばらしく謝れ」

「父よ、そう云う事じゃ。この様な我れを許すも長の仕事。臨機応変、大きな心を持ちなされ」

　聖天竜王は、如何にも可笑しく笑いながら走り去っていった。


「天照よ、あれを見よ。太陽の光の先じゃ。地の星にしっかりと届いて居よう。光は正に地を這い、更には地の底までも入り込み、あの月と共に動いておる。宇宙は常に物を考えながらそれを生き甲斐としておる。今後一切地の星は月と共に動き続けるが、その地を守るに天照よ、人間だけではなく、人間を基本として地に生きる物をば考え出してゆけ。正に生き甲斐となる。人間は我が子として厳しく育てよ。厳しさを以って生かし、それをもって人間が泣く時、それこそを基本として見てゆけ。人間の心が丸見えである。泣かずに臨機応変生きる時、生き方一つしっかりと見て、笑いが有るとするならば正に守り、人の上の上に立たせよ。上を以って全て成る。人間作るに天照よ、地に有る池に夫として妻として降り、一体となりて池を波立たせ、その波が有る内に一瞬天に戻ってくる事じゃ。波が静まった時、その時より水は益々に清らかとなり、猿が近付く事とてない。その時より天照よ、天も又足踏み入れてならずぞ。地にて者は一切を自然である。気にする事もなし。人間が生まれて尚である。其方の子であり猿田彦の子でもある。人間が人間として生きる時、育てるは地、天に於いて仕事は人を思いて夢作る事である。天照よ、人間作るにその時である。天としての人間である。地に於いて池は自分の心にある。心に有る池に降りよ。人間は既に其方の中にいた。速開津よ、其方の中にもぞ。地の池に置いて参れ。光の子が確かなるに生まれる。天照よ、嬉しきに生き甲斐が成る。天にて笑いは自然なり。笑い上戸誠に結構。笑いの中で一瞬は有るも無いも自然。自然とは一瞬の隙間なしに無の心であり、天にて笑いは自然が一番、地をもって見せてゆけ。天照よ、見事に人間作るぞ。大きな大きな無限の始まりである。さて笑い上戸よ、無限の笑いをもって月がある。月がある以上一瞬はない。宇津目よ、笑いに一瞬はない。素盞鳴よ、一瞬をもって生きよ。女神共よ、女の夢を無限に見よ。それぞれに又子を作れ。心の儘にじゃ。その中で人間はそれを見て生きようぞ。その時こそ一瞬は必要となる。生まれる以上殺してならずぞ。正に一瞬である。夢作り宇宙を笑わせよ」

天の神々はそれぞれにそれぞれの思いをもって宇宙からの言葉に聞き入っていた。

「父よ、早速にぞ」

「人間作るに地の池とはのう。心の中にあるとか。心の中の池とは何じゃ」

「父よ、天から見てぞ、どの池が人間生むに最適か、そう云う事でありましょうぞ。其方様が見られて決められよ」

「ならば彼処じゃ。ほれほれ、あの池よ」

「そう云う事よ父よ、それこそが心の池よ」

「それにしても宇津目よ、一瞬はこの我れには無い。自然自然、そう言われた」

「一瞬は月、そうも言われた」

「結局今までどうりよ。此れからはぞ、心置きなく笑える。其方も笑う事ぞ。一瞬をもって笑うなど正に自然ではない。一瞬など捨てる事じゃ」

「捨てるも何も、この我れに一瞬などない。自然ぞ。だが併し、其方の自然には一瞬が必要であった。ならば言うたまでよ。所がぞ、何とその一瞬が形となって現れた。それが月よ。正に心置きなく笑え」

「何とそうぞ。其方は其方で笑い転げていたわのう。されど解らん。何故にこの我れだけが一瞬ぞ。宇宙の神にお聞きしたい」

「言われて分からずに聞いて分かるかぞ。その為の月じゃ。あれが答えよ。結果一石二鳥であった。そう云う訳よ」

「正にそう云う事じゃ。さあさあ父よ、全ては納得よ。人間人間、人間を見ずして夢でもない。急ごうぞ」

「急がずとも既によ。地がぞ、月をもって見惚れておる間にぞ、裏から回るのよ。さすれば全てが上手くいく」

「成る程、好い手じゃ」

「好い手も何もよ」

「父よ、今じゃ。急ぎなされ」

「急ぐも何も常にと言うておる。月にて見ておれ。その分だと又々七転八倒よ。金山彦よ、笑う所ではないぞ。事が事、笑おう物なら気付かれる」

「誠じゃ。妻よ、月じゃ月じゃ」

「勝手に行け」

「勝手に行けとか」

金山彦命は木花咲那姫を抱き抱え、月へ向って飛び出していった。

「宇津目よ、一瞬が解った以上、一瞬も又臨機応変ぞ。宇宙は天の声をしっかりと聞いておられる。何と答えを出して下された。然もぞ、何と導きまでもぞ。宇宙はその全てが耳じゃ。何処で何を言おうと聞いておられる。何でも可でも口に出す事ぞ。今回の様に答えが返ってくる。敢えて、敢えてぞ、敢えて言うが素盞嗚よ、御神が言われた一瞬とは、其方の場合、何でも可でも口に出す前に正に一瞬考えよ。考えるに暇もなく口に出した場合、それが間違いであったとして、誰ぞがぞ、はっきりと間違いを指摘した場合、その時はそれでその間違いを認める事ぞ。それでこそ天ぞ。其方だけではなく誰とて言える事じゃ。御神の導きをもってそれが解った以上、正に一瞬は大事にせよ」

「父よ、大事にも何も常に一瞬よ。更に更に大事にしようぞ」

「素盞嗚様よ、既に間違いぞ。更に更にと言われるが、此れまでに一瞬は見えなんだぞ。見えん物をぞ、更に更にはない。のう父よ」

「何事もぞ。今をもってじゃ。更に更によ」

「宇津目よ、見えなんだとか。我れ見えず人が見えようか」

「今をもって更に更によ。宇津目よ、其方もぞ」

「誠に更に更にじゃ。素盞嗚様よ、そう云う事よ」

「謝るとか」

「一瞬よ」

「素盞嗚よ、正に一瞬ぞ。既に忘れておる」

「忘れておるとか。宇津目に対してはっきりと口に出したまでじゃ。宇津目に対し一瞬は」

「有って無しよ」

「何とのう、有って無しとか。有る分にて何処ぞ。無い分にて何処ぞ」

「夫婦は一体、妻に聞け。瀬織津よ、月に行け」

「何と好い物が出来たものじゃ。貴方様よ、行くぞ」

素盞嗚命は瀬織津姫に促され、月に向って舞上っていった。

「父よ、有って無しと、本気か」

「本気と云うより素盞鳴に対する愛よ。宇津目よ、我れの口をもって言うべきであったぞ。素盞鳴を作るに大事じゃ。一瞬などと、作れる訳がない。御神の言葉は其処よ。何とか頼むと、一瞬を利用された。そう云う事よ。良い妻がおる。瀬織津に任す事ぞ。なればこその何とも情ない言い方になってしもうた。白いと云うて白でなし。濁りと云うて濁りなし。一体として扱うしかない。宇津目よ、踏まえて生きよ」

「人間が生まれるにそう云う事でしょう。一歩間違うに大事になる。そう云う事でしょう」

「そう云う事よ。正に踏まえて生きねばぞ」

「父よ、心にある池はそれも踏まえてぞ。天の子としてしっかりとじゃ。母よ、人間の女は優しさが一番、踏まえて生めよ。作られよ」

「誠じゃ。女神の如くにじゃ。のう皆よ」

「母よ、皆と云うて皆であろうか」

「宇津目よ、月へ行け」

「行く前に一言じゃ。のう速佐須羅《はやさすら》よ」

「正によ。優しさもそれぞれ、厳しきとも云うぞ。水速女よ、月と云わず人間作るに池に降りよ。夫唱婦随の好い子が生まれる。のう父よ。父よりも尚、母よりも尚厳しい。宇津目よ、言う事もなし、更に更によ」

「何と有難い事じゃ。ならば父よ、そうさせて貰いましょうぞ。厳しさも又必要じゃ」

「当然、厳しき男と優しき女じゃ。心の池へは妻よ、正に走るぞ」

「走るに一体、池にて一体、逃げるに一体ぞ音立てずにじゃ」

「音立てずに走れようかぞ」

「ならば如何にも雷《いかづち》の如くにぞ」

「それも又面白い」

「父よ、宇宙ぞ。確かなるに言われたぞ、共に作れと」

「何とじゃ、行くぞ。夢をもって無心ぞ」

天照は妻の速開津姫と一体となり、地球にある心の池に向って飛び立っていった。


地では地の神々が月を追っていた。

天照は太陽の光をもって利用し、心の池に降り立った。小高い丘の上にある池は光り輝き、周りには草花が咲き乱れていた。

「何と美しきぞ。人が生まれるに最適ぞ。ならば急ごう。妻よ、如何なる場合、見付かろうともぞ、気にするなぞ。当然一体なれば大きく水が音を立てるであろう。正に一瞬逃げるぞ。始めるぞ」

天照は速開津姫と一体となり、池の中にどっかりと座り込んだ。

「行くぞ」

天照と速開津姫は無心となり、池の水を大きく揺すり、水は正に大津波となって丘を下り山裾を濡らしていった。

「逃げるぞ」

天照は速開津姫を促し、一瞬それぞれに天に向って舞上っていった。

「父よ、月は良いが猿はどうしておろうか」

「竜王よ、どうしてと云うてどうしたぞ。猿から目を離してはならぬと、何とのう、あの月じゃ。猿どころではないわのう」

「猿は此処じゃ。此処をもって動いてはおりませぬぞ。月など知らんふりじゃ。何を考えておるやら。何を言おうと知らん振りじゃ。良くもまあこの様な物を作られたものじゃ」

「金剛力よ、どの様な物とて地を思うての事じゃ。何の為の風光明媚ぞ、其処を考えよ」

「何と父よ情ない。なればこその猿よ。折角の風光明媚が台無しよ。この猿め、風光明媚など、心その物がない。言わして貰うならばぞ、地に於いて邪魔よ。殺すなとか。天に言いたい、自然じゃと。地に置くにぞ、一人で歩けん物を作るなと」

「良うも言うた金剛力よ。父よ、その通りぞ。歩けん物を作っておいて殺すなとかぞ。第一和めん。和めん物かと見ておったが、和めるどころか腹が立つ。何故にぞ、此奴を殺すなとか、それがある。父よ、臨機応変自然じゃ。臨機応変自然に置いてぞ、その上で生きよう物ならばぞ、正に天に感謝よ。死んだからとて普通、地の責任ではない。天にとっては自業自得よ」

「父よ、そうぞ。竜王の言う通りじゃ。死んで当然、生きて流石に天じゃ。どっちにしても自然、気にする事もない。そうぞ父よ」

「納得ぞ。併し金剛力よ、此処から動かんとか。動かんと在らば死ぬまいぞ。生きて天に感謝か」

「感謝も何も自然。天の遊びに感謝もない」

「何とそうじゃ。感謝と云うより遊びよ。天の遊びに嵌まる事もない、のう皆よ。猿は自然、我らとてよ。全ては臨機応変、そう云う事じゃ。天がもし地を思うてしたとてぞ、臨機応変父よ、自然よ。猿に気に取られて地はどうなる。月見る如く猿見て暮らすか」

「父よ、誠ぞ。猿見て暮らすに地でもない。況してや天でもない。それ程ぞ」

「此処を動かぬと在らば生かすに易し、そう云う事よ。臨機応変も何も、気にするも何もじゃ。此処をもって気にし、それで尚死ぬとなればぞ、正に自然よ。気を使うと云うた所で臨機応変、自然よ。そう云う事じゃ」

「正にぞ父よ、臨機応変守ろうぞ。所であれは何ぞ、水の音じゃ。西の方向じゃ。何が起こった。あれは何じゃ、行くぞ」

聖天竜王は一瞬飛び出していた。同時に猿田彦命も又筆鈴白姫と共に飛び出していた。

地の神々は呆気に取られ、そして続いた。只金剛力だけは何時もと変わらずにどっしりといた。

「此れ程の地じゃ、水も出ようぞ」

「全くに水音くらいで飛ぶ事もない。長たる者、どっしりと構えて欲しいものじゃ。竜王様にしても正に忙しい」

「地を思うに余りであろうぞ。思うをもっての間違いよ」

「正にじゃ。竜王様に付く者共にて忙しい事じゃ。何時も何時もゆったりがない。この我れにして自慢ぞ、金剛力様よ」

「何と我れもじゃ。実にゆったりある。あれは何じゃ、追うておるぞ。誰ぞ居たか。天か」

「天が何の為ぞ」

金剛力は一瞬飛び出していた。地の神々も又後に続いた。

「何事じゃ竜王よ、天か」

「天も天、父よ、母よ。天の遊びも父までもとはぞ。母までもぞ。のう父よ、許せん。金剛力よ、あれを見よ。自慢の池が台無しよ。やり直せとかぞ」

「何とのう、良い事と云うてやり直せとか。のう竜王よ、崩れた池を調べたか」

「調べたも調べた。なれば追うた」

「調べておいて追うに暇があろうか」

「有ったればこそ追うたわ」

「どれ程の時をもって調べたぞ」

「時とか。一目瞭然見れば解る」

「見れば解るとか。それで調べたと言えようか。第一一瞬じゃ」

「一瞬結構、それで充分よ」

「何とのう充分とか。良《い》い事であってみよ、どうするぞ、遊びとばかり思えばこその一目瞭然ぞ。天が、然も父がくるなど、遊びか。逃げたからとて本気ぞ。天の遊びは本気よ」

「一目瞭然見てみよ、実に解る」

「見ずとも分かる、この有り様じゃ。それでも調べよ」

「ならば調べよ」

「父の仕事よ」

「父とて一目瞭然をもって追われた。調べずとも分かろうに」

「調べずに分かるか」

「ならば調べよ」

「竜王よ、天とは何ぞ。地をもって遊ぶか」

「遊んだわ、のう父よ」

「調べるぞ。金剛力の言うとうりよ。調べずして何も言えぬ」

「何とのう、調べるとか」

「竜王よ、去れ」

「何と冷たい」

「調べるに邪魔ぞ。竜王よ、月見て我れ見よ」

「何と冷たい」

「これ程の事じゃ、遊びかぞ」

「されば父よ、調べて見ようぞ。竜王よ去れ」

「何とぞ。なれば去るが、有ったとして我れも又ぞ」

「勿論」

「勿論となれば今此処でじゃ。我れとて地の神。責任がある」

「何と無いぞ。在ろう訳がない。責任者は父、其方ではない」

「何と有るのじゃ。一瞬を見て天を追うたは我れ。思うに父はぞ、それを止めようとしたのじゃ。正に勘違いよ。父もかとばかりに深追いしてしもうた。よもやのじゃ、なればこそ責任よ。調べて調べ上げ、父への謝罪よ。逃げる訳にもいかん」

「何と竜王よ、逃げよ。逃げて謝罪よ。既に遅い。天はぞ、父が其方を追うたなど思わぬぞ。天にしてみたらぞ、どう見ても地一体ぞ。見もせずに追うたかと、そう見ておる。其方が此処に居《お》る事でぞ、又々一体よ。天に崩されたと、地が一体となりて悔んでおる、そう見えてしまう。なればこそ逃げよ。それでこそ天も又納得する。そう云う事よ。のう父よ」

「そう云う事よ。折角の父であったに」

「父よ、折角の父はないぞ。如何なる場合逃げられたのじゃ。天は天の考えが有っての事、追うたところで逃げられた。そう云う事じゃ」

「何とのう、追うたところでか。父よ、真逆の真逆追うたか。追うたとなれば同罪、謝罪も何もない」

「竜王よ、それは違うぞ。其方は一瞬をもって追うた。地の者として恥ぞ。父は違う。久方振りの天の父、何事かやと止めようとした。何事よりも何よりも、天の父と語りたかった、そう云う事じゃ。追うたのではない、止めようとしたのじゃ。のう父よ」

「そう云う事よ。結果として追うてしもうた」

「何とほれほれ、追うたのじゃ」

「竜王よ、去れ」

「去れとか。父よ、この通りよ。真逆のあの崩れ方よ。如何に天の父とてと、逸ってしもうた。許して許し、地の父としての威厳としてじゃ、調べるをもって許すと、そうなされ」

「竜王よ、許して威厳でもない。大事な折じゃ、去れ」

「大事なればこその我れであろうに」

「大事なればこその去れよ。のう父よ」

「竜王よ、今こそ去れ。天が宇宙が一体ぞ」

「真逆の真逆、そう云う事よ。然《さ》もなくばこれはない」

「何とぞ。去れと言われて去り難く、宇宙と言われれば去るしかない。何と情けなや。父よ、去るぞ。決めた以上追うな」

「竜王よ、一人で去れ」

「何とのう、其処まで言うか」

「言うも言う。不動共には天を以ってその何かを教えるに、この際じゃ、我れが預る。のう竜王よ、其方自身それを知りたいならば其処にいよ」

「何とのう、言うに事欠いてぞ。天を話すに聞き飽きたわ、のう皆よ」

「天は天とて追うに天ではない。今までに何十回追うたぞ。追うに飽きたわ、のう皆よ」

「実に明解、竜王よ、去れ。一人でぞ」

「去るも去る。天へぞ。天を知るには天が一番、ついでに謝罪よ」

「何処へでもゆけ。但し勝手にぞ」

「勿論勝手よ」

「皆よ、見送る事もない。勝手を見送るに同罪となる」

不動明王達はぞろぞろと聖天竜王を囲んだ。

「竜王様よ、逃げようぞ。天にて話は後じゃ」

「成る程、結局同罪、逃げるが勝ちとか」

「勝ちも勝ち、のう竜王様よ」

「真逆の真逆、良くぞじゃ。宇宙を以って話そうぞ」

聖天竜王は不動明王達をつれ、西へ向って飛立っていった。

「宇宙を話すとか。天も知らずに宇宙かぞ。不動共がまんまと嵌りよった。良い配下ぞ」

「正によ。竜王を守りおった。あれでこそ一体よ。それにしても竜王め、天へ行くなど許せん」

「行こうと言うて行けるかぞ。父の負けじゃ。なればこそ不動共を嵌めた。嵌めねば負けた。そうであろう父よ。止めたはのう」

「誠じゃ。止めた止めた」

「のう父よ、全てを信じるはよいが、相手を見よぞ。何と竜王は、何時でも相手を見ておる」

「のう金剛力よ、信じてこそ一体ぞ。竜王は竜王で地を考えておる。考えるあまりに一瞬を以って自分を正直に出してしまうのじゃ。信じると云うより地を考えるに心を以って信用よ。金剛力よ、自分を以って生きるもよいが、地は一体、其処を考えよ」

「何とのう、そう言うか父よ。自分を以って生きるとはぞ、臨機応変よ。例えばぞ、風光明媚として地を作る時、正に自分よ。不動と共に和んでおる。況してや、地を造るにぞ、竜王と一体にはなれんぞ。それこそ和めぬ。和んでこそ我々じゃ。ならば聞こう父よ、和んでおられるか。我れには見えんのう。第一父よ、天にて気にせぬ事じゃ。天を気にするあまりに和めぬ。竜王とてそうじゃ。不動共が哀れぞ」

「のう金剛力よ、天はぞ、地に取って大事の大事、気にするも何もない。それこそ自分よ。

和むも何も、地を作るに必死であった」

「父よ、必死は要らぬぞ。ゆったりとじゃ。臨機応変よ」

「臨機応変も又自分よ」

「のう父よ、自分自分と云うが、臨機応変は皆同じぞ。自分ではないわ」

「自分とはぞ、自然よ」

「成る程、自然とはぞ、臨機応変とは又違う」

「自然の中での臨機応変と云う事よ」

「納得ぞ。竜王も居らぬ事じゃ。急ごうぞ」

「先程から見回しておるが何が有るぞ。何か見えるか」

「見えませんのう。水の中でしょうや」

「そうであろうぞ。水の中とはのう。水の中にて好い事とか。水の中では見えんわのう」

「水は既に池とは言えぬのう。これ程の池を崩してまでの好い事じゃ。水はすでに元どうりとなりましょうが、元どうりとなった時にこれまでと違った池となるのでしょうか。違うとなるとどんな池じゃ。今までとて正に風光明媚であった。何と父よ、調べるに簡単ぞ。何と云うても池を崩したは天の父、これが好い事ならばぞ、聞くが一番。正に自然よ」

「何とぞ、そう云う事ぞ。聞いて自然、元どうりとなるに待つ訳にもいかぬ」

「そうぞ父よ、こう云う時こそ聞くものよ。天はその為にある」

「そう云う事じゃ。早速にぞ」

猿田彦命は天に向って叫んだ。

地の神々は地上に座り込み天を仰いでいた。

「父よ、地の池にて崩されましたが、何の為にでしょうや。池にて触れても宜しゅうござりましょうや。池には何か置かれましたや」

猿田彦命は地の神々と共に天からの声を待った。

「猿田彦よ、池を以って触れてはならぬぞ。直ぐにも水は満ち元どうりとなるであろう。正に風光明媚なるに場所である。あの場所にて池は聖水となっており、指示あるまで触れてならずである。猿田彦よ、太陽の光を浴びながらその場所で待て。好い事とてある」

猿田彦命は更に更に天を仰いだ。

「父よ、良う解りました。正に太陽の光を浴びながら聖水を見て待ちましょうぞ。好い事とて確かりと見張りましょうぞ。実に楽しみな事じゃ」

猿田彦命の心に一瞬の寂しさが過《よぎ》った。

「金剛力よ、聖水の池とよ。触ってならずとよ。太陽の光を浴びて待てか」

「父よ、臨機応変よ。普通普通。今までと同じよ。太陽の光を浴びるとはぞ、そう云う事よ。楽しみに笑うて待てと、そう云う事じゃ。第一ぞ、地の長たる者がぞ、池の番人などするかぞ。触れるななど、そう云う事よ。父よ、臨機応変、飛んでゆけ」

「何とのう。ならば飛んで行き、更にはゆったりとしようぞ」

「そう云う事ぞ。指示があるまでじゃ。聖水は見張る事もなし、誰が入ろうか」

「そう云う事じゃ。金剛力よ、今正に無心よ」

「無心も何も普通、自然よ」

「聖水が満ちるに尚一層風光明媚となろうぞ」

「正にじゃ、当然。気にする事もなし、勝手になる。緩りとなされ」

「そうしようぞ」

猿田彦命は筆鈴白姫を伴い飛去っていった。


「父よ、竜王が言うには、猿めが増えておるそうですぞ。どの様にして生まれ出ているのでしょうな。真逆のあの池か」

「何とのう、猿とはのう」

「聖水とはどの様な物じゃ。あの様な物体が好い事か。あれが好い事となると大事じゃや。父よ、断れ」

「断れとか。断るよりも尚育ててみようぞ」

「何とまあ、育てるとか。声掛けて解らぬ物が育とうか。育つまいぞ」

「猿は猿なりに育とうぞ」

「猿なりとか。其処が問題よ。なりも何も言葉が通じぬ」

「通じぬからとて放り出すも又勿体ない。些かにも神の子じゃ。解ろうぞ」

「ならば父よ、こうしようぞ。我等は今までどうり風光明媚を以って働こうぞ。さればぞ、父と母は猿めを育てなされ。無心となってじゃ。無心となるに猿に近付けるやも知れん。正に育とうぞ。況してや、天も又喜び降りてくるやも知れん」

「何とのう、降りてくるか」

「そう云うもんじゃ」

「何とのう。ならば早速じゃ。妻よ、無心となって行くぞ」

「母よ、母は母なりにぞ。猿とて男と女とがおる。女は女よ。育つに女らしくなる」

「何とのう、女らしくか」

「当然。但しぞ、育てばぞ」

「天にて好い事の猿じゃ。育つわ」

「そう云う事じゃ。育たずして好い事かぞ」

「正にじゃ。じっくりとじゃ、育てようぞ」

猿田彦命は筆鈴白姫を促し、猿の元へと急いだ。


月では天の神々が今か今かと聖水の池を見守っていた。

「太陽の光を浴びて煌々と誠に美しい。水が可笑しいぞ。何々、何々、水が可笑しい。光が可笑しいぞ」

「何とじゃ、正に可笑しい。宇津目よ、良く良くと見よ、猿じゃ。大事じゃ。触ってならずの聖水を何と云う事じゃ。人間が死ぬ」

金山彦命は一瞬木花咲那姫の手を取り、地に向って飛降りていった。

地上でその様子を見ていた聖天竜王は、一瞬聖水の池へ向っていた。

金山彦命と木花咲那姫は猿を蹴散らし、一目散に天に向った。

「猿め」

「又々あの方だ。逃げるぞ。者共追うぞ」

聖天竜王は一瞬を忘れ、天へ向かう金山彦命を追った。

月よりこの様子を見ていた素盞嗚命と天宇津目命は、金山彦命に対する怒りを忘れ、今は只面白可笑しく見ていた。

「如何なる金山彦も竜王一人ならまだしも、あれでは負ける。素盞嗚様よ、行くぞ」

「何と面白い。行くぞ」

素盞嗚命と天宇津目命は瀬織津姫と水速女命を伴い間に向って飛降りていった。

「竜王め、やるのう。空に強い彼奴じゃ、だからと云って天ぞ、負けてなるか」

「素盞嗚様よ、戦いはならんぞ。空にて戦いは宇宙を崩す。此処ぞとばかりに月へ行くぞ。断じてならんぞ。月は天の物。況してや竜王など、上げてならずぞ」

「勿論よ。上げようものなら月が汚れる。来た来た。金山彦よ、加勢ぞ」

「加勢とか、要らぬわ」

「誠じゃ、要らぬ要らぬ」

「要らぬとて加勢よ。久方振りにて遊ぶぞ」

金山彦命と木花咲那姫は一目散に月へ向っていった。

「竜王よ、待っておったぞ。何用じゃ」

「何用じゃと。何方様かに用じゃ。天とも在ろうお方がぞ、今度と云う今度は許せん。聖水の池にて触れてならずと云うたは天ぞ。その天が事も在ろうにのうのうとお出で下された。何と触れる為にぞ。ご存じなかったとは言わせんぞ。況してや、それを咎《とが》めもせずにぞ。見逃すお積りか。天にあるまじきこの有り様。許すも許さぬも呆れる。今度と云う今度は、如何に父とて許されまい。天の父とてじゃ。何方様かに今一度下りて頂き、土下座でも何でもして頂きたい。それ程ぞ。折角の好い事が地に落ちましたぞ」

「何とのう、地に落ちたか。それは勿体ない。今一度作らねばのう。あれ程の物、今又作れようか。のう素盞鳴様よ」

「作れまいぞ。折角の人間、殺したか」

「人間じゃと。どう云う事じゃ。人間とは何ぞ。教えて欲しいぞ」

「何と素盞鳴様よ、この我れも又教えて欲しいぞ。人間などと云う言葉は聞いた事もない。のう瀬織津様よ」

「誠じゃ。貴方様よ、教えて欲しいぞ」

「素盞鳴様は誠に聡明、常に新しい事を考えなさる。人間とは又どう云う物じゃ。誠に教えて欲しい」

「何とのう、聞かれてしもうたわ。宇津目よ、聞いたからと云ってそれを自分の物にするは許さんぞ。人間とはぞ、天にて言うわぞ。竜王がおる」

「人間のう。素盞嗚様よ、良くぞ教えて下された。この我れの頭脳は一々と聞き分ける事が出来ますのじゃ。天の方々よ。言い訳も此処までじゃ。早速持ち帰り地への土産としましょうぞ」

「何と竜王よ、其方の頭脳は何処に付いておる。聞き分けるとか。まあ持ち帰れ。天にて笑いが一頻《ひとしき》りよ。金山彦が又落ちねばよいが。素盞嗚様よ、其方様の責任ぞ。人間などと、下らぬ夢を口にするからじゃ。嘘を言うに事欠いて、そう云う場合はぞ、黙る事ぞ。のう竜王よ。天にてこう云う方も居られるを覚えておけ」

「言うに事欠いて下らぬ夢とか。こう云う方もおられるとか。第一人間は」

「貴方様よ、どっちにしても其方様が悪い。聖水の中の好い事が、其方様の言う人間になってしもうては大事、竜王よ、全て遊びよ。追うてきたからとて揶揄うただけじゃ。金山彦には天として厳しくよ。然し竜王よ、聖水の水に触れるなは地の者だけではない。猿もじゃ。猿めが水辺で遊んでおったぞ。触れておったのじゃ。好い事とて正に大事ぞ。猿とて触れてならずを今一度言え」

　聖天竜王は上目使いに天の神々を見回し、不動明王を見渡した。

「戻るぞ」

　今一度天の神々を見据えた聖天竜王は、ニヤリとばかりに笑いを残し不動明王と共に地に向って下りていった。

「父よ、大した土産を持って参ったぞ。聖水の池にてある、好い事が何であるか解ったぞ。人間とよ。素盞鳴様が実に上手に口にしたわ。それにぞ、寄って集《たか》って言い訳がましく言い合っていたが、この我れの頭脳には敵わん。人間とは父よ、どの様な物であろうかのう」

「何とのう、人間とか。それが解っただけよい。人間のう。好い事と云うからには猿よりはましよ。のんびりと待とうぞ」

「それに父よ、触れてはならんと言われておったが、猿とてだそうな。猿ともなると見張りがいるぞ。今も又猿が居たそうなぞ。なればそれを見てあの騒ぎじゃ。天では今頃あの方は、やいのやいのと言われておろうぞ。天にて笑いがない証拠よ。この我れを騙すなど、言うに事欠いて竜王よ、か」

「今回は何と竜王よ、勝ち誇ったか」

「誇ったも誇った、大勝利よ。父よ、天は天ぞ。好い事とて、地を思いなど。思いと在らばそれが何であるか教えるものぞ、のう父よ」

「教えぬも又天の愛であろうぞ。知るよりも尚歓びが大きい事とてある。天に勝ったからといって竜王よ、我れ忘れてならずぞ」

「忘れるも何も自分、忘れる訳がない。第一ぞ、忘れて勝てよう筈もない」

「聖水の池にて不動を付けよ。其処に水在らば猿はくる」

「そう云う事じゃ」

「竜王よ、一として天は捨てよ。捨てて尚天の存在は忘れるな。何と云うても天じゃ。常に地の為に居られる。何時でも地の事ばかりよ。今回の事にしてもぞ。気に掛けておればこそあの小さな猿さえも見えた。結果あれはあれで許せる。そうであろうが。況してや竜王よ、あれこそが天ぞ。天は地を以って生き甲斐よ。ならばこそ笑えよ。処が、地には生き甲斐と云う物がない。今まではぞ。今地には猿がおる。猿を以って生き甲斐としようではないか。知恵がないとはいえ、きちんと生きておる。生きておると在らば育つぞ。それこそ育てるに生き甲斐よ。されば天を気にする事もない」

「父よ、それはあるまいぞ。どう見ても育つまい。何度試みたものかぞ。今は父よ、好い事とて待つ事ぞ」

「試みたとか。どの様にぞ」

「声を掛けてみた。聞こえてはおる様じゃ返答がない。全くにぞ。育つも育たぬもない、只の猿よ」

「聞こえておれば育とうぞ。返答はなくとも聞くうちにぞ、返答と云うより良し悪しが解ればよい」

「無理無理無理父よ、良し悪しなど解るか。返答とはぞ、聞こえるなら聞こえる如くにぞ、些かにも反応があっても好いものをぞ、何らない。猿は猿よ、育てるなど止めなされ」

「竜王よ、やり方よ。この我れは我れでやってみようぞ」

「なればやりなされ、納得する」

「早速にじゃ」

猿田彦命は筆鈴白姫を伴い、猿の住処へと立ち去っていった。


「瀬織津姫よ、金山彦に対し厳しく言われるや。のう素盞嗚様よ」

「瀬織津と云わずこの我れが言うぞ。言うて言うてその上でじゃ、当分月よ」

「言うて言うてか。素盞嗚様、我れならばこうするぞ。何も言わずに只々笑うておる」

「ほう、誠か。一瞬を以ってなく飛び出した彼奴ぞ、許せる訳がない」

「笑うが勝ちぞ。まあ見ていなさい。土下座をさせて見せるぞ」

「何とのう、土下座をさせるとか。笑うて居ようぞ」

「そうなされ。追われたからにはと覚悟しておりましょうから、只々笑うていなされ。何事かと土下座する」

「あの金山彦ぞ。土下座などしようか」

「するもする。せずして天か。如何に触れてならずの池とて、猿如きに飛降りるなど天にあるまじき行為、言うよりも尚笑う事よ。許してくれるかと土下座する。それでこそ天よ」

「納得じゃ」

「納得とか。笑えようや」

「笑える笑える。笑うしかあるまい。我れとて失態よ。人間を口にしてしもうた」

「そう云う事じゃ貴方様よ、正に土下座よ、せよ」

「まああそれはそれ、父の前でよ」

「何と父の前でとか」

「当然よ。秘密の秘密を口にしたのじゃ。金山彦どころかよ。口軽きも困ったもんじゃ。さてぞ、笑うぞ」

素盞鳴命と天宇津目命は、瀬織津姫と水速女命を伴い月へ下り立った。

「宇津目よ、やれやれぞ。それにしても方々よ、良くぞ加勢じゃ。久し振りにてすっきりぞ。真逆の猿ぞ。人を殺してはと、それこそ一瞬よ。飛び降りてしもうた」

「猿であろうと何であろうと、飛び降りたは失態、失態は失態として認めるべきぞ。のう素盞鳴様よ」

「認めるも認めんも自分よ」

素盞鳴命は自分の失態を隠し、笑みを浮かべながら金山彦命を見ていた。

「何と有難い事じゃ。認めるも認めんもか。其処まで言われると在らば認めるしかない。この通りよ方々よ、一切父にも謝ろうぞ。素盞鳴様よ、共に土下座よ」

「何とのう、土下座とか。何故ぞ」

「天にあるまじき行為と、何やら聞こえた」

「聞こえたも聞こえた。人間がどうのこうのと聞こえたぞ」

「何処でぞ」

「此処じゃ。月より見るに中天とは、見てみるか素戔嗚様よ、これから我れが下りてゆく故、確かりと見ていなされ。宇津目もぞ」

金山彦命は一人中天に向って飛び降りていった。

「月にて方々よ、聞こえるか。金山彦じゃ」

金山彦命は中天に止まり月に向って声を掛けた。

「聞こえるぞ。金山彦よ、正に聞こえる」

月より天宇津目命は大声で応えた。

「月の者よ、聞こえぬか。金山彦じゃ」

金山彦命は、今度は大声で叫んだ。

「金山彦よ、聞こえるぞ」

天宇津目命は更に大声を出していた。

「何と聞こえぬか」

金山彦命は一気に月に向って上っていった。

「何とのう、聞こえなんだか」

「聞こえたぞ。聞こえたぞと返答したわ」

「聞こえたとか」

「何とのう、聞こえなんだぞ。中天の不思議ぞ。何とぞ。下から上がるに月にて聞こえ、下から聞くに月の声が聞こえぬのじゃ。何と正に天の物じゃ。何とのう、如何に地が聞き耳を立てたとてぞ、聞こえぬと云う事じゃ。先程にて二方よ、残念よのう。我れにて加勢がなかったならばぞ、何と竜王の言いたい放題が聞こえたに」

「何とのう、余りの事に逸ってしもうた。今一度下りて参れ」

「何々、下りよとか。些かにも我れはぞ、理由もなきに下りぬぞ」

「歴《れっき》とした理由があるではないか。音の確認よ」

「何とのう、有る有る、大有りじゃ」

「素盞鳴様よ、無いぞ。既に確認した」

「素盞鳴様よ、そう云う事じゃ」

「何と嵌めたか」

「嵌めるか。金山彦を嵌めようとした。然すれば其方様が嵌ってしもうたのじゃ」

「何とのう、嵌ったか」

「素盞鳴様よ、なればこその一瞬よ」

「其方に返すわ」

「返してもろうたところで一瞬よ」

「そう云う事じゃ」

「一瞬を以って生きようぞ」

「さてぞ、戻ろうぞ」

天の神々はそれぞれに天に向って降りていった。

「父よ、許せ。地に於いて猿が聖水の池を触れておるが見えた故、一瞬飛び降りていったが、何と見付かってしもうた。真逆の竜王共に追われてのう、何と、月にてこれを見ていた素盞嗚様と宇津目が、天は一体とばかりに、況してや月に上げてならずと、中天にて加勢よ。その際に、此処じゃ父よ、素盞嗚様がうっかりと人間を話してしもうた。然し父よ、何とかかんとか誤魔化しはしたが、何やら竜王め、如何なる場合誤魔化しは利かんとばかりに人間を物ともせずに持ち帰った。だが然し父よ、人間と云うて何の事やらぞ。結果許せ、のう素盞嗚様よ」

「誠じゃ。金山彦とて人間思うて飛び出した事、この我れにしたところで、何と云うか、許せ。のう方々よ」

「一瞬はどうした素盞嗚よ」

「一瞬は正に自分よと、既に反省よ」

「反省とか。言われたばかりに反省か。許せんのう」

「許せんと在らば一瞬よ」

素盞嗚命は、一瞬月に向って飛び上がっていった。

「一瞬を以って素盞嗚が反省する以上、金山彦よ、其方もぞ。如何に猿とて、地に下ろした以上地の物ぞ。それで人間が水泡に終わるなら、自然の中での失敗よ。さればじゃ、月よ。月は正に一石二鳥、全てよ」

「のう父よ、人間は地の物か、違おうぞ。其方様の子ぞ。そう言われたわ」

「父よ、誠ぞ。其方様の子じゃ。それこそ一石二鳥、天は見て楽しみ、地は育てゆくものぞ。猿如きと言われるが、人間ぞ父よ。何の為に天を以って作り出したぞ。我れとて一瞬飛び出さんばかりであったぞ。正に一瞬遅れたぞ。金山彦が月なればぞ、我れとて月よ」

「何とのう、行け」

「人間捨てるか父よ」

「捨てるも何も自然よ。育てるとはぞ、猿とてぞ」

「何と父よ、何の為の人間ぞ。育とうか猿めが。とてもとても育つまいぞ」

「猿は物体、育って自然」

「勝手に育つが自然ぞ。聖水とて水、水有る所、来るなとと云うて解ろうか。天とて地とて守って自然、天の動きを見てとって地も又解ったであろうぞ。許すとか許さぬとか父よ、それこそ一瞬ぞ。真逆の父よ、月へ行きなされ。面白い物が見れる。正にぞ。素盞嗚様を以って遊んできなされ。遊びと云うて本気のぞ。正に遊んで得を得た。誠ぞ。一石二鳥であったぞ。素盞嗚様に聞きなされ」

「何とのう、我れが月か」

「正にじゃ。月は好い」

「父よ、正に好いぞ。月へ行ったならばぞ、素盞鳴様に言いなされ。其方は中天に行けと。歓んで行くぞ。それで全て解る」

「何とのう、中天とか。何が有ったぞ」

「聞くより行けよ」

「ならば行こうぞ。行って一瞬を見てこよう」

「一瞬も何も、遊びよ」

「一瞬は月におる」

「何とのう、そうじゃ。天にて仕事よ」

「遊びじゃと云うておる」

「その通り父よ、遊びじゃ。遊びとて仕事よ」

「大いに遊んでこようぞ」

「大いにも何も自然」

「実にぞ」

天照は、長としてよりも尚一天の神として月に向った。


「竜王よ、猿めじゃが、何と動かぬ。折角の生き物故、それでも生かそうぞ」

「動かぬ者を父よ、生かし様がない。自然よ。生きて大した者、死んで普通よ。死んだからとて天の失敗作よ。失敗を生かすも殺すも地の勝手、何も言えまい」

「失敗とか。これ程の物、真逆の失敗か」

「失敗も失敗、実に失敗よ」

「失敗とて之なりよ。実に生かす」

「正に生かせ。自然に死ぬ」

「とんとよ。生かして見せるわぞ」

「見せるも何も自然、死ぬも自然」

「それにしても竜王よ、聖水の中に何ぞ居たか」

「居たも何も、たった今天から戻ってきたばかりじゃ。どんと構えて天の動きを見ていた。

父よ、天とて地を見ている筈、地とて見ていようぞ」

「竜王よ、実に其方は猿じゃ。動くな。されば天と遊べ。猿に用はない」

　猿田彦命と筆鈴白姫は聖水に向って歩いた。

「父よ、猿結構。其方様も猿になる事よ。緩りとなされ」

「緩り緩りとしておるぞ、のう妻よ」

「その通りよ。竜王よ、其方は動け。緩りとするに暇などなかろうに」

「何とないぞ。母よ、其方様もじゃ。何やら不動共が騒いでおる」

「誠じゃ。貴方様よ、行くぞ」

「急ぐ事もなし、何時もの事よ」

「何と父よ、違うぞ。あれを見よ、父よ」

「あれは誰ぞ。真逆の真逆、何処から湧いたぞ。それとも天から降ってきたか」

「降るまいぞ。ならば地よ」

「それにしても鮮やかな。女かぞ」

「二方じゃ父よ。ほれほれ、二つとなった」

「それにしても鮮やかなぞ」

「父よ、鮮やか鮮やかと、其方様もぞ」

「大きな男じゃ」

「父よ、其方様もじゃ」

「竜王よ、行くぞ」

猿田彦命は天を仰ぎ、何故か感謝をした。

「何と父よ、感謝とか。真逆の真逆、聖水の池より湧いたか」

「湧いたも湧いた、そう云う事であろうぞ」

「何と感謝じゃ、のう父よ」

「そう云う事よ。地が一段と賑やかとなる。有難い事よ、のう妻よ」

「それにしてもお美しい。女とて嬉しい限りじゃ」

「そうよのう母よ、これで天に勝る」

「勝るか。天にはごろごろとおる」

「二人とてごろごろよ。知恵が違う」

「知恵とか。何の為の天ぞ。天の知恵を以って再びあの通りよ」

「父よ父よぞ、知恵で我等は生まれたかぞ。そうではあるまいに」

「何とそうじゃ。聖水と思う余りについついよ」

「思う余りとか。其方様らしくない」

「らしくも何もそうなった」

「お先にじゃ」

　聖天竜王は、まずは挨拶とばかりに猿田彦命の前に出た。


「これはお二方、ようこそじゃ。実に歓ばしい。処でお二方は何処より湧いて来られたぞ。真逆の真逆、地中より湧いて来られたか。それとも天より降って来られたか。どっちにせよ歓ばしい」

「これは又大きな不動よのう。何とまあ太っ腹じゃ。太っ腹と云うより実に滑稽じゃ。何処から湧こうとか。地からよ。この地中からよ。この星の地の中をきっちりと造ってきた。それ有っての地上よ。処で長か」

「いやいや、長は一目瞭然、見て解ろうと云う物よ。のう皆よ」

「竜王よ、今一度聖水を見て参れ。何ぞおるやも知れん。居たなれば連れて参れ。居らぬとあれば戻って参れ」

「何と父よ、何故に今ぞ」

「其方に取っては今ぞ」

「父よ、可笑しいぞ。折角のお二方、じっくりと見定めたいぞ」

「正にそうせよ。だが然し竜王よ、今はその時ではない。特に其方はぞ」

「特にと言うか、父よ。行って参ろうぞ」

聖天竜王は不満げに猿田彦命を見据えながら光の玉となって飛び出していった。

「猿田彦じゃ。ようこそじゃ。誠に歓ばしい。地中から来たとか。地中に居たともなればぞ、この星と共に居たか。居たともなると長じゃ。見えぬからとて長は長、地中を知らずして長でもない」

「立派な長じゃ。それでこそ長、地中は地中、地上は地上よ。地中を以って長となろうぞ」

「何とのう、地中にて長とか。地中に於いて何をしておった、永々と」

「地上との道を付けておったのよ。道のない地中であったわ。だが然しぞ、全てに於いて地中にいた訳ではない。地上とて出てきてはおったのよ。出ては潜り出ては潜り、正に縦横無尽よ。地上に人がおるなど、正に知らなんだ。まずは地中とばかりに地上には目もくれずよ。やっと終りをつげて出てきて見ればこの有り様よ。真逆の真逆、長が居ろうとはぞ。然も然も、良くぞおる。今なる者は竜王とか。地上は正に好い気な物よ。のう長よ、今を以って逃がしたか。逃がすはないぞ。逃がしたでは自分が見えぬわ。見せて見せて見せよぞ」

「逃がしたとか。そうではない。逃がすどころか自分を見よと、そう云う事よ」

「成る程のう、其方流か」

「流とか。人を育てるに流があろうか」

「有るも有る。無いでか。彼奴を育てるにやり方は、あれでは拙いぞ。育つどころか益々ぞ。猿田彦とか。好い名じゃ。この我れに於いては山祇《やまずみ》と申す。これなるは妻たるに嬉水引《おにこべ》よ。良くぞ働く女よ。宜しゅうにじゃ」

「真逆の真逆、知らなんだぞ。長々と良くぞじゃ。これなるは妻よ。筆鈴白と申す者にて宜しゅうにぞ。我が妻も又良く働く女よ」

「地を以って長は其方にしてもぞ、臨機応変我れは我れぞ。これまでどうり変わる事はない。常に自然、思う儘よ」

「正に当然。長とはぞ、正に臨機応変よ。況してや其方はぞ、この地と共にいた。正に長よ、譲ろうぞ」

「譲るとか。天が決めた長であろうに、譲ることもない」

「天は天、地は地、知らずにいた事じゃ。知った以上譲るが自然、天とて同じよ」

「同じと在らば待とうぞ。待った上での事よ」

「何とのう、譲れとか」

「ほう、譲らぬか。譲らぬ物を言わぬ事ぞ」

「譲るは譲るが、譲ったからとて臨機応変ぞ。正に自然」

「地上は呑気でよい」

山祇命の心に猿田彦命への長に対する不信感が生まれた。

「不動共が地の中にまだまだ働いておる。地上の其方とは違い呑気がない。のう猿田彦よ、地に潜り、不動共を其方の手で地上に上げてみよ。ならば地の中が見えるわ」

「見て参ろうぞ。処で不動共は何処におる」

「さて何処であろうか。それを聞いてどうするぞ。聞いて連れ戻せる訳でもない。聞いて連れ戻せよう物ならばぞ、長は要らぬわ」

「何とのう、試すか」

「試すどころか、普通」

「山祇様は長とか」

「その通りよ」

「何とのう。天はどうする」

「正に呑気者ぞ、其方は。天は天地は地、地有っての天よ」

「天には父がおる」

「天は一体、この星なく天でもない」

「だが然し山祇よ、一体どころか天とは、如何なる場合地の為に働いておる。一体とはぞ、地上とはぞ、天なくしてはない」

「無いで常套。のう長よ、自分を持て。そう云う事よ。長とも在ろう者がぞ、天を宛てにしてどうするぞ。地は地、自然」

「何と宛てにしたか」

「しておるぞ。天は天、自然に成っておる。長たる者、天を以って父でもあるまい。天照とてその積りよ」

「天照とな。見知りおったか」

「なればこその地の中よ。長を以って二人は要らぬとばかりに地に潜ったのよ。結果がこれよ。地上よりも尚凄い所であったわ。出るに出られず、此処まで来てしもうた。何と地上は昔の儘ぞ。何ら変り様がない。何をしておった。長々と遊びおったか」

「呆れたもんぞ。地の中を崩し地上を崩壊しておきながら、良くぞ言えたもんぞ。造っては崩し造っては崩し、この通りよ。今この我れがぞ、地の中に潜って行こう物ならばぞ、又々崩れる。山祇よ、今この地上には聖水の池と云う物が出来ておる。触ってならずと、天からの命令ぞ。天は正に一体ぞ。常に地を考えておる」

「のう猿田彦よ、其方は地を考えておらぬか。考えよぞ。知恵を出し天を揺すれ。天とてそれを望んでおろうに」

「揺するとか」

「その通りよ。揺すれ揺すれ。揺すって揺すって地を見せよ。命令とか。入ってならずとか。入れ入れぞ。聖水と在らば天の物ではない。宇宙よ。入って入って遊べ。遊んでおる内に何ぞ出てくる」

「無理無理、猿と云う物がおってのう、その猿が聖水に入ったからとぞ、何と天が降りてきたぞ。それをぞ、この我等が入ってみよ、どうなるものぞぞ」

「どうもならぬわ。猿は物体、其方は誰ぞ。自然とはそう云う物ぞ。自然に於いて崩れるならば捨てよ。天の物とて良いではないか。崩れて常套、天が揺れる。地にとってはぞ、一歩前進よ。猿田彦よ、前進なきに苛ついておる。聖水は只の池よ」

「何とのう、只の池とか。前進のう、して居《お》らぬわ。一歩もぞ。山祇よ、長じゃ。譲るぞ」

「今を以って要らぬわ。呑気に生きる」

「長として呑気に生きよぞ」

「長として呑気に生きられようか。地上に住むに不動共とて同じ事よ、其方が育てた」

「それは違うぞ。不動には育てるに二人の長がいる。一人は先程にての竜王よ。一人は金剛力にておる。共に立派じゃ」

「これは可笑しい。二人を育てておるは誰ぞ。其方じゃ。育った通りに教えておるわ。猿田彦よ、当分長を返上せよ。共に作ろうぞ。竜王を、金剛力をぞ」

「正にぞ。返上も何も既に返上よ。この我れをも作って欲しいぞ」

「何と出来上がりじゃ。流石に長、返上する事もなし。共にじゃ。一体となって地は地ぞ」

「嬉しい事じゃ。良くぞ言うてくれた。この通りよ」

猿田彦命は山祇命の前に平伏していた。

天では、金山彦命が地の星を見ていた。

「父よ、又々面白きぞ。見たこともなきに二人ぞ。何と地の父とも在ろうお方が、地に伏しておるぞ。何者ぞ。どうする父よ」

「どうするも斯うするも地は地、成る様になる。見たからと云うて一々気にする事もない。猿田彦がその為におる」

「しかし父よ、我らと同じ光ぞ。況してや見る限り、父が伏しておるぞ。何処から湧いて出てきたぞ。成程、真逆の父よ、上のお方か」

「金山彦よ、上なら上でお声がかかる。下なら下で放っておけ」

「放っておけと云うて置けぬぞ。何と云うても地。然もぞ、父が伏しておる。のう宇津目よ」

「父よ、下があろうか。下に伏す訳がない。気にするなと云うて父よ、父とて気になって居ろうに」

「なったからとて放っておけ、そう云う事ぞ。上とはそう云うものぞ」

「成程。そう云う事じゃ宇津目よ。となるとじゃ、上に聞けじゃ。聞くぞ」

「何とそう云う事よ、のう父よ。聞くぞ」

「聞いて損する」

「損結構父よ、損して得取れよ。のう宇津目よ」

「そう云う事よ。父よ、そう云う事ぞ」

「何とのう。得取れとか。取って見ようぞ」

天照は、太陽に向かい叫んだ。

「我が父よ、地の星にて見知らぬ光が生まれて今居りまするが、あの光は地を以っての者でしょうや」

天の神々は太陽を仰ぎ、太陽神の声を待った。

「天地は一体。天は地を知らずして天か。生まれたと在らば知れ」

無言の儘に天の神々は顔を見合わせ、そして飛んだ。

「天照よ、何処へゆく。行先が違うぞ。天は天、地は地。急ぐ事もなかろうぞ」

天の神々は、空《くう》の中で一瞬止まり、そして引返してきた。

「父よ、申し訳ない。我らが逸《はや》ったばかりに父をも巻き込んでしまった。こうなったからには待とうぞ」

「正に正に、申し訳もございませぬ。まったくにぞ。我等とも在ろう者が逸ってしまった。実に申し訳なく、これも又得。逸るを以って知ったぞ。と云う事で父よ、許せ。許すも許さぬも、逸るを以ってそれに習った父も悪い。そうであろうが、のう宇津目よ。我れも又習ってしもうた」

「父よ、許すな。この我れとて許さぬ。許して得が無となる。のう父よ」

「それも此れも得。逸ったお陰で笑えた」

「成程。金山彦よ、習って良かったぞ」

「正にぞ。習って良かった。流石に父」

天の笑いが天空に響き、地の星に輪となって降りていった。


猿田彦命の妻として筆鈴白は、猿を自分の大きな恵の一つとして考えていた。

「竜王よ、猿をついぞ見逃してしもうた。恵の大事な物じゃ。息絶えたとあっては申し訳ない。直ぐにも探し出し、行先を見届けて参れ。余りにも小そうて、ついぞ見逃してしまう。探し出したなれば、不動の誰ぞを猿の見張りとして付け、猿の何かを見定めさせよ。然すれば又、不動の生き甲斐ともなろうぞ」

「何とのう。その役目、この我れに命じなされ。喜んでお引受しますぞ。確りと観て、猿の全てを見抜きましょうぞ」

「竜王よ、折角ながら断る。猿は大事、されどこの地球、猿の比ではない。猿など、大事と云うて高が猿、其方ほどの者が見張る事もない。不動とてぞ。だが然し、恵としておる以上、見て見ぬ振りも出来まいぞ。ならばと、そう云う事じゃ。猿も大事と、言い訳よ」

「ならば見張るも言い訳、大事の大事、この我れじゃ」

「良かろう。確りと見張るがいい。天が見て笑おうぞ」

「何とのう。天が捨てた猿じゃ。地も捨てようぞ、母よ」

「そう云う事よ。だからこそ必要。どう云う物かを確かめもせずに捨てる訳にも行くまい。確めた上でぞ、捨てるならば、天とて何も言えまい。天とて確かめた上で捨てたのじゃ。地だからとて、要らぬ物は要らぬぞ」

「立派じゃ。流石に母、言い訳を以って当らせようぞ。何と母よ、何事であろうか。何と又々あの方か。真逆の真逆、又々降りて参ったか。母よ、行くぞ」

聖天竜王は、猿どころかとばかりに、空《くう》に向って飛び上がっていった。


山祇命と共に一体となり、地上に出てきたその妻嬉水引は、大きな喜びと共に、宇宙の、そして地上の美しさに感嘆し、その中で地中に居る不動明王たちに対し、今直ぐにもと、一人地中に向って下りていった。

「何と」

一瞬山祇命も又、妻の後を追った。

その時、天を以って誰ぞ降りてきたかと、それを確かめるべく空を飛んでいた聖天竜王は、突如として地中に向っていく嬉水引と山祇命を目にし、

「何と、あの方らしい。今度は地に潜ったか」

とばかりに二人の後を追った。

一方その時猿田彦命は、徒《ただ》ならぬ物々しさで飛んでいく聖天竜王を見て、何事かとばかりに後を付けていた。

「何と」

猿田彦命に取って聖天竜王の行動は、常に地球の為であり、信用するに足りるに物であった。一瞬猿田彦命も又、その信用の元に後を追い、地中に向って下りていった。


再々笑いの中で地を覗いていた金山彦命は、今も又、地の奴らはとばかりに、況してや人間と、目を凝らしていた。

「竜王め、何をしておる。地を造るに何ぞ確めておるか。ほう、此れは面白い。父の様子が可笑しい。何々、何とのう、誰ぞの二人が二度地に戻ったぞ。何と、宇津目よ、何々、宇津目よ、宇津目よ」

「見ておるわ。人を呼ぶに一度でよい。二度呼ばれるに返事が引っ込む。三度四度ともなると、既に聞こえて居らぬ。何事かと見る時、初めの呼ぶで動いておるわ。況してや地。見ずに居れようかぞ。何と凄いもんぞ。のう金山彦よ、良くぞ呼んでくれた。お陰で好い物を見せて貰うたぞ。ついでに言うなれば、良くぞ我慢ぞ」

「何と、我慢とか。何の我慢ぞ」

「何のと云うて、其方の我慢ぞ。其方以外に誰が居ろうか」

「聞いておれば何のかんのと、良くぞ言うてくれる。我慢と云うなら我慢出来ぬぞ。のう宇津目よ、たった今ぞ、逸るを勉強したばかり、今の今勉強したばかりを忘れるかよ。況してや地では人間と云う物が生まれ様としている。逸ると云うより、我慢と云うより、実に全てが真剣その物よ。のう父よ。所で父よ、地の今をどう観る。次々に地に潜ったぞ」

「観る前に出るを待とうぞ。出てくればその全てが見えてくる。真剣と云うなら尚更よ」

「真剣と云うて、真剣とはぞ、のう宇津目よ」

「真剣は真剣、その全てよ」

「そう云う事よ。其処には笑いとてある」

「二人共に何を言うておる。全てとは何ぞ」

「参りました。正に全ては全てじゃ。のう宇津目よ」

「二人共など父よ、一人はこの我れの事か」

「当然」

「当然とか」

「正に当然よ。相手の言いたき事は良く聞くものぞ。聞きもせずに返答でもない。のう金山彦よ。納得したか。そうではあるまい」

「参った参った。許せ父よ。許すも親ぞ。親の威厳は其処にもある。許して当然、親の全てよ」

「父よ、そう云う事よ。返答もない」

「正に」

「ほう、何と許すか。返答がないと云う事はぞ、許すと云う事じゃ」

「それに対する返答もない。のう父よ」

「有るぞ。飛べ」

「飛べとか。今飛ぶに損する。地を確かめぬ限り飛べぬわ」

「ならば言おうぞ。確かめて参れ」

「何とのう、そう云う事かぞ。如何に父とて気になるか。飛べと言うなら飛びもするが、地中ともなれば普通ではない。確かめるに於いて地中まではのう。行過ぎも行過ぎ、待とうぞ。のう父よ、許せと言うて許せぬなればぞ、其処はそれ、天の心の深さはぞ、それを以って説きなされ。一石二鳥、宇津目とて聞く。のう宇津目よ」

「既に聞き飽きた。父ならずとも、この我れが説いてやるぞ」

「此処は逃げるが勝ちじゃ、のう妻よ」

「一人で逃げよ」

「一人でとか」

「そうよ、一人よ」

「夫婦は一体、逃げるぞ」

「一体も時と場合、正に場合よ」

「場合とか」

「そうよ、確かめるに地は妻として当然、夫の留守はきちんと守る。正に場合よ」

「父よ、正に場合か」

「知らぬのう。我が夫婦の事で勢一杯じゃ」

「何とのう、父でもか。これはこれはじゃ。のう宇津目よ」

「この我れもよ、のう妻よ」

「やれやれじゃ。逃げるは此方《こっち》、のう父よ」

水速女命はあっと云う間に消えていった。果たして一瞬天宇津目命は自らも風となり消えていた。

「そう云う事じゃ。地は好いぞ、逃げ場がある。何とのう逃げたか」

「逃げたも逃げた一瞬よ。風に連れ去られたかぞ」

「風とか」

「風の威力よ」

「威力をもって貴方様よ、飛ぶぞ」

「父よ、風の如くよ」

金山彦命は一瞬風となり妻を追った。

地に於いては地の中を七人の不動明王たちが、消えていった山祇命を探すべく動き回っていた。

「地上へでも上がられたか」

七人の不動明王たちは、安らぎを以って地上を眺めていた。

「七人全てが上がろう物なら、父が母が、如何なる場合ご心配になる。この上は地上を諦め、この儘此処で待とう。地上の明りが誠に眩しく、何と云う美しさぞ。この様な場所が有ろうとは、ようもようも永々と地の底を這って来たものぞ。のう方々よ」

「それにしても皆よ、待っていたからとて仕方あるまい。いっその事地上に上がり、それこそ父と母を待とうぞ。あの方々の事、既に上ぞ。地上に上って、我らが来るをお待ちであろうぞ。そう思えてならん」

その時、地の中より山祇命が近付いてきた。

「やはり此処に居たか。探したぞ。此処より見る地上は誠に美しかろう。我らも又、一度は地上に出て見た。何と驚きぞ。地上には既に我ら同様、地の神として居るぞ。さあ皆よ、堂々と出て参ろうぞ。地上は正に七つの光が一体となり、時として七人が自分として動く時、七人の美しさが地上に溶け込み、自分を見失うやも知れぬ。その時こそ自分ぞ。何時も何時も一体であり、地上の者こそが先人なれば、先人に習い、その中で生きよ」

「何とのう、既に先人がおるとか。それにしても遅すぎたか」

「それは違おうぞ。先人は地の中を知らぬ。地上に出ると云う事はぞ。地上をも知る事となる。地上の者共は、正にこれからよ。地の中は容易ではない。知り尽くすに此れからよ」

「正にじゃ。千年も掛かろうぞ」

「我らとて想像以上に居た。千年は愚か、正に想像以上ぞ」

その時、山祇命の後を追ってきた聖天竜王と猿田彦命は此れを聞き、驚きの余りに絶句していた。

「何と云う凄き事じゃ」

猿田彦命の目から一筋の涙が溢れ出していた。その涙は地の中を這い、そしてとうとう地上までも流れ出し、地の中にいた神々は次々に飛び出していった。


天では、今か今かと地上の様子を窺っていた。

「父よ、出て参りましたぞ。不動ではないか。何と地の中で生んだか。それにしても父よ、何と凄いもんじゃ。七人もじゃ。それにしても父よ、後から後から水が溢れ出ておる」

「七人が消えたぞ」

「水の中よ。水の中で蠢《うごめ》いておる。何とのう、凄いもんじゃ。水の勢いもさる事ながら、それに合わせての動きは、正に見ていて面白い。後先考えもせずに、たった今地の中から生まれた者が。成程、地から出るに至って水の凄さを知った上での事じゃ。それにしても凄い」

「何と父よ、出てきたぞ。此れは可笑しい。ずぶ濡れじゃ。竜王め、何と大きな音じゃ。さりとて、地の父は遅い。水の凄さを以って出てこれぬか」

「出て来ようぞ。出ずして長かぞ」

「誰ぞやは一早くに飛び出し、高みの見物じゃ。夫婦して笑うてござる」

「あの様な時に笑うなど、地に於いて見た事がない。況してやぞ、地の父はまだ地の中ぞ」

「中とて何とて高が水、そう云う事ぞ。天とて笑うておる」

「天の笑いは他人事。他人事なればこそ笑える。のう宇津目よ」

「他人事と云うて他人事でなし。と云うて何とも可笑しい。他人事も何も、可笑しい物は可笑しい、そう云う事よ。可笑しきに天も地もない」

「そう云う事じゃ、父よ。大いに笑え」

「笑うておる」

「そう云う事じゃ。笑いついでに降りて見るか」

「ついでも何も、只可笑しいだけ。何事も臨機応変よ」

「そう云う事じゃ。笑いたき時に笑う。降りたき時に降りる。此れも又臨機応変、のう父よ」

「人それぞれ臨機応変。降りるよりも尚、見て笑え」

「既に笑うたぞ。だからこその降りるよ」

「金山彦よ、其方の笑いは正に臨機応変。未だ未だ足りぬわ」

「何とのう、そう云う事じゃ。だがしかし、未《いま》だ笑えようか」

「此れからよ。未《いま》だ父が出てきて居らぬ」

「何とのう、父で笑うか」

「笑いは自然。父とて何とて笑える。未だ出てこんと云う事はぞ。竜王の如きよ」

「成程じゃ。目が放せん」

「放すな」

「放せと云うて放さぬぞ。笑い転げて落ちるまでじゃ」

「何と転げて落ちるか。何と面白い。落ちる先は彼処よ。先が分からん。地の中に引き摺り込まれるやも知れぬ。然も可笑しきであろうぞ」

「何とのう。地の中とか。実に久方よ。元々この我れは、生まれた時は地の中。何事もなく出て来はしたが、地の中と在らば本望よ。転げて落ちたとて地は地。望む所よ」

「それも又面白い。空の中に生まれ出て、何故か笑い転げ、あっと云う間に地の中に転げ込んでいった。のう父よ、あれ程の笑いは今だ曾ってない。この我れさえが、笑い転げて地の中よ。真逆の真逆、あの地と同じよ。水を以って飛び出してきた。今思うに、正に竜王よ」

「何とのう、竜王とか。思い出すに宇津目よ、この我れはぞ、その竜王を見て笑い、転げて行ったぞ。あの時のあれは其方か」

「何とのう、見合うたか」

「二人共何を言うておる。落ちて行くをどうやって見合うぞ。正に竜王。となるとじゃ、竜王が先よ。共に見たと在らばぞ、今一人は金剛力であろうぞ」

「何とのう、先とか。先と在らば宇津目よ、数々の無礼、降りるぞ」

「父よ、如何にとて違おうぞ。何とのう、あの方じゃ。地の中までも落ちるなど、あの方を於いてない」

「正にじゃ。それにしても父よ、何処へ行ったぞ」

「何事も自然。自分よ」

「何と自分とか。自分と在らば降りるぞ」

「降りて損する」

「正に損じゃ」

「実に金山彦よ、今は時、正に場合でもある。地を見て笑うも好いが、その為に転げ落ちよう物ならばぞ、今、地の中より出てきたばかりの不動共にとって、天とはと、何様かと、笑うと云うより不信感となる。金山彦よ、其方で充分。父では大袈裟となる。この我れでもぞ。正に正にぞ。見たぞ見たぞと、それこそ大袈裟によ。其方らしくてよい。のう父よ」

「時とか場とか、何時でも時じゃ。何時でも場合よ。第一、自然を見せてこいとか。自然は自然、見せるなどない」

「それは違おうぞ父よ。金山彦の自然にして、今ひと方の自然にして、正に見え見え。見えればこそ面白い。見えぬして面白うもない。所がぞ、幸いにして天は、地上からは見えぬ。見たからとて自然に飛び降りたとしても、地に於いては正に自然。又あの方かと、思うたとしても、今度は違う。笑いがない。何と父が、地の父が出て来ぬのじゃ。正に一大事と、閉じ込められたかと、大事《だいじ》の大事じゃと云う事でじゃ、降りよう物ならば地とて何も言えまい。父よ、損か得かは天と関係ない。全ては金山彦の自然、金山彦の責任よ。のう金山彦よ。我れの自然は実に見ていて羨ましい。出来る事ならば変りたい。自由自然が実に羨ましい」

「何とのう、流石に宇津目。自由自然を以って羨ましいなど、我れの自然も又羨ましい。のう父よ」

「宇津目よ、我れの自然は何時もそう。そう云う風に相手を見抜き、我れが引いてしまう。一つだに得がない。然りとて得をしておる。金山彦よ、損して得取るも自分。何と自然よ。心の内を見せよ。篤とじゃ」

「何とのう、有難い事じゃ。篤と見せようぞ。見せずして天でもない」

金山彦命は即座に地球に向って飛び降りていった。

「山祇様よ、不動を以って七人も、良うも育てられたもんじゃ。然もぞ、何と地の中でじゃ。たった今地上に出てきたばかりに、何を以って仕事じゃ。先ずはじっくりと天を見よぞ」

「臨機応変。見る間とてない」

「成程のう。これ程の水じゃ。それにしても凄い」

「凄いも何も自然。溢れてはと、必死よ」

「正にじゃ。この上はこの我れもよ。仕事と云うより自然。深く深く掘り、地の中と一体として行こうぞ」

「何とのう、既に一体。この水は何処から出ておる」

「山祇様よ、それは言えん。口が裂けてもよ。まだまだ出ようぞ。不動共よ、其処までじゃ。後はこの我れの仕事よ。良くぞこの地上へぞ。方々は、この地を先ずは知る事ぞ。天には天の方々が居られる。それをも見るがよい。見よと云うて見える訳でもないが、見ている内に見えてくる。見えたとなると面白きぞ。天は天、地は地なれば、見えたからと云うて近付くまいぞ。天は正に、凡ゆるこの地の全てを見ておる。正にぞ。試してみるか。山祇様よ」

「此れは面白い。試すも何もたった今、天では我らを見て、況してやこの水じゃ。試すどころか、飛んで来ようぞ。竜王よ、水の出口は何処ぞ。口が裂けてもなど、既に我らとてこの地の者、地の中は知り尽くしては居るが、この水の出口が地の中ではないとすると、地上じゃ。地上より溢れ出した水が一旦地の中に入り込み、その上でこの様に未《いま》だ溢れているのか。だとするとぞ、地の中は行き止まりじゃ。竜王よ、誰の仕業ぞ」

「何とのう、そう云う事じゃ。それにしても凄い。水の勢いにて地の中を塞《ふさ》いだか。流石に父、真逆の真逆、何と真逆の真逆ぞ。穴塞いで居るか。塞がずとも良かろうに。山祇様よ、そう云う事じゃ。出口は父よ。其方様方の話を聞く内に、何と何と、水が溢れ出したのよ。この我れは正に見て見ぬ振りよ。父の優しさはそれ程と云う事じゃ。何とのう。だからとて塞ぐ事もあるまいに。のう山祇様よ」

「成程のう。更に出口を作ったか。竜王よ、今一つの出口は何処ぞ」

「今一つの出口とか。何とのう、そう云う事とか。流石にのう。それにしては未だ水が溢れておる。今一つの出口より、既に父は出て居ろうに」

「竜王よ、優しさは優しさとして認めようではないか。水が出たからとて留めもせずにぞ、逃げて尚、未《いま》だ姿を見せぬ。優しいやら何やらぞ」

「山祇様よ、留めると云うて既に留まるわ。地上に出られたからには泣くまいぞ」

「何とのう、泣いたとか」

「泣いたも泣いた。なればこその水よ。この我れは側にいた」

「側にいて如何にも泣いたか。泣いたなどと、何を以って解るぞ」

「何を以っても何も、父の、真逆の真逆、何とのう、泣いたと思うたが、何とのう。姿を見せぬはその為じゃ。それこそ塞いでおるのじゃ。何と水は天井を突き破ったのじゃ。大事の大事じゃ。山祇様よ、緩りとなされ。これは、父と云うより我らが責任。既に崩れるを以って成っていたのじゃ。真逆のじゃ。如何なる場合泣くまいぞ。況してや水など、出る訳がない。地上に於いて父は父。山祇様よ、そう云う事よ」

「竜王よ、地の中よ。我が子を連れて参れ」

「何とそうじゃ。方々よ、そう云う事じゃ。今は一体。天を覗くはお預けじゃ。今一度水の中よ。我れこそは竜王ぞ。我が力篤と見よぞ」

「不動共よ、篤と見せてやれ」

「見せるも見せましょうぞ。地の中じゃ」

「何とのう、頼もしい」

　聖天竜王は、七人の不動明王を連れ、溢れ出る水の中へと、地の中へと消えていった。


　天より地球を覗いていた天宇津目命は、今正に猿田彦命を救うべく降りていった金山彦命の動きに集中していた。

「金山彦めが、今正にの所で動きを止め、何か伺って居りますぞ」

「宇津目よ、あれを見よ。溢れる水は、あれが水源ぞ。地の中で天井が崩れたのよ。運悪く、崩れた天井の上に大きな池が有った。そう云う事よ。あの下では猿田彦が必死で動いておる。そう云う事よ。正に見よ。やっと気付きおった。竜王が、ほれほれ」

「正にじゃ。気付いたと在らば地は地。天の出るに幕ではない。そう云う事じゃ」

「そう云う事よ。先ずはじっくりと見聞じゃ」

「見聞も見聞、目が離せん」

「それはそれ。臨機応変」

「父よ、臨機応変もその時々。今を以って正に見聞よ。臨機応変のその中にある」

「臨機応変とはそう云う事よ」

「あれだけの水、どうやって留めるや」

「金山彦がおる。何事もなく、先ずは見聞と、そうも行くまいぞ。それこそが彼奴《あいつ》よ」

「何とのう、そう云う事じゃ。となると、あっちの丘を持ってくるか。さすれば地を動かし、池その物を崩すかじゃ。正に見聞、のう父よ」

「地を動かすには、それはもう遊びではない。水が溢れるからにはぞ、溢れる方が低いと云う事よ。ならばいっその事、低い方に流せばよい。そう云う事よ」

「成程のう。と云う事はぞ、何とのう。実にそうじゃ。此処から見るに良う分かる」

「宇津目よ、実に場合ぞ」

「何とのう。金山彦だけでは事足りぬか。大仕事じゃ。かと云うて時は掛けられぬ。そう云う事じゃ。父よ、行くぞ」

天照は大きく頷き、天宇津目命も又大きく頷き、地上に向って飛び降りていった。空《くう》の中で止まっていた金山彦命も又大きく頷き、地上に向って飛び降りていった。

「金山彦よ、急ぐぞ」

「何とのう、自由自然にか」

「自由自然も何も、場合よ」

「何と場合とか。場合と在らば強気で行くぞ。上から見るに牴牾《もどか》しい」

「そう云う事よ。強気も強気、ならば降りてきた。時を掛けてならずぞ。なればこそ来た」

「大きく崩すぞ」

「勿論よ。誰ぞが見ておる」

「居ればこそ面白い。さっと逃げるぞ」

「勿論よ。遊びは遊び、挨拶は無用」

「無用も無用、蹴ちらすぞ」

「何とのう、蹴ちらすとか」

「蹴って蹴って蹴ちらし、逃げて逃げるぞ」

「蹴る事もあるまいに。蹴るからには逃げるしかない」

　地上より二人を見ていた山祇は、「流石に天」とばかりに構えていた。すると一瞬、山祇は後《うしろ》に飛び退き、只々唖然としていた。

「此れが天か。成程のう。天から見るにそう来たか。挨拶も何も、それはそうじゃ、臨機応変」

　山祇命は、地の中で必死に奮闘しているであろう神々を気にしながらも、これこそが一体だと、自分の出る幕ではないと、これこそが天の仕事であろうと、只々見惚れていた。

「金山彦よ、逃げるぞ」

「正によ。何と凄い。上出来上出来。逃げようぞ」

　二人は、あっと云う間に天に向って消えていった。

「此れは面白い。あれも又天か。それにしても可笑しい」

　山祇命の笑いは天に届き、地を揺るがし、益々に池の水は地を崩しながら落ちていった。

　一方地の中では、地が揺れ、何事かとばかりに竜王が、そして猿田彦命が、続いて不動明王たちが飛び出してきた。

「父よ、大事の大事になっておる。池が空じゃ。誰の仕業ぞ」

その時正に山祇命は、天真爛漫笑い転げていた。

「父よ、あれを見よ。不動共よ、あれを見よ。あれでも親か」

「何とのう。親よ。必死で考えた策よ。お陰で終った。すぐ側に池は二つ要らぬわ。有難い事よ」

「物は言い様。父よ、甘いぞ。この地空《あ》け渡すか」

「渡そうぞ。渡して悔いなしぞ。その為に出てきた。のう不動共よ」

「はてさて何の事やら。父が二人いたとて、母が二人いたとて同じ事、臨機応変、それが全てよ。竜王と言われたか。其方も又父。そうではないのか。この地に於いて不動は、其方様の事を何と呼んでおるぞ。真逆の呼び捨てか」

「何とのう。この我れが父とか。その様に見えるか」

「見えるも見えた。一瞬じゃ」

「一瞬たりとも見えたと言うか。有難い事じゃ。のう父よ」

「何と一瞬とて有難いとか。これは可笑しい。皆よ、聞いたか」

「聞いたも聞いた、のう皆よ。地上は面白い」

「この地上には一瞬の父が何人おるや。会わせて欲しいぞ」

七人の不動明王は、地中での苦労を忘れたかの様に夫々《それぞれ》が無心となり、笑い転げていった。

　瞬時にして天に帰ってきた天宇津目命と金山彦命は、即座に自分たちの、天の臨機応変を以っての仕事の成果を見るべく、地を覗いてみた。

「此れは見事。実に見事に成ったではないか。のう金山彦よ」

「見事も何もその為に降りた。何と宇津目よ、何と父よ、誰ぞが狂うておるぞ。天を以って笑うておるわ」

「何とのう。天を以って笑うなど。笑えるなど。誰ぞどころか、地の父ぞ。曾って無きに地じゃ。所で二人よ、今又降りよ。何がどうなったのか、何をしようとしているのか、聞いて参れ」

「何とのう、直ぐにも行けとか。それは拙かろうぞ、父よ。今の今じゃ。地の父とて心構えと云う物があろう。今の今では拙い」

「誠にそうじゃ。拙い拙い。何と何と宇津目よ、あれを見よ。不動共までが笑い転げておる。丸で可笑しい。地上に出てきたを以っての笑いか。それとも、何と宇津目よ、降りるぞ。笑いを以って地に下りたが、それが通じたか。地の中に居て、笑って居ったか。のう父よ、大したもんぞ。父に匹敵する。正に地の父じゃ。地の父にはお気の毒だが、引いて貰うしかない」

「金山彦よ、それはなかろうぞ。如何にも地なれど、永年も永年、父としてやって来られたのじゃ。今更ぞ。地は地、天は天なれど、のう父よ、この際じゃ。父の出番じゃ。それこそ采配よ。降りて参れ」

「真の父がどっちか、じっくりと見て参れ。笑いなきはぞ」

「それはそれ。采配はそう云う物ではない。のう父よ。笑いは笑い。じっくりとよ」

「笑いも色々、じっくりと見て参ろうぞ」

「笑いも色々とか。色々とて一つ。そう云う事じゃ」

「金山彦よ、それも含めてよ。父ぞ、天の」

「一つとて色々」

天照は、大きな仕事として、天の長《おさ》として、地球に向って降りていった。

地では山祇命と、山祇命の子としての不動明王たちが、改めて地の神々と向き合っていた。

「実に愉快。この様な笑いは地上ならではぞ。正に羨ましい。のう不動共よ。上《のぼ》ってきて良かったぞ。この地上、どうぞ、不動共よ。観るに美しき。天とか。不動共よ。正に爽快。水の始末は天と云う所におる者の仕業よ。見ていてすっきりぞ。正に爽快。言い様がない。地に於いて天は、どの様な位置じゃ」

「何と羨ましいとか。羨むどころか天は天、地は地よ。水の始末に就いては、此れこそが天よ。正に天は好き放題、この地を見据えておる。丸見えよ。結果がこの様《ざま》。逃げたからには遊びよ。山祇様よ、此れこそが天ぞ。遊んで逃げる。此れこそがぞ」

「成程、さればこそ可笑しい。遊びも此れでは本気ぞ。見ていて堪らずに飛び降りて来てしもうたのじゃ。本気も本気、だからこそ笑えた。だからこそすっきりよ。のう不動共よ」

「誠にそうじゃ。笑いとはそう云う物よ。堪らずに飛び降りてきて、堪らずに掻き回した、結果逃げたのよ。結果笑えた。天の方々の気持ちが丸見えよ。のう皆よ。竜王とやら、地に於いて其方様の位置は、此処に居られる方々の中でどの位置ぞ。見た所、下の下とは思えぬ。のう父よ。気になるはのう」

「気になったとて気にするな。その内分かる。上に上が居られようぞ。地とて父がおる。其処に居られるお方よ。見知りおけ」

「見知るも何も見えておる。丸見えじゃ。地は地、天は天と、言われるには見えぬ。見えたからとて父は父、そう云う事じゃ」

「言わせておけばぞ。父は父とか。そう云う事よ。父は父、この地に一人よ」

「正に一人、此処にもおる」

「おると云うて一人ぞ。猿田彦と言われる。天の父とは正に親と子。如何にもの父よ」

「それは可笑しい。誠に可笑しい。地は地、天は天と言うといて、親でも子でもなかろうに」

「正にじゃ。竜王よ、其方の負けじゃ。正に父は一人、譲ろうぞ。譲って当然。地の中に居たと云う事はぞ、この我れよりも先にこの地球上に居たと云う事よ。それを知らずにこの我れは、父々と呼ばれながら、この様《ざま》よ。竜王よ、父を以って笑わせてもらえ」

「笑わぬと決めてから久しい。今更よ。信念よ」

「これはこれはぞ。良くぞ信念。見せてもらおうぞ。のう不動共よ。嘸《さぞ》かし地上の信念は強かろうぞ。地は地、地の中は地の中よ。大いに笑い、今までどうりよ」

「納得納得。笑わぬ者と笑える者と、二手に分かれて大仕事よ。それにしても父よ、大海原が空《から》になってしもうた。それだけに又美しい。其処此処に何か蠢《うごめ》いて居りまするが、何でございましょうな。うじょうじょと居りまするぞ」

「居ろうと居るまいと勝手。その内動かん様になる。水の中に居ったと云う事はぞ、水の無い今、動かん様になって当然。気にする事もない。水の流れに乗って、新しき海原にうじょうじょと居ろうぞ」

「うじょうじょも、此処までとなると気になる。のう皆よ。地上の方々は良くぞ我慢じゃ」

「我慢も又信念。この様な物を見ていてはついつい笑えてしまう。笑うたんでは信念が崩れる。そう云う事よ。のう方々よ。そうでございましょう」

「いやはや、良う言うてくれるぞ。地の中で黙り込んでいた物で、べらべらべらと、良くも言うてくれる。父よ、何とか言え」

「言うも言わぬも完敗よ。父を譲るわ」

「譲る譲ると気の弱い。何時もの弁舌は何処へ行ったぞ。父とも在ろう者が、気の弱い」

「竜王とやら、弱いは其方ぞ。気が弱いで譲れるか。強かればこその言い分よ。それ程に強いとなると完敗よ。のう不動共よ。負けたとあれば逃げるぞ」

「何と負けたか。勝った積りが負けたか。最後の最後に負けたとはのう。逃げると云うて父よ、折角の地上、何処へ逃げるぞ。又々地の中か」

「そう云う事よ」

　山祇命は地中に向って飛び込んでいった。

「地上の方々よ、凡ゆる信念見るに耐えぬ。捨ててこそ地上と、父が言うておった。のう皆よ、そう云う目をしておったわのう」

「正に正に。地上の父よ、捨てて得取る。と父が言うとった」

「笑え笑えと、言うとった」

「捨てよ捨てよと言うとった」

「地上の父は立派じゃと、正に言うとった」

「方々よ、天見て暮らせと言うとった」

「竜王様よ、付いて参れ、笑わせてやる。と言うとった」

　口々に、地の中で育てられた不動明王は、言いたい放題を口にし、次々に地中へと飛び込んでいった。

「父よ、笑うに地の中じゃ。地の中を知らずして地上でもなかろう」

「山祇命を父とし、参ろうぞ」

「それは違うぞ。父は父、地上の者として行くのよ」

「一つの星に父は一人。二人は要らぬ」

「父よ、父を以って決めるは我ら。誰が誰を父と呼ぼうと勝手。況してや父が三人居たとてよい。のう皆よ」

「兎にも角にも父よ、先ずは地の中よ。誰が父で、誰が母でもよい。要は笑いじゃ。笑いもなきに地上でもない。何のかんのと言われて、やっとのやっとよ、のう竜王よ。笑いも出来ずに聞いておったが、何と竜王よ、たった今の信念が、曲げぬ筈の信念が、あの心からの本音の前にガタガタと崩れ、曲ってしもうたか。一事が万事、信念とはぞ、崩してはならぬわ。崩すからには竜王よ、地の中に入る事もなし、地上で笑えように。況してやぞ、今居られる父を父と云うからには、父と笑わずして地上でもない。況してや父も父、既に笑うて居ろうに。竜王よ、何を以って笑わぬ信念ぞ。誰ぞが泣いておった。可笑しいからとて笑えぬと。其方の部下は影で笑うておるわ。この星で、笑うて居らぬは其方一人。あだのこうだの言われて、何と情ない。其方一人の為にこの地上、実に地に落ちたぞ。地の底以下じゃ。この上はぞ、正に信念、笑うに信念を見せよ。地上が天となる。正に天は要らぬわ」

「父よ、この様な侮辱、言わせておけばぞ。笑うに信念受けようではないか。受けたからには笑おうぞ。況してや我が部下、笑うな等と言うて居らぬぞ。可笑しゅうて笑い、つまりは笑え。此れで良かろう、金剛力よ」

「好いも悪いも自分。納得するにそれでよい」

「納得も何も決めた。信念よ」

「決めた信念、大事にせや」

「金剛力よ、正に三人目よ」

「そう云う事よ。父よ、そう云う事じゃ。誰ぞの信念、確りと見張る事ぞ。それも仕事、父よ」

　金剛力はニヤリと笑い、部下と共に飛び去っていった。


　天では、天宇津目命と金山彦命が、地上に向かう天照を見ていた。

「天の威厳は既に聞いては居ろうが、今に会う時、如何に誰ぞとて笑えまい。七の威力が後に居られる」

「七の威力は地とて一緒。天だけの物ではないわ。共に宇宙、其処からは出られぬ。全ては七の元に動いておる。天の威厳は七と云うより、天地は一体を以っての父ぞ。なればこその威厳よ。誰ぞが何者かは解らぬが、上に立つ事はなかろうぞ。上ともなるとどの位置ぞ。有り様がない」

「そう云う事じゃ。有り様がない」

「然りとて金山彦よ、父にして、天として考える時、些かにも言いたき事はある、そうよのう。結果ぞ、地上の誰ぞにその部分を見透されねば好いが。見透されよう物なら大事ぞ。この我れが飛んでいき、その部分を隠すぞ」

「成程、行きたいとか。行って参れ。父一人では心許無い。暫《しば》し後を付けよ。本気の遊びよ」

「今はその時でもない。場合でもない。相手は父ぞ。見透される前に見透そうぞ」

「其方が言うた事じゃ。この我れではない。結局ぞ、心配と在らば降りよ」

「いやいや、その時ではない」

「場合でもないとか」

「その通りよ。この我れとした事が何と云う事ぞ。事もあろうに父を疑うとは」

「正に自然。本音が出た、そう云う事よ」

「本音も時と場合、言うてはならぬ事とてある。今がその時よ」

「何と時か。本音が出るに時があろうか。自然よ。大いに出せ。父の前でぞ」

「そう云う事じゃが時は時、有ると云うて無い。そう云う事よ」

「有ると云うて無いとか。それも又可笑しい」

「可笑しいと在らば笑へ」

「笑うておるわ。其方を前に笑うとはのう。真逆の心許無い」

「真逆の笑われるとはぞ。降りずに良かったぞ。真逆よのう」

「何と宇津目よ、誰ぞが部下を連れ、地の中に潜って行ったぞ。どう云う事ぞ」

「何とのう、逃げたか」

「折角の地。それでも降りよぞ」

「何と止まった」

「正に心許無い。降りて押すか」

「それはなるまい。父ぞ」

「父なればこそよ」

「父なればこそならぬ」

「今は時、行くぞ」

「待て待て。地が可笑しい」

「可笑しいと云うて、何がぞ」

「良く良くと見よ。金剛力が力んでおる」

「何とのう、久方振りじゃ。ああ云う場合竜王は、常に下手よ。金剛力には敵わぬ」

「生まれが違う」

「何とのう、そう云うか。この我れの生まれを解くに」

「解くに時ではない。場合でもない」

「金剛力の生まれと云うて、何ぞ」

「何とのう、金剛力が部下を引き連れて飛んだぞ」

「何と面白い。誰ぞが来て引っ掻き回しておる。正に父は降りるべきぞ」

「降りよと云うて降りるか。話にならん」

「とうとう戻って参ったぞ。何と心許無い」

「そうではないぞ。誰とて戻ってくる」

「誰とてとか。誰ぞなら降りたぞ」

「正にじゃ。その誰ぞも又戻って来ようぞ」

天照は、天地一切の長として、突如現れた山祇命に会うべく、地球を見据えながら降りていき、地上の動きによってそれが果たせずに、一気に天に向った。

天では、天宇津目命と金山彦命が待ち構えていた。

「何とのう。宇津目よ、あれを見よ」

「見ておる。真逆の真逆ぞ。何処から現れた」

「何処と云うて、天からであろうぞ」

「何と天か。側に居たか」

「居たのであろうぞ。誰ぞはなどと、聞かれたか。聞かれたとなると大事じゃ」

「聞かれて上等、本音よ」

「本音が通じるお方かよ」

「通じる通じる。戻ってくるに分かるわ」

「真逆の真逆、父に対して何を言うておる」

「納得よ。通じておる。正に説得、降りよとぞ。あれがあの方。通じたも通じた」

「正にじゃ。それにしても可笑しい。父が笑うておる。降りる積りか」

「降りるかぞ。何々、何々」

「何とじゃ。降りるとか」

「何と馬鹿な。降りてどうする。地の中にでも潜る積りか」

「何とのう宇津目よ、聞いておったぞ。放っておけ。我らを以って遊ぶ積りぞ。そうは如何ぬ。我らはあの方ではない」

「何とのう、そうくるか。真逆の真逆、降りたとなるとどうするぞ」

「降りたとなれば上等よ。追っていく」

「遊んだとてよ。何処までも追うぞ。遊びとて本気、父がおる。斯うすれば斯うなる、父の計算よ。既に出来ておる。同じ遊びとて此処が違う」

「正にじゃ。違う違う。行くぞ」

「何処までもよ」

天の遊びとして天宇津目命と金山彦命は、天照を追って降りていった。

「金山彦よ、此れは可笑しいぞ。何と消えたぞ。この広い宇宙で、見渡す限りの宇宙で、何処へ消えたぞ」

「笑うた筈じゃ。何処へ消えた。天へ戻ったか。真逆の真逆、この広い宇宙の何処かに、消えて尚其処における場所を見付けたか」

「宇宙とはぞ。地から見るに天が見えぬ。ならばぞ、消えて尚の場所とて有って好い筈、それにしても何処ぞ。してやられたか」

「やられたもやられた。笑うて居ろうぞ。正に宇津目よ、戻るぞ。天から見るに見えるやも知れぬ。見えたとなればぞ、一気によ。やられて堪るか」

「何とのう、そうじゃ。一気ぞ」

宇宙の凄さを知った天宇津目命と金山彦命は、その謎を解くべく、一旦天へ引き返していった。

「何とのう、見えた見えた。何と側に居たのじゃ。金山彦よ、行くぞ。行って見えずとも笑うておれ。笑われずに済む。実に、その声を頼りに遊ぶぞ」

「何と正によ。行くぞ」

天より見えるに天照と素戔嗚命は、如何にも可笑しく、如何にもその笑いを押し殺しているかの様に見えた。然も、如何にも遊びは続いていた。

天宇津目命と金山彦命は、その全てを知った上で、天より見える天照の元へ向った。

「父よ、何と素戔嗚様よ、何をして居られる。況してや素戔嗚様、何処から湧いて来たぞ」

天宇津目命の声に、声を殺していた素戔嗚命は一瞬飛び上がり、天に向って消えていった。

「宇津日よ、真逆のあの方が逃げたぞ。逃げたと在らば一気よ。父よ、父もぞ。地上を以って飛び降り、天より見て居ろうあの方に、一泡も二泡も吹かせてやろうぞ。遊びとは、遊んだ限り最後までよ」

「何と金山彦よ、地に降りるとか」

「降りるも何も遊びよ。降りたからとて遊び、降りぬからとて面白い。裏の裏を掻くのよ」

「降りると見せかけ、そう云う事か」

「そう云う事よ。何と父よ、返事が無いぞ。同調するや否や。断る事もありますまい。高が遊びぞ」

「正に父よ、遊びも仕事、同調されよ」

「何とのう、笑いを堪えて遊びでもあるまい」

「金山彦よ、天の父ともなると、笑いを堪えるも仕事であろうぞ。とても出来ぬわ。出来ぬからには笑おうぞ。父は父、我らは我ら。逃げたお方は放っておけ。可笑しゅうなったら勝手に笑う」

「正に正に。ならば父よ、勝手に笑え」

　天宇津目命と金山彦命は、今にも笑い出すであろう天照に向かい、そして又、天で様子を伺っているであろう素盞嗚命をも視野に入れ、天は一体とばかりに、今は時と夢中であった。

天宇津目命と金山彦命の如何にも挑発的な遣り取りを聞きながら天照は、笑うと云うより、如何にもそれを面白可笑しく聞き入っていた。

その中で天照は、地に降りるべく同調を以っての挑発は、受けると云うより、本気で、遊びとはいえ降りると云うなれば止めねばと、今にも飛び出さんばかりであった。

その時一瞬、天宇津目命と金山彦命は、天照が止めるに暇もなく、地上に向って飛降りていった。

天で、如何にも面白可笑しく、天宇津目命と金山彦命の様子を伺っていた素盞嗚命は、地上に向って飛び降りていく二人を見て、「何と」とばかりに飛び出していた。

空では天照が只々唖然とし、天宇津目命と金山彦命を見ていた。

「父よ、続け」

突然の素盞嗚命の叫びに天照は飛び退き、ひと言もなく其処に溜り、三人の動きを見守っていた。

「金山彦よ、流石に父、遊びも此れまで。戻るぞ」

「何と、戻るぞ。だが然し宇津目よ、誰ぞが飛び降りておろうに。戻ると云うて、一周よ。ぐるりと回って戻ろうぞ」

「何とそうぞ。あの方の事、何処へ行くかと付いてくる」

「正によ。折角の遊び。仕掛けたは向こう。確りと遊んでやらねばぞ。何と来ておる」

「来ようぞ。それがあの方。降りんばかりに行くぞ」

「降りんばかりとか、面白い。降りて尚よ」

「降りるは拙い。降りんばかりぞ」

「降りるもばかりも同じ事。されば降りたかと、誰ぞが降りたとしても関係ない」

「何とのう、そう来るか」

「来るも来ぬも一体。誰ぞが降りたとして他人よ。地でのんびりと暮らそうぞ。天が明るうなる」

「何とのう。兎にも角にもよ」

「そう云う事よ、逃げるぞ。逃げるを以って宇津目よ、正に降りんばかりぞ」

「兎にも角にもよ」

「兎にも角にもと云うて、降りんばかりよ」

「金山彦よ、後に続け」

「何と宇津目よ、後に続け」

「されば右よ」

「されば左よ」

　天宇津目命と金山彦命は、遊びの中での意見の相違から、後を追ってくる素盞鳴命を一瞬忘れ、天宇津目命は地球の上空を右へ、金山彦命は降りんばかりに左へと飛んでいった。

　天宇津目命と金山彦命を追って、既に迫っていた素盞鳴命は、一瞬にして行き先を左右に分断され、それでも尚素盞鳴命は、その一瞬を以って判断し、降りんばかりの金山彦命を追った。

正に降りんばかりを以って金山彦命は後を見ていた。

金山彦命は北叟笑み、一瞬降りたかと思うに行動に出ていた。

「来たか」

「何々、降りたか」

素盞嗚命は一瞬たじろぎながらも、降りたと在らば止めねばと、地上に向って降りていった。

後に迫り来る素盞嗚命を見極めながら金山彦命は、既に迫った素盞嗚命を振り切り、地上高く舞上っていった。


「宇津目よ、見たか。地に降りたと見せて振り切って参ったが、真逆よのう、遊びは遊び、きちんと遊ぶものぞ。降りたかと思うたとて、我れまでもが降りてどうする。用もないに降りてみよ、竜王が唸《うな》るぞ。唸って唸り、言い訳出来ぬ。何と宇津目よ、追うてきたぞ。流石じゃ。如何にも天」

「如何にも天とか。天どころか、あれを見よ」

「此れは此れは。正《まさ》しく唸っておる。逃げるとはのう」

「あの方が逃げたと在らば、こっちとしても逃げるしかない。何と云うても上じゃ」

「上じゃと云うて、下でもある」

「だからと云うて上よ」

「ならば先にやるか」

「それも又失礼。先と云うより一緒よ。天とて一体。竜王が逃げる」

「逃げる逃げると、逃げてどうする。逃げたからとて、地に降りたに変りはない。天めがと、誰ぞも又忌み嫌う」

「嫌うたからとて天は天、何処までもよ」

「行くぞ。天よ」

「正にじゃ。既に遅い」

天宇津目命と金山彦命は素盞鳴命の迫るを待ち、天へ向って逃げていった。


地上では猿田彦命が天を見上げていた。天は天、地は地を以って生きてきた猿田彦命にとって、今や天は一体でもあった。

「天がああやって降りる限り、地とて又、天に向って行けように、のう妻よ。天に上がらずとも、如何にも上がる様に見せかけ、さすれば彼奴らが降りてくる。真逆のこの我れぞ。遊びは同じ、天と地よ。天とて地とて同じ事。遊びに上下が有ろうか」

「有りましょうに。天から降りたは父ではない。全ては下。それを追ったも下。遊びと云うなら気にする事もない」

「何とのう、そう云う事ぞ。気にすると云うより、気にせぬと云うより、只々、笑いとはと、今はその事ばかりを考えておった」

「笑いと云うなら笑えばよい、それが自然。今正に可笑しゅうて、笑い転げそうじゃ」

「ならば笑うてみよ。自然と云うなら笑えよう」

「自然も時と場合。夫婦は一体、場合を以っての我慢よ」

「ほう、我慢とか。自然と云うからには、我慢はした所で笑うてしまう。それが自然よ。時も場合も自然には勝てぬ」

「如何なる場合か」

「如何なる場合よ」

「ならば貴方様よ、行くぞ。今は時、如何なる場合よ」

「何とのう、そう来るか」

「来るも何も、行くぞ」

「行かぬ。自然よ」

「自然も時と場合とか。我慢か」

「我慢と云うより自然。気が抜けてしもうた。一瞬にしてよ」

「何とのう、我れもよ。既に戻ってくる。何と情ない。竜王め、戻ってきたならば地の底よ。山祇様に預けようぞ」

「何とのう、この我れでは不服か」

「不服も不服、それ以上よ。貴方様よ、一時よ。笑いと云う物を知る為によ」

「何とのう、益々よ。笑いの何かが解った今、その必要もない。笑いは自然、自然を教えて行けばよい。戻ったぞ。笑え」

「何と笑えとか。可笑しゅうもない」

「何とのう、笑い転げそうじゃと云うたぞ」

「時と場合、今はその時ではない」

「ならば場合じゃ。笑え」

「場合とは何じゃ、今は時ぞ」

「何と場合じゃ。竜王を笑うてやれ。気が安まる」

「何とのう、場合じゃ」

筆鈴白姫は、笑うと云う事を今更の様に知った気がした。猿田彦命も又、山祇命を得て今更ながら笑いの何かを、自然の何かを知った気がしていた。

その時、聖天竜王が息堰切って降りてきた。

「父よ、天が可笑しい。挙《こぞ》って何をしておるぞ。追っては見たが、追うてどうなる物でもなしと、何故か腹も立たん。笑うて済ませる事にしたぞ。笑うてと云うた所で笑える訳でもないが、兎に角じゃ、腹を立ててもと、そう云う事じゃ」

「それにしても竜王よ、息堰切って降りてきたぞ。それで腹を立てて居らんとか」

「何と居らんのじゃ。訳が分からん」

「それにしても竜王よ、欲しかったのう。今一度行って、天に足付けてこい。天は足を付けて逃げたのであろうが。ならばぞ、地とて一体、確りと遊んで参れ。正に付いてくるかと、期待に胸膨らませて居ったぞ。何と期待外れ。飛んで行きとうなったぞ。のう妻よ」

「心は飛んで居ったわ。何と情ない。遊びは遊びとして確りと遊ぶものぞ。竜王よ、腹立てなんだは立派。だが然しぞ、遊ばれて遊ばぬとは情ない。訳が解らんなら解らんで、解らん以上は遊びぞ。そうではないのか」

「何と母よ、納得ぞ。納得したからにはぞ、今一度よ」

「竜王よ、既に遅い。遊びとは納得してする物ではない。正に自然よ。自然なればこそ面白い。下から見ておって可笑しゅうて、笑い転げそうになった」

「何とのう、笑えばよかったぞ。笑い転げよう物ならぞ、それに請じて入り込んだものを。残念無念。父よ、自然自然ぞ。何故に笑わなんだ」

「竜王よ、学べぞ。可笑しいを堪えるも又可笑しい。相手は天、何ぞ有るかと、有ってはならんと、一瞬たりとも油断よ。後で思うにしまったと、そう云う事よ。転げそうになったとか。竜王よ、此方様は転げて居ったぞ。声を出さずとも笑えるもんよ。今か今かと待つよりも、先ずは体験せよ」

「何とのう、納得ぞ。母よ、体験とか。山程にした。のう不動共よ」

「何とのう、山程にとか。何時の事ぞ」

「生まれた時よりずっとぞ。のう不動共よ」

「実に誠か、呆れる」

「この我らとてよ。良くぞ笑わずに居れる物ぞと、呆れておった。のう不動共よ。何と笑うて居ったか。見て見ぬ振りと、そうであったか。のう皆よ、笑うて笑うぞ。何と天は、地に笑いを置いて参ったか。天と云い地の中と云い、笑いの宝庫じゃ。父よ、母よ、皆よ、笑うて笑うぞ。見て見ぬ振りは終りじゃ。のう父よ」

「そう云う事よ。声出さずに笑うなど、然し竜王よ、出さずに笑うも可笑しいもんぞ。それも時と場合、有りぞ」

「納得よ。この度の天の遣り方、納得した。のう父よ、のう皆よ。すっきりぞ」

「すっきりもすっきり。納得したを見せてやろうぞ」

猿田彦命は筆鈴白姫の手を取り、地上高く飛び上がっていった。続いて聖天竜王も又不動明王を伴い、後に続いた。


「金山彦よ、遊ぶに事欠いて、腹の底から言うぞ。用も無いに地に降りるなど、天を以って見せるに者が何事ぞ。断じて許せん。況してやこの我れを出し抜くなど、天の更には宇宙に於いての掟として、許す訳には行かん。正に金山彦よ、天と地と、たった今捨てよ。捨てて尚飛べ」

「宇津目よ、飛ぶぞ」

「何とのう。父よ、飛ぶぞ」

「正にじゃ。素盞嗚よ、其方もよ」

「何と何と、そう云う事か。この我れを嵌めたは父か。天空に於いての隠れるに空間を見い出し、只々嬉しく、その中で父に会い、それを以って遊んだだけ。それをぞ、何と父よ、此処におる口性《くちさが》ない二人に教えるなど。況してや、それを以ってこの我れを嵌めるなど、如何に父とて許せんぞ。正に飛べ。この天はこの我れが守る」

「何と守ってくれるか。それは有難い。飛ぶと云うより、あの空間の中をじっくりと観察して参ろうぞ。あの様な場所、正に知らなんだ。この二人に教えたと云うが、この我れは、あの空間の中で一言たりとも物言うて居らぬ。況してや、嵌まるか。況してや嵌めるか」

「素戔嗚様よ、その通りよ。流石に父。姿無きに必死よ。何とか誘き出そうと考えた末が、あの通りよ。追ってくるかと。真逆の真逆、其方様が追ってくるなどのう。そうなるとじゃ、遊びの続きかと、ああなってしもうた。それで飛べと言うならばぞ、父は兎も角、素戔嗚様よ、飛ぶは其方様よ。火を付けたは其方様、飛べ。空間を見付けたからとて、どう云う物かはご存じなかろう。それとも、遊ぶに程じゃ、既に知り尽くして居られるか。知り尽くしておるとなると、教えて欲しいもんじゃ。のう金山彦よ。教えて尚、口性ない我ら二人に、その重い腰を折って貰いましょうか。それで納得じゃ。のう金山彦よ。それで其方も納得せよ」

「何と口性ない、宇津目よ。此方様を良く良くと見よ。とっくの昔にその積りよ。のう素戔嗚様よ。折ったからとて遊びよ。此処は天、付けた火は消すもんぞ」

「父よ、言わせておけばぞ。何とする」

「何とするも何も、この我れとてよ。素戔嗚よ、この通りよ、火を付けたはこの我れ。一言たりとも言うべきであった。言うておればぞ、この口性ない二人は飛ばずに済んだ。正に口性ない二人よ、この通りよ」

「何と言わせて居けばぞ。口性ない口性ないと、父とも在ろう者がぞ、良くぞ言うてくれるぞ。金山彦よ、許すや」

「何と許すか。天の父、交替よ」

「正にぞ。腰折って尚、何と口性ない。のう素戔嗚様よ、折るなら折るできちんとじゃ」

「この様にか。正にきちんとじゃ。この通りよ。如何にも父。この我れを以ってわざわざとじゃ、この通りよ。父を許せ。許さずして天かよ」

「何とのう、宇津目よ、流石にじゃ。参った参った、納得よ。況してや父よ、納得も何もこの通りよ。口性ない口性ないと、正に納得。のう宇津目よ」

「正によ。父よ、この通りよ」

「腰折って許せる物でもない。のう素戔嗚よ」

「結局、元はと云えばこの我れが、八方を以って天と地の空間を見回っていた時に、いきなりを以って二人が飛び降りて行ったのよ。所が、この我れが居るにも拘わらず、見向きもせずに降りていった。何と次には、飛び上がってきたにも拘わらず、又々知らん振りよ。何々と、そう思っている所にじゃ、今度は何と父じゃ。降りるかと思いきや、何と我が側で留まり、それでいてこの我れに気付かずによ。何々々と、この我れとて吃驚仰天よ。果たして見えぬかと、それなればと、父にだけはと声を掛けた。父にしてみても驚きよ。何にしてもと、天におる二人を何としてでも笑わせてやろうぞと、驚かせてやろうぞと、所が二人よ、あの様《ざま》よ。とんと荒てた」

「宇津目よ、確かに笑うたわのう。笑うて尚遊んでしもうた。それにしても不思議よ。上から見るに丸見えじゃ。だからとて、近付いて見ると何とこれが、消えて見えぬ。何とかと、声出さぬかと見えている振りよ。ならば上じゃと。上を嵌めようぞと、あの様よ。素盞鳴様よ、と云う事はぞ、未だ空間とはが解って居らぬか」

「何とも不思議よ。解るも解らぬも今正によ」

「父よ、如何するぞ。見て見ぬ振りなど出来まい」

「先ずは調べようぞ。何にしても臨機応変、知った限りはそうなる」

「父よ、下から見るにどうなって居ろう」

「何と宇津目よ、既に解っておるではないか。我らが飛び上がってきた時、素盞鳴様が居たにも拘わらず見えて居らなんだ。そう云う事ぞ」

「それはそれ。あの時は無心であった。今は違うぞ。確りと見てみようぞ」

天の神々は四方八方に分かれ、中天に向って降りていった。

「父よ、あれを見よ。何とも可笑しい。天は何をしておる。中天より天を見ておる。父よ、行って参れ。斯うして見てしまった以上、見逃す訳には行くまいぞ。行って聞いて参られよ。天でなし、中天ぞ。行ったからとて地の分野でもある。上見て悪いと在らば、下を見つつ聞いて参れ。何となれば我れが行くか」

「そうせや、竜王よ。下向かずとも良かろうぞ。堂々と上を向いて聞いて参れ。それにしても何事じゃ」

「何と行けとか。早速によ」

聖天竜王は、此処ぞとばかりに中天に向って舞上っていった。


中天の一角では、金山彦命が当然の事として地上をも視野に入れ、空間を覗いていた。

「妻よ、空間の中に入ってみよ」

「入るに消えると在らばぞ、じっくりと地を見てみようぞ。地の者共が必ずや見ておろうに。貴方様よ、何と何と貴方様よ、やはり来たぞ。何と竜王ぞ。逃げよ、貴方様よ。一旦逃げ、空間に隠れよ。見て楽しもうぞ。結果何ぞ解るやも知れん。来たぞ。今ぞ、貴方様よ。来た来た」

金山彦命は一瞬横に飛び、地上に向って走り出した。

「何とのう、逃げるか。逃げるならば逃げよ、追わぬわ」

聖天竜王はでんとして構え、上空を睨んだ。

「竜王よ、何をしておる」

「何と、誰ぞ」

「誰ぞと云うて宇宙じゃ」

「何と、宇宙じゃと。宇宙にて姫か」

「宇宙とは、竜王よ、知らずして語るなかれ」

「語るも何も必死。語るに暇とてない」

「今此処におるは何の為ぞ」

「必死の中の一つ。天地は一体と、そう云う事じゃ」

「一体と在らば戻れ。金山彦が降りたぞ」

「降りたと在らばそれも良かろう。この我れは天よ」

「何と天とか。ならば上《のぼ》れ」

「上れと言われて上らぬぞ。一体なれど地は大事。天よりもぞ」

「何とのう、天よりもとか」

「誠にそうよ。だが然し可笑しい。何処ぞ」

「其方の後よ」

「何と」

「此れが天の力ぞ」

「後とか。後よりも尚、前から聞こゆ」

「それも又力。女《おなご》だからとて侮《あなど》るな」

「何とのう、正にそれか」

聖天竜王は、恐る恐る前進してみた。

「実に変らぬ」

その時、金山彦命が中天に帰ってきた。

「何と、戻って来られたか。金山彦様、一人飛んで何事ぞ」

「何とのう、竜王よ。一人と云うが、見えて居らなんだか。夫婦は一体、妻と一緒よ」

「成程、正に一体じゃ。所で金山彦様よ、奥方は何処じゃ」

「何とのう、見えぬか。流石に妻、確りと一体か」

「共に飛んだとか。飛んでは居まい。奥方は我が側に居られる」

「何とのう、凄いもんじゃ。この我れと飛びながらぞ、燥《はしゃ》いでいたは、あれは誰ぞ。其方の側におるにお方は一体誰じゃ。まだまだ居られるか。居られると在らば返事を聞きたい。のう妻よ」

その時、木花咲那姫が金山彦命の中から姿を現した。

「竜王よ、妻無きに其方には解るまいが、夫婦とはぞ、常に一体。何処に居ようとじゃ。其方の側に居たが我れなら、此方様と一体となり、飛んだも我れよ。それが天よ。力よ」

「何とのう、白状したか。側に居らずとも、燥ぐに声が聞こえたとか。天の力は何時も何時もそうじゃ。言い訳も其処までよ。金山彦様よ、今一つ白状なされ。皆して何をして居られる」

「何と、解って居らんか。見定めた上でぞ、でんと構えたかと。何とのう、既に白状したぞ」

「貴方様よ、逃げるか」

「正にじゃ。逃げると云うより消えるぞ」

金山彦命は、木花咲那姫と共に聖天竜王の後にまわり、既に声もなく、されど空間の何かを忘れる事もなく構えていた。

「消えるじゃと」

聖天竜王は、二人を見逃すまいと必死であった。

「何と消えたぞ。何とのう、消えたからとて側におる。そう云う事じゃ。お二方、見えたぞ。見えて当然。一切天地は一体、見えずして地でもない。見えて尚追わぬわ」

金山彦命と木花咲那姫は聖天竜王の真後ろでこれを聞き、「追わぬとか」とばかりに笑い出し、遂に空間を忘れ、七転八倒を以って笑い出した。その笑いは空間の中を走り、天の神々は空間の中を転げ回り、遂には蹴破り、地上に向って落ちていった。

余りの凄さに聖天竜王は気を失い、それでも転げながら地に向っていた。


地上では、中天を以って猿田彦命がその全てを見ていた。

「金山彦め、何をしておるぞ」

猿田彦命は、動じずにいる聖天竜王をも見ていた。

「大したもんじゃ。何と木花ではないか。何を話しておる。それにしても金山彦は、何を企んでおるぞ。大外から脅す積りか」

　猿田彦命は、金山彦命の動き次第ではと、目を爛々と輝かせていた。

「何とのう、何の為の動きぞ。何か落としていったか。それにしても可笑しい。不動よ、山祇を呼んで参れ。大急ぎぞ。急ぎに急げ」

　猿田彦命は、今こそ見せるに時と、不動明王を使い、山祇命の元へと走らせていた。

　その時、大音響と共に地上が揺れ、空間からは曾ってない光が地球上を包み込んでいた。猿田彦命はそれでも必死に構え、空間を見据えていた。

　するとその時、一瞬音が止み、何事もなかったかの様に一瞬の静寂が地球を包み込み、地の神々は無心となってその成り行きを見ていた。

「猿田彦よ、何が有ったぞ」

「何と云うて分からぬ。兎にも角にも物凄く、如何にも天は普通ではない。況してやあれを見よ。天の者共が実に滑稽を以って座り込んでおる。何と、あれは父ぞ。何をしておるかと思いきや、あの様よ。それにしても凄かった。所で山祇よ、出迎えようぞ。今に降りて見えよう。此処まで来て、降りんはなかろうぞ。それにしても不思議よ。天が動いたか」

「何と動いたか。天が動いたと云う事はぞ、行き来出来ると、そう云う事よ。それでこそ天地、それが普通」

「正にじゃ。山祇よ、宜しゅうにぞ。行き来と云うた所で天と地、一体と云うた所で天と地、普通と云うた所で普通ではないぞ」

「何と可笑しい。普通は普通、外にあろうか」

「臨機応変、そう云う事か」

「そう云う事よ」

「あれは天と云うより、宇宙に於いての天と地を結ぶに、更には、地に対する宇宙神の心からの優しさやも知れぬ。そうともなると宇宙に於いての天の動きは、その一つ一つを取って見てもぞ。間違っては居なかったと云う事じゃ。だが然しぞ、宇宙に対しあの様《ざま》じゃ。夙《つと》に宇宙神は、あの天の姿を見て居られる。結果の天罪よ」

「天罪どころか、正に感謝よ。天の動きを以ってあの様な場所が出来たのじゃ。猿田彦よ、滑稽と云うたか。滑稽どころか、笑うておる。待つよりも尚、あの場所を知る為にもぞ、況してやあの場所が、天と地を結ぶに場所と云うならばぞ、行くに普通。行かずんばぞ、天も地もない。況してやこの我れは未だ天を知らぬ。一度なりとも会うて普通。今会わずして何時会おうぞ」

「あの様な動転している限りなき時にか。会うと云うて会うまいぞ」

「だからこそよ。正に時よ。天地は一体とばかりにぞ、この様な場合であればこそ一瞬よ。飛んで行ける。正に一瞬、考えるに暇とてない。行くぞ」

山祇命は、有無を言わさずとばかりに中天に向って飛び上がっていった。

猿田彦命は、自分自身異議なしとばかりに山祇命の後を追った。

中天では、動転しながらも天の神々は、常に地を気にしていた。その中で天照は地の異変に気付き、中天よりまずは出るべく必死であった。

「父よ、逃げるぞ」

「正に正に父よ、逃げねばぞ」

「逃げると云うてこの様じゃ。逃げて尚逃げ様がない」

「誰ぞが来ておる」

「誰ぞも何も、誰が来ようとぞ。逃げ様がない」

「この際じゃ父よ、受入れるしかない。所で父よ、この中天に入ってこれようか。来れまいぞ」

「何とそうじゃ。来れまいぞ」

「来れぬ来れぬ。来れて堪るか」

「それにしても何とかせよ」

「何とかと云うて、何としようぞ。父とも在ろう者がぞ、何とか出来ぬものがぞ、この我れに何が出来ようか」

「金山彦よ、それは違うぞ。力は互角、人それぞれぞ。こう云う場合こそ出るものよ」

「出ると云うて自然、正にこの様よ」

「様々と、自然を砕けぞ」

「砕くも何も、何と砕くぞ、皆してじゃ。天は一体、夫々どころかぞ」

天の神々は一体となり、中天を出るべく自然を砕いていった。

地より中天を目指していた山祇命と猿田彦命は、中天の突如の凄さに驚き、それでも尚一瞬とばかりに中天に向って飛び込んでいった。


必死をもって中天を砕いていた天の神々は、地の神の突然の心無い行動に対し、相対するよりも尚、一瞬をもって逃げ去っていた。

空の中で一旦地を見た山祇命と猿田彦命は、地の真の美しさを今更の様に眺め、そして一瞬天に向っていった。


「やれやれじゃ」

「やれやれじゃと、あれを見よ」

「これはこれはじゃ。二人揃うて何事じゃ」

「父がぞ。今一人は山祇とか申すに者じゃ。地の長が二人とはぞ。父よ、此処はひとつ逃げる事じゃ。忙しきにと言い訳じゃ。それにも況してぞ、会う事もない。のう父よ」

「そう云う事じゃ。父よ、急げ」

「大きな音立ててじゃ。天は気にするなと云うてぞ、気にするわ。逃げてどうする、会おうぞ」

「そう云う事じゃ」

「何とのう、会うとか。会うてはならぬわ。会うにぞ、全てが水の泡よ。父よ、全ては天よ、何事もじゃ」

「天々と、そうもいくまい。のう父よ」

「さてじゃ、逃げるぞ」

　天照は一瞬地に向って去っていった。


「何々、見たか」

「見たも見た。父よ」

「何とじゃ。地にて会おうとか。猿田彦よ、上じゃ。地へは下りまいぞ。天の知恵ぞ」

「だがしかし」

　山祇命は有無を言わさずに天に向っていった。一旦迷いをもって天照を見ていた猿田彦命も又、山祇命の後を追った。


「何じゃと、地に下りたか。父とも在ろう者がぞ」

「天よ、天の知恵よ。天を下りた振りよ」

「真逆じゃ」

「折角の知恵が失敗じゃ。心せよ、来たぞ」

「正にじゃ。流石に地じゃ」

「一枚上じゃ。山祇とか。天を無視か」

「何と父をじゃ」

「知恵くらべじゃ。金山彦よ、笑うまいぞ」

「素盞鳴様よ、笑うなとか。笑うが一番、この様な時はぞ」

「まあ、そう云う事じゃ」

「宇津目よ、笑うにぞ」

「素盞鳴様よ、来たぞ」

「素盞鳴様よ、お出ましじゃ」

「笑うまいぞ」

「笑え」

「天地一切笑うが一番」

「久方じゃ、笑える」


地へ向っていった天照は、天の長として地を思い、空中に於いて地の長たるに二人と会い、せめて中天の何かを言うべく空をもって二人を見上げた。

「何とのう、無視とか。山祇の知恵じゃ」

心ならずも天照は、ならばとばかりに地の空より風を切って一周りする事とした。

地では、地の神々が中天をもって見上げていた。

「あれを見よ。我れらが父、山祇様が消え失せ、何とじゃ、天よ」

「竜王よ、追うぞ」

「正によ」

　地の神々は一瞬の轟音と共に天照の後を追った。

「竜王よ、右へ回れ」

「心得た」

　聖天竜王は大きな光となり、天照の行く手をもって遮《さえぎ》るべく、地に於いての一大事であると、逃がしてなるかとばかりに力の限りであった。

　この際をもって只々地を一周りしていた天照にとって、地の神々の行動は意外であり、遮るをもって現れた聖天竜王に対し一瞬翻《ひるがえ》し天に向って舞上っていった。

「竜王よ、これまでよ」

「これまでとか。それにしても無念よ」

「待とうぞ、父を」

「待つと云うて無念じゃ」

「遊びよ、高がじゃ」

「遊びも大事」

「高がじゃ」

「高がかどうかは二人が戻るに分かる」

「解ったところで高がよ」

「そう云う事じゃ」

金剛力にとってそれは正に遊びでしかなかった。


「風に吹き上げられて物々しく参ったが、風の正体は猿田彦よ、何者であろうかのう」

「風とか」

「風も風、風吹けばこそ飛んで参った。自然じゃ。無よ」

「何とそう云う事じゃ。無よ」

「されば戻るか」

「何と、戻るとか。折角の天、正体はどうする」

「正体も何も風よ」

「風を起こすに誰ぞ」

「宇宙よ」

「何とのう、宇宙とか。それならばそれで地とて天、知るに風は天をも飛ばした筈じゃ。天に風はと聞こうぞ」

「さてさて猿田彦よ、戻るぞ」

山祇命は一瞬飛び下りていった。

「風とか」

猿田彦命も又風となって続いた。

「猿田彦よ、あれを見よ」

「あれと云うて何じゃ」

「天よ」

「何と何と、嬉しき事じゃ」

「風となれ」

「既にじゃ。父ともなると逃がすまいぞ」

「風の吹くままによ」

「風の吹くままにとか。されば無よ」

大きな風が中天の中で大音響と共に天を地を揺るがしていった。

風の中で山祇命と猿田彦命は天照の動きをもってその全てを知った。

それは正に風と云うより風神としての宇宙神もがそこにいた。中天を確かな物とする為に。

大きな三つの風が一つとなり、地を守るべく中天として仕上げていった。

大きな風となった天照は、空《くう》の中でさとりを開いていった。天地は一体と。

山祇命も又、天照の動きをもって空は何かなど、風の吹くままに任せながら、空の中には大事なその全てがあるを悟っていった。

「父よ、この凄さは何事じゃ。此処に何がある。答えよ」

「嬉しきに事よ」

「嬉しきにとか」

「嬉しきによ」

「父よ、地を利用したか」

「一体よ」

「納得よ」

「嬉しくも何もじゃ。猿田彦よ、逃がすまいぞ」

「何と」

「一体とはぞ、全てを知った上での事よ。何も知らずに一体でもない」

「何とじゃ」

「風となったはその為よ。一体どころか天は天、地は地よ」

「何とじゃ」

「逃がすまいぞ」

「納得よ」

「風どもよ、ご苦労であった。天は天、地は地、宇宙は一つよ」

一瞬風が止み、三つの光が空中高く飛ばされていった。

天では、天の神々が中天の様《さま》を言葉もなく見ていた。

「何とじゃ、消えたぞ」

「中天に消えたか。何処に消えたぞ」

「何とじゃ、月よ」

「何とのう、納得よ」

「月と在らば行くか」

　一瞬天の神々は月に向った。そして目を疑った。三つの光が地に向っていた。

「月ではなかったか」

「何とのう、地とか。父までもがじゃ」

　天の神々も又身を翻《ひるがえ》し、三つの光の後を追った。

　三つの光は中天に止まり、二つの光が再び天空高く舞上っていった。

「金山彦よ、追うぞ」

「行く先は月よ、追う事もあるまい」

「月ではあるまいぞ」

「月をおいて何がある、あるまいに」

「天空は謎だらけよ。追わずとも分かる、その内によ」

「その内とか」

「その内よ。焦る事もなし、天下よ」

「焦って焦って得とれじゃ」

「焦って得があろうかぞ。父に聞くが一番」

「何とそう云う事じゃ。何と焦ったか」

「金山彦よ、其方らしい」

「素盞嗚様よ、その儘返す」

「何とじゃ」

「素盞嗚様よ、中天じゃ」

「納得よ」

天の神々は二つの光を見送り、中天を見た。

「何とじゃ、消えたか」

「図《はか》られたか」

「流石に父よ。天を図るとはのう」

「皆よ、此処はひとつ退散よ」

「此処まで来てぞ、退散とか。それはない。前進あるのみよ。風の如しよ」

「真逆の風よ。宇津目よ、前進じゃ」

「進むに損、此処はひとつ中天よ」

「それも又良し、風の如しよ」

「何とじゃ」

天の神々は風となって下りていった。

「あれは何じゃ、真逆の真逆じゃ。又してもやられた。父ではないか。地にいたか」

「これは可笑しい、大笑いじゃ」

「やられたもやられた。流石に地じゃ」

「中天から見るに何とまあ良く見える」

「その為の中天よ。こうなるとはのう」

「行くか」

「素盞嗚様よ、何の為にやられたぞ、来るなと云うことじゃ」

「全くよ」

「可笑しゅうて笑いが止まらぬ。一度ならずも二度三度じゃ。こうなると行くしかない」

「可笑しいからとて行こうかぞ」

「笑い転げてじゃ、すってん転りんよ」

「金山彦よ、行くぞ」

「何とじゃ」

「前進とはぞ、その様な物ではあるまいに。素盞嗚様よ、天は空《から》ぞ。地を守るとはぞ、一つたりとも間違いがあってはならぬとぞ、今がその時よ。金山彦よ、可笑しいと云うて、我れの笑いは自然よ。転げると云うて落ちるか。自然とは何じゃ、自然があればこそあなるこうなるよ。其方の笑いは自然なれど、今なる笑いは転げ落ちるに物ではない。其方様もじゃ」

「宇津目よ、自然を言うならばぞ、下りたくなるも自然よ」

「これはこれはじゃ、其方様とも在ろうお方がぞ、その時その時のぞ、その良し悪しと云う物をぞ、何と忘れておる。何事も臨機応変よ」

「一々と自然とはじゃ、分かってはおるがぞ、自然も又人それぞれ、風の如しよ」

「笑いをもっての冗談が、此処までくると又可笑しい」

「金山彦よ、そう云う事よ。冗談が分からずして天でもあるまいに」

「それはそれはじゃ。今にも飛び下りるに様であったぞ。飛び下りたとあらば終りかと、冗談も程々よ」

「程々の冗談で笑えようか」

「素盞鳴様よ、それ迄よ。程々は程々、有りよ」

「何とのう、負けを認めたか」

「認めるも認める。飛び下りるも何も、其方様には胆《きも》を冷やした」

「何とぞ、非はこの我れにありか」

「そう云う事よ」

「天じゃ」

「正にじゃ」

「素盞鳴様よ、負けは負け、逃げるぞ」

「納得よ」

　天の神々は地を気にしつつも気をしっかりと持ち天空へ急いだ。

　地上では風となった三つの光が地の時空の中にいた。

「天上にて地は好き放題ぞ。中天をもって天上とし、地の者共を心から笑わせよ。地は地で天よ。中天こそが天と地を分けるに場所にて、天も又時として中天をも天とし、地を守るに場所として有るなればぞ、地を造るに其方方自身、中天より地を見回ることじゃ。地の者共も又喜ぼうぞ。これからはぞ、天を気にする事もなしじゃ。中天こそが地にとっての天よ。山祇よ、この度の心遣いは誠に笑いじゃ。天の者共が大笑いしておろうぞ。実に爽快であった。沢してやぞ、何と知恵者じゃ。地にとっての安心出来るに猿田彦と共に父じゃ。常に一体ぞ。正に猿田彦よ、時として山祇をもって知恵を借り、時として其方自身、これからはぞ、天を気にせず山祇を見て生きよ。何と云うても知恵者じゃ。地の者共を創るためにも二人一体となり、自由自然に生きる事じゃ。山祇よ、時空の中で風となり、時空の中にてこの地の全てを宜しゅうにぞ。猿田彦に於いては聴てくる未来に於いて自分の立場を弁《わきま》えよ。自信よ。自信こそが立場をもってなる。山祇もよ。山の如しよ。次々にじゃ、人間と云う物が生まれ出るであろうが、それもこれもじゃ、全ては自然なれど、何と云うても小さき者共じゃ、臨機応変としてもじゃ、殺してならずよ。地の宝として守るべしじゃ。天とて時として臨機応変よ。今の今、人間の全てが見えてこよう。地にとっての和みじゃ。されば中天はぞ、その為にある、そう云う事じゃ。実に和んだ。これからはぞ、天は天、地は地をもっての生き様なれど、人間が生まれた以上、中天が生まれた以上、常に臨機応変一体じゃ。山程に笑え、それ程よ。山祇よ、猿田彦よ、山の如しよ。天は天として地を見て笑う。天の笑いは如しどころか宇宙よ。宇宙をもっての御神の笑いじゃ。地もろともよ。天にて気遣っておろう、何事じゃとよ。待ち切れずにおるやも知れぬ。地より天は近くて遠いわのう。さてさてじゃ。臨機応変中天にてじゃ」

「山の如しとはどう云う意味であろうぞ。自由自然でありながら山も海もなかろうに」

「如しは如し、山程の人《にん》じゃと云う事よ」

「折角ながら如しは要らぬ。返上よ」

「返上も何も言葉のあやよ」

「あやとて何とて、置いていかれても困る。さればよ、知恵者とは、これもよ。返上じゃ」

「何とのう、自然に出たものであり、見たままよ」

「あの場合誰とて考えたであろうに」

「言うた者勝ちよ」

「何と面白い。天とはそう云う所か」

「そう云う所じゃ」

「それで尚一体とか」

「何とのう、大した自信じゃ」

「それが地よ」

「何とじゃ」

「父よ、そう云う事じゃ」

「真逆の真逆じゃ。実に爽快。一言も二言も言うて損であったか」

「得よ。言わずして分からぬ」

「何とじゃ。言わずして分からぬとか。天として言おうぞ。天地は一体、天無く地でもない。地有っての天じゃ」

「自由自然よ、何事もじゃ。臨機応変、何事もじゃ。天は天、地は地よ」

「誠に遺憾じゃ」

「実に爽快よ」

「父よ、地とはぞ、凡ゆる物がある。其処を造るからにはぞ、人間を考える前にじゃ、全ての流れを見る必要がある。其処に人間がいたとしてもぞ、人間は天からの下さり物だとするならば、何が起ころうともじゃ、右に左に我が頭脳をもって生きてゆけようぞ。今はじゃ、地は地として任せ、天は天のやり方をばぞ、自由自然になされ。正に天地は一体じゃ。地が有っての天、生き甲斐でもあろうに。この我れがおる限り、山祇がおる限り人間如きじゃ。それこそ臨機応変何事もじゃ」

「宝をもっての人間を如きとか。天に於いて猿田彦よ、どれ程に地を考え、風となりて人間を考え、その上でじゃ、今がある。人間と云う物が如何なる物かをとくと見よ。今なる言葉、如きが消える。心をもって笑えぞ。それが人間よ」

「地をもって山程じゃ、笑い転げておる。人間が居ようと居まいとじゃ。笑いなくして天地でもない。夢よ、人間は天の夢、有難く受け止めようぞ。如きと云うより臨機応変よ」

「それはそれはじゃ。人間はぞ、天の夢か。全ては地の為、宇宙の考えよ。天と地を考えての事よ。それこそ我ら如きに、思いもよらぬ事じゃ。本来ならばぞ、折角の地じゃ、夢を描いて普通、それがどうぞ、夢どころか遊び放題よ。人間がこの世に生まれるに当ってじゃ、どれ程に御神は、地を考えての事なればぞ、それは正に夢ではない。本分を弁えよ」

「それも又夢よ。壮大なるに夢よ。如何にも夢じゃ」

「父よ、臨機応変、任せよ」

「天に一つの間違いなし、そう云う事よ」

「地にとってもよ。間違おう物ならばぞ、人間守るどころか、ありと凡ゆる全てが崩れる。夢は夢としてじゃ、自然よ。臨機応変正によ」

「確たるに持ち帰り、やり直しじゃ」

「何とのう。折角の地、やり直す事もなかろうに」

「天には天の考えと云う物があるぞ、そう云う事よ」

「考えるも何も、今此処で捨てていけ」

「何とじゃ」

「父よ、そう云う事よ」

「何とのう。天は要らぬとか」

「自然よ」

「父よ、そう云う事じゃ」

「捨てていこうぞ、奇麗さっぱりとじゃ。何と爽快よ」

「これが地よ。風となって天へよ」

「父よ、今又人間をもって地へじゃ」

「さて、逃げるか」

「逃げたからとて追わぬ。追うに暇とてない」

「追うて逃げまいぞ。御神の代理じゃ」

「宇宙は一つ、代理でもない」

「そう云う事じゃ」

「何事もよ、捨てて参る。それが地じゃ」

「納得よ」

「地に於いて言う事なし」

「天に於いてもよ、言う事なしじゃ」

「父よ、全ては中天じゃ。何時にても会えようか」

「臨機応変よ」

「さてじゃ」

山祇命は今を考え風となって消えていった。

「猿田彦よ、山祇をもって同格よ」

「地は一体、そう云う事じゃ」

「正によ。言う事もなし」

天照にとっての地位は悉《ことごと》くに崩されていった。

今こそ猿田彦命は人間を育てるべく一瞬、山祇命と天照の会話の中で自分自身大きくなっていた。

一方で天照も又、山祇命をもっての中で自分の自然が如何にも間違いだらけであったかを知り尽くした。天地をもっての長として恥じ、一切の非をもって天へと舞上っていった。


「父よ、地にて何があったぞ」

「何がとて、遊びよ」

「遊びとか。何事もなく地でもあるまい」

「遊びもそれぞれ、臨機応変よ」

「真逆の天をして遊んだとはのう。地は地で勝ち誇っておろうに」

「おるか」

「ほう、おらぬか。天を連れ回しぞ、誇らぬ訳がない。地の者共が何とぞ、腹の底から和んでおろうに」

「正によ」

「何とのう、和んでいたか」

「和んで当然、一体よ」

「何とじゃ、納得よ。それで父よ、和んできたとか」

「当然」

「これはしたり、正に遊びじゃ」

「お陰よ」

「お陰とか、天にて追わなんだ。正にお陰よ」

「風となれた、そう云う事よ」

「風とか。風になりたいもんじゃ」

「天とはじゃ、常に風よ」

「風と云うて風じゃ」

「言わずとも風よ」

「金山彦よ、負けじゃ」

「負けたとあらば風となり、正に自然よ、和んでくる」

金山彦命は風となり、地に向って飛び下りていった。

「何とじゃ」

風にとばかりに天の神々も又、金山彦命の後を追った。

天の神々は地に下りるよりも尚、空の中を風となって和んでいった。

地で是を見ていた聖天竜王は「行くぞ」とばかりに地の神々を従へ天の神々を追った。

空の中での風の凄さを感じた金剛力は一瞬飛び上がり、其処にいた地の神々も又後に続いた。

一切を天より地より是を見ていた天照と山祇命は、そして猿田彦命は、目を奪うにその美しさに見惚れていた。

一瞬にして地の星は赤々と燃え上がり、地を包んでいった。

天に於いて天照は、常に物を考え地を考え、その中で生きてきただけに、今目に映る光景は自分の中にない物であった。

「何と美しき光景じゃ。これこそが一体よ。正に遊びじゃ。正に自然よ。宇宙とは正によ。一から十までじゃ。何と小さきに自分であったことか。地を創ろうなどと思いよがりも甚だしい。恥ずかしきことよ。天として自由自然とはぞ、臨機応変の中での自然じゃ。今目の前の自然こそが自由よ。風とはぞ、和みよ。和みなく風と言えようか。天の者共に感謝よ。我れも又この天を赤々と染めようぞ。妻よ、皆と共にじゃ」

天に於いて天照は天の女神を連れ、空の中に風となって飛び出していった。

地より大きな光となって逃げてきた天の神々は天の異常に気付き、そして二度一体となっていった。

風となって天の神々を追っていた地の神々も又、大きな光となって地上に下りていった。

「父よ、何とじゃ」

「正によ、この地に於いて遊んだか」

「遊びとてよ、天に於いての父の遊びか」

「誠に遊びとはぞ、自然自然じゃ」

「それにしても美しきであった。あれこそが自然よ。宇宙よ」

「父よ、何と美しきことか」

「例え様なきにじゃ。正に赤々と見事であった」

「赤々とか」

「赤々よ」

「何と不思議なもんじゃ。赤々のう」

「正に宇宙よ」

「宇宙だからとて、赤々とはのう」

「あれこそが宇宙よ。御神の笑いよ」

「御神の笑いとか。御神の笑いで我れらが色が打ち消されたか。何とぞ。赤々のう。一度なりとも見て見たいもんじゃ」

「我が姿は見えぬものよ」

「納得よ」

「見よじゃ」

「何々、何とじゃ。何と天め」

「見よじゃ。中天が燃えている。美しきのう」

「何とじゃ。我らも又燃えておったか」

「あれよあれよ。それにしても美しき。中天の美しきは、あれこそが宇宙よ。くもりがない。丸で夢じゃ。流石に天じゃ、神々しい」

「やましきに濁りよ」

「何とじゃ」

「竜王よ、何と濁りは其方よ」

「言うまいぞ、そのまま返すぞ」

「頂きよ」

「濁りは今こそ消す事よ。宇宙の様にじゃ」

「納得」

「納得じゃ」

地に於いて神々は風となって自然の儘に中天に舞上っていった。

「金山彦よ、此処までよ」

「自由自然に此処まではない。我れにとって自然はじゃ、時として際限がない。今よ」

「さればじゃ、術をもて今とせよ」

「天にて自然が術とか。在り得ぬ」

「地にて自然も際限があるまい。この中天地の物でもある。あれを見よ」

「術じゃ」

金山彦命と天の神々は一瞬我れに戻り、大きな光となって消えていった。

風となって中天を目指していた地の神々は一瞬足を止め、何事が起きたかとその目を疑った。

目の先にある中天が一瞬色を失い、七色の虹が姿を現わしていた。

二度地の神々は、風となりて中天を目指した。虹は正に大きく広がり、地の星を取り巻いていた。

「これも又美しき。中天は正に地にとっての大事な大事な場所じゃ。天は天とはぞ、遊びであろうと何であろうとぞ、宇宙に於いての全てよ。果たして地は、地に於いての全てよ。天は地を思い、地は天を気にする事もなく地を思うておればよい、そう云う事じゃ。皆よ、虹は天よ。術よ。地は地で術をもって遊べばよい。この期に及んでじゃ、さらに大きな虹となろうぞ。地の力は地の力、遊びよ」

あっと云う間地の神々は光となって地の星を囲んでいった。天と地と二つの輪が風に揺らめき、大きな光が地に向って落ちていった。

光は地にある大きな池に吸い込まれていった。

風となって遊んでいた天と地の神々は一瞬をもって驚き、その全てが自然をもって地に飛び下りていった。

大きな池を囲みながら、天の神々は空中高くに、地の神々は地をもって池の中を覗き込んでいた。

「父よ、誰じゃ」

「誰じゃと云うて誰じゃ」

「あれ程の者じゃ、只事ではない。夢としての者か。それともじゃ、人間をもっての者かぞ。そうだとすると安心よ」

「人間思うてぞ、あの様がぞ」

「納得じゃ。父よ、行って見るか」

「天は天、見ておればよい。地に下りたからにはぞ、地の者よ」

「納得じゃ」

「それにしても父よ、虹の子か」

「成る程のう、そう云う事じゃ。天地一体の子よ」

「やっとか。天と地と一体じゃ」

「言わずとも一体、やっとも何もじゃ」

「納得よ」

「虹の子ともなると曾《か》ってなきに大物じゃ。会って見たいものよ」

「会えようぞ。天の子じゃ」

「何とのう、天の子とか」

「天の子も天の子、天有っての地よ」

「素盞鳴さまよ、地有って天でもある」

「納得じゃ」

「先程より納得納得とじゃ、誠に素直でよい」

「全ては遊びよ」

「本気の遊びじゃ。のう宇津目よ」

「本気も何も、気は池よ」

「流石に宇津目、聞いて聞かずか。素盞鳴様よ、そう云う事じゃ」

「高が遊びよ」

「何とのう、納得とか」

「金山彦よ、遊びは其処までよ」

「納得よ」

「金山彦よ」

「素盞鳴様もじゃ」

「これは可笑しい。納得も此処までなると笑わずには要られぬ。止めてなるかぞ」

金山彦命はこれこそが自然だとばかりに大笑いをし、池に向って転げ落ちていった。

「何とじゃ。この大事な時に」

「父よ、自然よ。彼奴らしい」

「何とじゃ。彼奴らしいとか。この大事な時にぞ」

「父よ、大事も何も、何も解っておらぬ。だからこその笑いよ。笑いも時として自然と在らば任すが一番。転んだとてじゃ、自業自得よ。それも又いい」

「さればじゃ、笑うて待とうぞ」

「素盞嗚様よ、笑うて待とうぞ」

「宇津目よ」

「納得よ」


「父よ、誰であろうか」

「さてのう」

「誰であるかは待てば分かろう」

「分かると云うより何事じゃ」

「それもこれもよ」

「納得よ」

「宇宙より降って湧いたか」

「正によ。湧かねば」

「何とのう、湧かねばとか」

「人間と云う物が湧いた以上、当然よ。未知の物ぞ。真逆の物体とじゃ。湧くに者は人間育てるに為であろうぞ。この地に於いて地を造るに我らをもって事足りておる。如何にも人間創るに者であろうぞ」

「人間創るは地の責任として、風の如しをもって、それこそ足りておろうに。のう父よ」

「正に未知よ。足りる足りぬの問題でもない」

「天をもって創った以上とか」

「竜王よ、天に出来ようか」

「風として降りてきたからには、風として人間を解った上での事であろうぞ。何事もじゃ、待つ事よ」

「風として降りてきたとか。それにしてはじゃ、あの様よ」

「人それぞれ、あれでも風よ」

「些《いささ》かにも金剛力よ、風とはぞ」

　その時、地の神々の頭上から大きな音を轟かせながら金山彦命が落ちてきた。池を覗き込んでいた地の神々は、やおらの水飛沫をあびながら退け反っていた。

　水飛沫と共に池に飛び込んだ金山彦命は我れを忘れ、何が何でもと池深く潜っていった。

「空の中から湧き出たが、一体全体何処じゃ。何処じゃ何処じゃ」

我れを忘れて右往左往する金山彦命の動きは風としての自分を失い、只々必死であった。

「何事じゃ」

「今一人湧いて出たか」

「竜王よ、行くぞ」

「何々」

一瞬金剛力は池の中へと消えていった。間髪を入れず聖天竜王も又その後を追った。池の中は天と地とが混ざり合いながら池を大きく、更に大きく波を起こしながら地の奥の奥までも入り込んでいった。

果たして金山彦命は更に更に奥へ進み、遂には地の星の裏側にある池に出た。その時一瞬光が走り、大きく円を描きながら平然として舞上っていた。

「何事じゃ」

金山彦命は、それが何者であるのかを知るべく後を追った。

「果たして雷《いかづち》であろうか。それとも降って湧いたか。どっちにしても人間をもって相手じゃ。その内、否々、知るに必要がある。有って有る」

更に更に金山彦命は後を追った。

「否々父よ、逃げられてしもうた。何と何処へ行ったやらぞ。後にて者はあの方であった。

大事な折に天かぞ」

「何とのう、彼奴であったか。空の中で遊んでおったか。池をもって全てを見ておってじゃ、天照ともあろう者がぞ。天にて遊びは時無しか」

「山祇様よ、それは違う。あの方は特別じゃ。天の父とて止め様がない。これ迄にも何度となく、況してや今はぞ、丸でげせぬ。如何にあの方とて天は天、真逆かのげせぬ」

「止められように」

「そう云う事よ」

「逃げるに何処へ行ったのであろうか」

「池の底よ」

「底をもって逃げたのじゃ」

「その又底よ」

「金剛力よ、裏へ回れ。物凄きに奴よ。流石に天よ」

「何とじゃ」

「裏と言った所で何処じゃ」

「池よ。嵌められたのよ。正に賢い」

「竜王よ、行くぞ」

　金剛力は荒々しく地の神々を従へ地の星の裏側へと急いだ。

空の中で池を覗いていた天の神々は、今にも飛び出してくるかと心して待ち倦《あぐ》んでいた。

「父よ、計られたぞ。裏よ」

「何とじゃ」

「今なる行動はそれ程か」

「素盞鳴様よ、裏じゃ」

天の神々も又、地よりも早く地の星の裏側へと急いだ。


「何といたぞ。真逆の自信よ」

「突如湧いたにしてはじゃ」

「大した物じゃ」

「父よ、天にて待とうぞ。あの自信じゃ、追う事もあるまい」

「何とじゃ。父よ見よ。池から出てきたか。何とのう、裏に通じておったか」

「通じまいぞ。如何にも鮮明じゃ。父よ、これはこれはよ、大物じゃ。御神の化神じゃ。

丁重に待とうぞ」

「正によ。それにしても金山彦じゃ、良くぞよ」

「正に正に天よ」

「追うか、彼奴は」

「追うまいぞ。相手が逃げぬに追い様がない」

「天じゃ」

　天の神々は風となって舞上っていった。

「金剛力よ、彼奴は何処じゃ」

「一足遅かったか。池から出る事もなくぞ、此処に来たとなるとじゃ、地の底の底よ。それにしても凄い。誰に出来ようか。天とて出来まいぞ。となるとじゃ、大したお方の化神よ。それにしても凄い」

「凄いとなればあの方もじゃ。追うてきたとなればぞ、凄いと言うしかない」

「流石に天よ」

「やられたか。池の底ともなると、入り込んだ上にぞ、筋道を封鎖していったか」

「正によ」

「天も又凄い」

「あの方らしいと云う事じゃ」

「となるとじゃ、何をしに来たぞ」

「池よ。何と池よ。空の中にて、更には、何とじゃ、やられたもやられた。何時の間にやらぞ、一旦道筋を造り、頃あいを見て飛び込み、此処ぞと思わせておいて、風のなさる事には勝てぬわ。竜王よ、この池よ、何か有るぞ。だからと云うて邪魔は出来ぬ。今は退散よ。天とて去った。そう云う事じゃ」

地の神々も又風となって戻っていった。

「退散退散。皆よ、退散じゃ」

「化神よ。正に化神よ」

「化神とか」


天では風としての一人の神が近付いていた。

大きな光として、大きな天の神として其処にいた。

「父よ、何と立派じゃ。徒者《ただ》ではない。天と地とどっちじゃ」

「どう見ても天よ」

「天として、果たしてあの風体じゃ、この天に於いての位置はどうなろうかのう。我れにては力は互角、そうなるとじゃ」

「素盞嗚様よ、互角も何も、位置も何もじゃ」

「あの風体よ、ついついよ」

「天に於いて風体とはぞ、自信よ」

「納得」

果たして大きな光が風として天に下り起っていた。

「風に乗って、更には自然の儘に此処に着いた。方々にはこの度の事、ついぞをもって見てこられたであろうが、今暫く風の如くに居て欲しい物じゃ。宇宙に於いての命により参りましたのじゃ。当然の事としてこの我れは自由自然、正に臨機応変、天にて地にて行き来しつつ、況してや天にて留まるでなし、地にて留でなし、事は重大にて有るからには、此処ぞと云う時にて再び参上仕《つかまつ》るが、誠近々にて、決して待つ事なく、況してや風の如くよ。天に於いて方々には、この我れ居《お》るを肝に銘じていて貰いたい。我が名は大国《おおくに》の主《ぬし》と申し、ちと訳有りて言えぬが、今一つの名を大黒神と申すのじゃ。人それぞれ心じゃ。大国の主と呼ばれようと大黒と呼ばれようと構わぬ故に、何時にてもお声を掛けて下され。何時にても参上よ。天にて長は何方じゃ。天を照らすにお方じゃと聞いておる。この一瞬が勿体ない故に一々と聞くに暇とてない。直ぐに戻って参れとの事故に今正にこれにてじゃ。誠に残念にてじゃ。ゆめゆめ風の如くにて緩りとじゃ。今後一切追うて無駄な事じゃ。追わずに得ありよ。ややもすると誰ぞの様に追いとうなる。この我れとてよ。真逆の損をした。好い見本よ。さてじゃ、誰ぞが戻らぬ内にぞ、退散よ」

大国主命は身を翻《ひるがえ》し、一瞬にして消えていった。

後に残った天の神々は呆気に取られ、追うと云うより風の如しをもって見送っていた。

「何と父よ、呆れたもんじゃ。誰ぞが帰らぬに内にとか。誰ぞとは誰じゃ。聞いておればぬけぬけと言いたい放題、追うか。さらば父よ、久方にて地の底を見て参ったが、奴の動きはぞ、地にて細部に至るまで知り尽くしておった。何時の間にやらぞ。あの分では正に未知よ。これからが楽しみよ。呼べば来るとかぞ。のう方々よ、呼ぶと云うより聞き耳を立てておる筈じゃ。言いたい放題じゃ。何時にてもよ、呼ばずとも出てくる」

「上には上がおるものじゃ。心して掛からねばぞ。のう素盞鳴様よ」

「風よ、風の如しよ」

「真面じゃ。天宇津目よ。風となれ」

「聞いたかぞ、誰ぞがよ」

「納得じゃ」

「何々、この我れをして試したか」

「誰ぞに対してじゃ。偶々の其方じゃ。聞いていたとしてじゃ。それは間違いじゃと言われるはこの我れ、そう云う事じゃ」

「納得よ」

「数多《あまた》の者でなし。その様な戯言《たわごと》はすまいぞ」

「夢々父よ、忘れまいぞ」

「忘れるも何もこれからよ」

「正によ。生きて待つ事もなし」

「死んで待つ事もなしよ」

「生きてとか、死んでとか。天に生き死にがあろうかぞ」

「生きて笑い、死んで地が無い」

「常に常によ、素盞鳴様よ」

「正によ。大国とは正によ」

「大黒にて、二つの顔を持つか」

「納得よ」

「本分にては大国主命よ。何故か裏では大黒神よ。されば決まりじゃ。大国とか」

「正によ。決まりじゃ」

「湧いて出たかと思いきや、既に出ておったか。出て尚隠れておったか」

「何時の何時じゃ」

「宇宙のなさる事は、時として解らぬ」

「風よ、風になるが一番」

「常によ、風よ」

「宇宙は宇宙、有難きにある。宇宙有っての我れらよ。大国主命にしてもそうじゃ、次々によ」

「感謝は感謝、して尚よ」

「父よ、自然じゃ。正にして尚よ」

「風となれ、風とじゃ」

「常によ」

「正に常にじゃ」

「さてさて、我れらは月よ」

「我れらとか。我れとてよ」

「後じゃ、素盞嗚様よ」

「後とて前とて自然よ」

素盞嗚命とその妻瀬織津姫は一体となり、月に向って飛び出していった。

「やれやれじゃ」

「やれやれとか」

「やれやれよ。宇津目よ、行くぞ」

「はてさて何処にぞ」

「中天よ。中天より池の見張りよ。何が出るやらぞ」

「納得よ」

天の神々は再び中天に向って舞降りていった。


「山祇様、池の中にて何やら有るやも知れませんなぁ。あれだけの事をやってのけたのじゃ、何もないなど在り得ぬ。表と見せかけてぞ、其処より裏に飛ぶなど、況してやあの騒ぎじゃ。これ迄を考えて見るに、何事もなく過ぎるなど在り得ぬに事であった。山祇様、如何な物であろうか」

「何の何の、放っておけ。地としてはぞ、あの様に、丸でじゃ、敢えて言うなればぞ、一時の遊びよ。面白可笑しく入り乱れてじゃ、何と一体よ。宇宙からのお声もなく、況してや天とて解っておらぬ。それをぞ、地としてああでもないこうでもないとじゃ、気にする事もなし。地は地よ、風の如しじゃ」

「納得じゃ」


一方聖天竜王は、未《いま》だ興奮冷めやらずにいた。在り得ぬをもって猿田彦命に詰め寄っていた。聖天竜王に付く地の神々も又同じ気持であった。

「さればじゃ父よ、如何に宇宙の代理とてぞ、彼処まで天とて巻き込んでじゃ、一言もなくじゃ。池をぞ、穴の開くまで早速にじゃ。此処は地、置いたからには地の物よ」

「竜王よ、山程に忙しい折にぞ、実に和ませてもろうた。笑わせてもろうた。皆もよ。言うにたっぷりと遊ばせてもろうたではないか。宇宙に感謝よ。何処によ、何を置こうとじゃ、気にする事もなし、風の如くにじゃ、ゆったりとせや。池に於いて触《さわ》ってならずじゃ。今は風となれ。天が覗いておるぞ」

「何とのう、覗いておるか。皆よ、行くぞ」

「行くと云うて何処にじゃ」

「池じゃ。天が覗いていると在らばぞ、臨機応変よ。今一度よ。天を相手に遊んで参る」

「竜王よ、触れてならずぞ」

「触れずして遊べようか。自由自然、風よ」

「筋は筋よ」

「我れらとてよ。筋は筋、通らぬに筋とてある。のう皆よ、そうよのう」

「筋は筋じゃ竜王様よ。通らぬ筋とて通すも又地よ」

「何とそう言うか」

「我れらとてじゃ竜王様よ、今度ばかりは通すしかない」

「何とそう言うか」

「竜王よ、皆々良くぞよ。風共よ」

「一にも二にも風とか」

「そう云う事よ。風の如くによ」

「されば風に乗ろうぞ、のう皆よ。風に乗ってじゃ、見張りよ。今こそ、此れこそが仕事よ」


聖天竜王は風となって地の神々と共に、中天に向って舞上っていった。

中天をもって天と地の神々が同じ目的をもって集まってきた。


「竜王よ、地にてどうした。地は空か」

「これはしたり、此処は中天、地の内じゃ」

「天の内でもある。池を見張るに天の仕事よ。地にて仕事は外にあろうに。竜王よ、池にて動きが有ったならばぞ、大きく動き知らせようぞ。さすれば地の仕事よ。天としては見て見ぬ振りよ。此処は天に任せ退散じゃ」

「天は天でやる事がお有りでしょうに。此処は地に任せ、風となられよ」

「凪とか。常に凪よ」

「竜王よ、凪となって去れ」

「池の事は何の言われもなきに、天の遊びをもってなされた事。只々遊ばれたでは折角の遊び、どんな遊びやらと、地としての遊びとして来ましたのじゃ」

「何とのう、遊びに来たとか。天の本気を遊びと申すか」

「遊びでのうて何であろうか。本気としてじゃ、池の中はどうなったのじゃ。教えて貰いたいものじゃ」

「天とて解らぬ。さればの見張りよ。誰ぞが下りてじゃ、消えてしもうた。消えたからとて捜しようがない。地に凪の如くによ」

「金山彦様よ、其方様をもってして逃がしたか。となるとじゃ、大したお人よ。そう云うお方が何処から湧いたぞ。天がご存じないなどと、真逆の信じ難き。かと云うてじゃ、確かなるに事として誰ぞが湧いたには違いない。となるとじゃ、天地一体となって捜すしかない。天の方々よ、この中天を基として一体となり、天空は元より地の底までもじゃ、捜して参りましょうぞ」

「何とじゃ、そう云う事じゃ。地の者共よ、早速に立ち戻り、地の底を捜せ。見付かったなればぞ、何時にても此処へ参れ。その時こそじゃ、一体となりて逃がすまいぞ。我らは我れらで天高く捜して参ろうぞ。のう方々よ」

「決まりよ。竜王よ、早速にじゃ」

「何とじゃ」

聖天竜王と地の神々は地に向って下りていった。

「何とも可笑しい。流石に竜王、墓穴を掘って帰りおった」

「颪よ、竜王をとて」

「それはそれ、あれはあれよ」

「正にあれじゃ。宇津目よ、正にあれよ」

「何とじゃ。竜王をもってあれとか」

「地にてあれがおればこそ笑える。遊べる」

「池じゃ池じゃ。目を離すに何事もじゃ」

「大事な事とて離すも何もなかろう。自然よ」

「正にじゃ。天が見張らずとも地が見張らずともじゃ」

「何とのう、見張らぬとか。だがしかしぞ、その一瞬を見たいものじゃ」

「見るも何も自然よ」

「何とじゃ。見るとか」

「自然よ」

「自然自然と、自然もそれぞれよ」

「そのそれぞれよ」

「誠か」

「誠も誠、今其方様が此処に居る様によ」

「何とじゃ、誠じゃ」

「何処に居ようと自然とはよ。天よ」

「何と何と、そう云う事よ」

「されば方々よ、退散じゃ」

「自然と云うからには自然よ。この我れとしては今少し見張りよ」

「宜しかろう」

「自由自然よ」

「宇津目よ、行くぞ」

「何とじゃ」

金山彦命と天宇津目命は光となり、地に向って飛び下りていった。

地に下り立った金山彦命と天宇津目命は、静かな風となって池を覆《おお》った。すると空《くう》の中より一つの風が現れ、更に池を覆っていった。一体となった三つの風は七色に輝き、池の水面をきらきらと金色《こんじき》に染めていった。

月から池を見張っていた素盞嗚命は目を奪れ、時を忘れて見入っていた。

七色の風は幾重にも重なり合いながら金色に輝く水面を何時までも何時までも照らし守っていった。

空の中では地の神々までもがその様子を伺《うかが》っていた。うっとりとそして静かに、況してや風の動きは天地一切を一瞬にして黙らせ釘付けにしていった。

一瞬池が静まり返ると三つの風はそれぞれに分かれ天に向って飛び立っていった。

地の神々は亜然とし、そして空を見上げた。

「父よ、又してもじゃ」

「何と美しきものじゃ。好い物を見せてもろうた。誠に心地良い。皆よ、風となれ」

「皆よ、風となって上よ」

「それも良かろう。自由自然よ」

「風とはぞ、下へ向かうものよ」

「如何にも遊びよ」

「金剛力よ、其方自身遊んで参れ」

「山祇様よ、遊びをじゃ、言われたからと云うて遊べぬ。何とじゃ、竜王めに先を越されてしもうた。されば風よ。下へ下へよ。上に向った所で何もあるまい。時を待とう、風となってじゃ」

「金剛力よ、遊んで参れ。何が有るやも知れぬ。天とて待っておろうぞ」

「納得納得よ」

「何とのう、さればじゃ、遊びと云うより天の方々と親しく、況してや中天はそう云う所じゃ。この際そうさせて貰いましょう」

「遊びよ」

「正に正に」

「ならば遊んで参りましょう」

金剛力も又中天に向って飛び出していった。

天では、天の神々が和んでいた。

「断じて許さん。事は重大、父よ、事も在ろうにぞ、この我れを差し置いてじゃ、全て解っていたにもかかわらずぞ、一気にあの様じゃ。何が何でもとこの我れを差し置いたか。さてじゃ、何が有った。後の一人は何処の誰じゃ」

「風よ」

「何と父よ、聞いたか。風とよ」

「聞いた聞いた」

「何々、知っていたか。其方様も又知っていながら無視とか。天とはぞ、常に一体、知っていながら無視など、天の父とも思えぬわ。あれもこれもよ。常に常によ」

「で、何じゃ」

「でとか」

「でよ」

「風は風、素盞嗚様よ、一瞬の風よ。風が吹いたのよ。何が何だか解らずにじゃ、気が付けば池にいた。天の動きよ。其方様だけがじゃ、風を受けなかった事はぞ、人それぞれよ。見張りとしてじゃ、大事な大事な仕事よ。見張りなく、あの様な大事をやり遂げられようか。あと一人と言われたか、この天にて後一人誰がおろうか。のう父よ」

「そう云う事よ。素盞嗚よ、道よ。道を付けたまでよ。一時が万事よ、臨機応変よ。是れからもじゃ、一体よ。其方はぞ、見張りを何と心得ておる。遊びとか。遊ぶに暇とてないわ。池々と遊んでいたか。それで何が見えたぞ、言うてみよ。この我れらはじゃ、池と一体となっていた故にぞ、何がどうなっていたやらぞ、皆目よ。見張りであって大得じゃ。遊びどころか、羨ましきに限りよ。何がどうなっておったぞ。はっきりとじゃ、根ほり葉ほり聞かせて欲しいものじゃ。其方の見た儘をよ。これから先はぞ、それをもって生きようぞ。其方の目をぞ、信じてよ。天として知るに必要がある。一々と細部に至るまでよ。今こそ時よ、じっくりと聞こうぞ。金山彦よ、宇津目よ、囃《はや》し立ててならずぞ。笑うてならずぞ。聞き耳立てて風の如くよ。我れらのあの動きが鮮明となるに時じゃ。じっくりとぞ、しっかりとぞ、自分の中に風の如くよ」

「否々、参った。流石に父、只々見張り様は羨ましきと思うておったが、自分の動きが鮮明に、風の如くに聞けるとはのう。だからと云うて父よ、この目で見た訳ではない。話の途中でじゃ、囃すなどと、それは無理な事じゃ。況してやぞ、笑うなどと、無理も無理、常にじゃ、素盞嗚様とのやり取りは笑いは付き物じゃ。笑わずにいられようかぞ、のう宇津目よ。あの様な場合でもじゃ、素盞嗚様の会話ともなれば、言わずと知れた笑いとなる。されば父よ、折角ながら断るぞ、のう宇津目よ」

「そう云う事よ。父よ、我れとて断るぞ」

「良かろう。臨機応変よ」

「聞いておればじゃ、如何にも笑えようか。笑うどころか誠に一言よ。只々美しく、只々絶句よ。正に父よ、是までにない美しさであった。七色の光が金色《こんじき》に光り輝き見事であった。流石の我れも夢かとばかりであったぞ。更にはぞ、如何にして下りたぞ。下りるをもって見えなんだ。如何に空とてじゃ、風とてよ」

「七色とか。風どころかぞ。あっと云う間よ。気付いてみれば地よ。誠静かに心和みながらよ。如何にも見えなんだか。それもこれも自分よ。天空高くにおられるにお方の仕業であろうぞ。真逆のよ。金山彦よ、宇津目よ、何か聞こえたか。風の音をよ」

「聞こえたも聞こえた、池じゃと。咄嗟《とっさ》に飛び下りた」

「更には、愛情持ちて風となれとじゃ。愛情の何かも解らずに動くが儘よ。動く内に愛が情が強く強く心の底から湧き出てきた。後は見た儘よ。七が働いた、そう云う事よ。何れ《いず》全てよ。風の如くに待つしかない。眩《まば》ゆきに誰ぞがいた。のう金山彦よ、のう父よ」

「三人上手に下りたか」

「何を聞いておった。上手も何もよ」

「のう父よ、されば囃すとじゃ、笑うとよ。上手に下りたも何も素盞嗚様よ、宇宙が動いたのよ。天とて地とて宇宙には敵わぬ。宇宙をもって下りたのよ」

「納得よ」

「何とのう、納得したか」

「納得と云うて納得せぬ。如何にも宇宙が動いたとしてじゃ、同じ所に居てぞ、七が働くにぞ、この我れだけが常に置かれている。これをどう説明するぞ。常に常にじゃ」

「父よ、知ってか」

「知り様がない。宇宙のする事じゃ。常に一瞬よ。その一瞬で全て成ってきた。成る以上はぞ、有難い事よと、感謝感謝よ」

「そう云う事じゃ。素盞嗚様よ、説明の仕様もない」

「情として言うなればぞ、素盞嗚様よ、人それぞれよ。それぞれにて宇宙の光を受けるに受けようが受けまいが、とどの詰まりは人の感性よ。感じるか感じないか其処にある。偶々よ、其方様には感性がなかった、そう云う事じゃ。身に付けるに感性は人それぞれ自分よ。常に素盞嗚様よ、風の如くによ。人は人と放り出しなされ。放り出す事で身に付く。あれもこれもよ」

「感性とか。感性などと有り過ぎよ。有り過ぎて尚、人などと放り出しておるではないか。何時にてもよ」

「何時にても放り出しておられぬ。何時にても感性が見えぬ」

「何とのう、見えぬに天か。父よ、放り出せ」

「宇津目よ、負けじゃ。放り出されよ。我れもよ。放り出される前にじゃ、行くぞ」

「父よ、参った参った、負けじゃ」
「参ったと在らば出てゆけ。我れもよ」
金山彦命と天宇津目命は月に向って飛び出していった。天照も又その後を追った。

三つの光は月を横目にして更に高く上《のぼ》っていった。太陽に向って光の玉は物凄く一体となっていた。

「天の者よ、良くぞじゃ。月をもって此れからは生きよ。地は地、天は天よ。夢が膨らむ、次々によ。人を創るに生き甲斐とじゃ。我が使いとして天上人がおる。既に七つの光が下りた。夢の七よ。空の中に控えておる。既に一体となり池をもって光となり接してきた。実に明解よ。目に見えてくる。目に見えた時こそ地に向ってみよ。三人三様の人間共が其処におる。宇宙に於いて誠の夢が叶った瞬間よ。宇宙の夢は果てしがない。天の者よ、たった今より天は天、地は地とするに心得よ。口出しならずである。地にては地を司《つかさど》るに長がおるではないか。任せて任し、月より空より見て見ぬ振りよ。天は天の仕事がある。其処でじゃ、天にて一人邪魔者がおる。既に七が動いておる。見て見ぬ振りよ。だからと云うて臨機応変、自由自然よ。笑いをもって許して許し、天の者として受け止めよ。空の中にて七は常に待機よ。呼べばくる。呼ばずともくる。七とは正に我が分身なり。空の中で自由自在じゃ。天より上であり、天より下でもある。時として上となり、時として下となる。同体之なり。一つの光にて大きな隔《へだ》たりあり。大国主命じゃ。七に在らず空の者なり。宇宙に於いての分身なり。これとてよ、上であり下でもある。同体之なり。やっとの事にて夢叶うた。確かなるに人間と云う物が生まれ出る以上、地は地で七が動く故に何ら気にする事もなし。されど臨機応変よ。自由自然なり。天は天で一歩前進じゃ。振り返るに暇とてない。天の者よ、反射をもって七が動くぞ。七を通じて地を知りつつじゃ、反射をもって天の全てを地に伝えていく。天としてはぞ、その中で臨機応変、自由自然よ。人間が生まれるからにはぞ、人間の為に知恵を出し、人間の為に生きよ。天の生き甲斐ともなる。時として人間を知るべし。知らずして夢は作れまい。嬉しきに宇宙にとっても生き甲斐である。地を守るに為でもある。天の者よ、光は無限ぞ。月をもって照らせ、益々にじゃ。地を照らすに為でもある。光としての長として天は同体なり。天照よ、一歩下がり、されど半歩上がり務めよ。天の者共よ、しっかりと務めよ。父として之なりじゃ。愛有りてこそ人間之なりをもって育てるべし。反射して反射せよ。七と共によ。七は我れの分身なり。呉々もじゃ、一つの間違いとてない。如何なる場合之なり。長々とよ。之なり」

太陽の光の中で天の神々は事の重大さをかみしめながら聞き入っていた。

「太陽の神よ、目が覚めました。心の底から夢に向って参りましょう。常に人をもって生きまする。七人の方々にて下ろして頂き誠に有難く、月にては、空にては七人の方々と共に地を守り抜きましょう。笑いは笑いとして参りましょう。優しきお言葉をもって接して頂き、天をもっての長たるに者として、天の中にて一歩も二歩も引き下がり、天たるに者達と一体となり、七人の方々の知恵をも借りながら生きて参りましょう」

「天照よ、下がれ」

　天照は絶句し、天に向って下りていった。

「実に明解、嬉しきに慈愛に溢れるにお言葉であった。父よ、先ずは言おうぞ。一歩下がるなど在り得ぬ。天は一体なればぞ、一人の事として物を考えるなと云う事じゃ。これ迄どうりよ。常に一体、これ迄どうりじゃ。金山彦もよ」

「当然よ。自由自然じゃ」

「兎にも角にもじゃ、父よ、今までどうりよ」

「風の如しよ」

「先ずに父よ、人間気にする事もなし。天は天で山程よ」

「それにしても七人とはのう。共に分身とか。万に一つの間違いなしか。と云う事はじゃ、万が一つの間違いがこの天に有ったと云う事じゃ。のう父よ、全ては一からよ。人間考えながら生きよとじゃ」

「正によ。やり直しよ」

「人間気にせずに考えよとか」

「そう云う事よ、父よ。七人が反射して参ろう」

「七人がのう」

「気に要らぬか、父よ」

「天とはどう考えれば良かろうか」

「考える事もなしよ。臨機応変、自由自然よ」

「のう父よ、間違いは其処にある。物は考える物ではない。湧き出すものよ。自然によ。父にはぞ、その自然がない。そう云う事よ。天の長でありながらぞ、自然が無いでは拙かろうぞ。どうのこうのとじゃ、考えまいぞ。其処よ、父よ、一歩引けじゃ」

「何とよ。自然無きに長であったか。風ともなれずにいたか」

「そう云う事よ。出直しよ。一体をもってじゃ」

「七《なな》の分身が上であろうと下であろうとじゃ、人間思うに同体よ。一歩も引かず今までどうりぞ。父よ、そう云う事じゃ」

「父よ、天よ。心の底からの天よ。天をもっての長よ。何の為の天じゃ、七人は天の使者よ。そう云う事よ」

「七人をもって人間を育てよとじゃ」

「何とじゃ」

「七人の使者をじゃ、使い熟すも天、そう云う事よ」

「何とのう」

「風の如しよ。臨機応変よ」

「納得じゃ」

「やれやれじゃ」

「問題はひとりよ。大黒じゃ。何者ぞ。七人に在らずと言われたぞ。と云う事はじゃ、たった一人で動いておるか」

「あれだけの者じゃ、真面ではない」

「誰の分身よじゃ」

「降って湧いたのであろうぞ、人間の様によ」

「宇宙をもって湧き出てきたか、在り得る」

「それにしても大きな奴よ」

「出直しじゃ。のう父よ、大黒を呼ぶか」

「一切は其処からよ。全てを知るに必要がある。七人もよ」

「七人は七人、勝手に来ようぞ」

「正によ、勝手に来る」

その時、

「天にて方々よ、呼ばれたか」

「何とのう、聞き耳を立てておったか」

「立てるも何も呼んだであろうに」

「何とのう、呼んだとか」

「呼んだも呼んだ。なればこそ来た」

「うかつであった。一言一言がそうなるか」

「うかつとか。うかつをもって呼んだか。天とも在ろう者がぞ、うかつでは拙かろう」

「拙いも拙い。なればのうかつよ」

「大黒よ、其方を知りたい」

「父よ、それはないぞ。知るに必要もない。知ってしまうのよ。自然によ」

「まあ好いではないか。知るも知らぬも天の者よ。今後一切じゃ、天をもって行き来よ」

「何処をもってぞ」

「父よ、それも此れもよ」

「大黒よ、行き来と云うてどの様にじゃ」

「呼ばずとも来る、そう云う事よ」

「良かろう。何時にてもよ」

「所で大黒よ、太陽の神にて分身が七人生まれ出ているそうな。見知っておるか」

「知るも何も同体よ」

「何とのう、何時の間にやらぞ」

「地の池にて一体であった」

「何とのう。天かぞ」

「上じゃ、父よ」

「天とした事がよ」

「人間創るに一体としてじゃ、風となってしたが為にじゃ、全ては自分、それぞれが自分しか見えなんだと、そう云う事よ」

「何とじゃ」

「あれこそが天よ。天の姿よ、在るべき姿よ」

「何とじゃ。結果の見張りでもあったか」

「何とそうであったか」

「大黒よ、人間創るに誰の知恵じゃ」

「天よ。天であろうに」

「何とのう、誠じゃ」

「なればこその一体よ」

「仕上げたは誰ぞ」

「この我れよ。宇宙の中でのこの我れじゃ。人間預っておる」

「何処にぞ」

「地よ」

「地とて何処にぞ」

「さてのう。知るよしもない」

「誰が預かっておる」

「それこそ七人よ」

「何とじゃ、納得よ」

「所で人間じゃが、物体か」

「当然。猿の如きよ」

「猿との違いはどうじゃ」

「全くに違ったものよ」

「どの様にじゃ」

「猿は猿、人間は人間よ」

「納得じゃ」

「納得とか」

「納得も納得、天の物よ」

「何と納得じゃ」

「七が反射よ。既によ」

「だからと云うてぞ。反射ではのう」

「反射で充分、それこそが天よ」

「何とじゃ」

「大黒よ、宇宙にて親か」

「親も何も、気付いた時には其処にいた。宇宙と言えば宇宙、湧いて出たのよ」

「何時の事ぞ」

「何時と云うて何時ぞ。気付いた時には天がいた。地がいた。だからといって近付けなんだ。動いてならずとぞ、動けずにきた。動いた途端に天よ。この様な場所が有ったかと、嬉しさをもって飛び跳ねてしもうた。で、又々よ、動けずよ」

「何とのう、面白いもんじゃ。その間《かん》に人間創りであったか」

「誠よ。明けても暮れてもよ」

「何と羨ましき事よ。宇宙の子とはのう」

「そう言うてくれるか。やっと気が晴れる。天の者よ、宜しゅうによ」

「天とてよ」

「人間観て参る」

大国主命はあっと云う間に消えていった。


「のう父よ、風は風なれど今の今、大黒を見ていると風を越えておる。大きな者じゃ。のう金山彦よ」

「風は風よ。我れらとてよ」

「宇津目よ、風と云う物はぞ」

「父よ、今更に風を語るとか。風の話は知り過ぎも知り過ぎよ」

「父よ、一歩先よ。大黒の如きによ」

「さればじゃ、一歩先じゃ。行くぞ」

「行くと云うて何処にぞ」

「何と地よ。人間よ」

「のう父よ、全ては任すことよ、風によ」

「人間見ずして先へ進めようか」

「先も何も始まったばかりじゃ。今はじゃ、任せよ、風共によ。反射を待つ事よ」

「風々と、風に任すにぞ、宇津目よ、長たるに者の立場はどうなる。反射ばかりで人間が知れようかぞ」

「嫌でも知ってしまおうに」

「父よ、そう云う事じゃ」

「二歩前進よ」

「それはそれじゃ」

「三歩よ。池よりも尚地よ。地無くして人間でもない。猿よりも尚と云うが、初めての事にて今はぞ、何が何やらと戸惑っておろうぞ。せめて地よ。生身なれば生死を分けておる。生かすとしてじゃ、生かすに地とせねばぞ」

「それも此れもよ宇津目よ、風の如きに術を使いよ」

「何とじゃ、下りるとか」

「されば言おうぞ、地を造るに人間見ずして造れようか」

「造れように」

「何とそう云う事よ、父よ」

「夢が膨らんで参った。如何にもよ。反射を待とうぞ」

「待つ事もなし父よ、風として参ろうぞ。天にて長としてよ」

「何処へぞ」

「地よ」

「何じゃと」

「人間無視よ」

「無視じゃと」

「無視よ。人間と云う物を聞かした上でじゃ、地を造るに人間の為じゃと、人間を知った上で造れとじゃ、天の仕事よ。地は地で知恵をしぼる。風の如しよ、下りよ」

「如何にもじゃ、早速によ」

「のう父よ、呉々もよ、血としてじゃ。長としてじゃ」

「臨機応変よ」

「笑うて参れ、そう云う事じゃ」

「そう云う事よ」

「風々と思うに笑える」

「思わずとも笑えように」

「人それぞれよ」

「納得よ」

「笑い転げて参ろう」

「参れ参れ」

風を忘れ、風の如くに天照は地へ向っていった。

「父にも困ったものじゃ。丸で遊びがない」

「遊びも程々よ」

「遊ぶに程々があろうかぞ。遊ぶにじゃ、自然よ。自然とはぞ、遊んでおる事さえも解っておらぬ。そう云う事よ」

「程々は程々、人間の何かを知るに程々をも知る」

「何とのう、そう云う事じゃ。一早くに知りたきものよ」

「知ろうぞ。行くぞ、一早くによ」

「何と地とか」

「中天よ」

「納得よ」

「何の為の中天」

「納得よ」

「父を見張りよ」

「納得も納得、転げ回るやらよ」

「其処よ。転げ回って前進よ。回らずして困った物となる」

「正にじゃ」

「中天に於いて地とておろうぞ。術じゃ」

「納得よ」

「父とて見られておる。転げてくれればよいがぞ」

「この際じゃ、転がしてくるか」

「それも又よい」

「行くぞ」

「何とじゃ」

金山彦命と天宇津目命は地に向って飛び下りていった。

地に下り立った天照は一人どっかりと座り込み、大きな大きな池を見渡していた。

この大きな池がある限り地は安泰じゃとばかりに、其処に風となって寝転んでいた。

静かな時が流れ、その時が一瞬にして風を起こしていた。

「父は何処じゃ。消えたか」

「消えまいぞ」

「地に潜ったかぞ」

「潜りもすまい」

「転げるが出来ぬにぞ、転げるまではと潜る事とてある」

「夢よ。そうあってくれれば良いがと、夢よ」

天照はじっと耳を傾けていた。

「夢も夢、誠よのう。夢が現実になった時にこそじゃ、天下の天と言えように。父の事じゃ、成ろうぞ、明日にもよ」

「地にて笑いの種が落ちておろうかのう」

「落ちずして地か」

「そう云う事よ」

「斯うしてじゃ、我れらが下りてきたなどとぞ、知るよしもなかろうがぞ、何処ぞに種が落ちていたとするならばぞ、種を拾うて戻ろうぞ。転げ回るにじゃ、地とて天とてよい」

「納得よ。それにしても何処へ行ったぞ。父の転げるを身近で見るべく下りて参ったが、此れでは何の為やらぞ。実に残念よ」

「少々にて行くか、種を探しにぞ」

「少々とか。山程によ」

「さてとじゃ、流石に父よ、術でも使うたか」

「使うたとなれば捜し様がない」

「捜すも何もその気もない」

「種じゃ種じゃ、行くぞ」

天照は起き上がり、じっくりと自分自身を見詰めた。

「有難い事よ」

天照の中で笑いが起こってきた。自分に対する笑いであり、笑わずにはいられなかった。天の長としての前進であった。


「宇津目よ、愉快じゃや。誠に愉快よ。あの様な場所で何をしておる。作戦でも練っておったか。地の者に会うに作戦が要ろうかぞ」

「そうではなかろうぞ。自分自身を見詰め直そうかと、そう云う事であろうぞ。そうであるならばぞ、前進も前進よ」

「何とじゃや。利《き》けていたか」

「利けようぞ、天じゃや」

「誠に愉快、壮快よ」

「そう云う事じゃや」

「種じゃ種じゃや、急ごうぞ」

「人間人間と云う時にぞ、落ちておろうかぞ」

「正によ」

「我れらは天じゃや、急ごうぞ。中天によ」

「中天にては地とておろうに」

「術よ。紛《まぎ》れるのよ」

「納得よ」

金山彦命と天宇津目命は中天に向って急いだ。

中天では地の神々が陣取っていた。

「池の周りにて何事か始まっておる様じゃが、地に於いての役目はどうなっておるのじゃ。山祇様におかれては只々風の如しよと言われるのみじゃ。如何にも可笑しい。見て見ぬ振りかぞ」

「振る事もなしよ。斯うして一々と見定めていけばよい」

「風とも在ろう方々がぞ、地を蔑ろにしてぞ、天とてよ、何をか言わんやじゃ。地の父にしてもよ、成る様になるとぞ。何とも言い難しよ。金剛力よ、池をもって結論次第、飛ぶぞ」

「自由自然よ」

「はっきりとさせねばぞ」

「嫌でもなろうぞ。天とて地とて一体よ」

「風として此処におるとか」

「当然」

「何とのう。この様な時にぞ、良くぞよ」

「まあ、地としての常よ」

「風になれぬに我れらは地と言えぬか」

「何とじゃ、我れらとか」

「我れらよ」

「何処の我れらじゃ」

「何処と云うて我れと共にいる者共よ」

「何とのう、我れの者共とは今の今何処におるぞ」

「何処と云うて此処よ」

「何処ぞ。此処におるはこの我れの者共よ」

「何じゃと。何処へ行ったぞ」

「風よ。風となって捌《は》けたのよ」

「真逆の真逆ぞ」

「竜王様よ、どうした。風となれずは其方だけよ。況してやぞ、我が者共が捌けるを解らずにぞ、様でもあるまい。様は者共よ。一々とじゃ、様をもって確認よ。しっかりとせや」

「真逆の真逆よ」

「常によ」

「常にとか」

「常によ」

「何とぞ」

「捌ける」

「正によ」

「捌けて尚自重よ」

「何とのう、其処まで言うか。自由自然とぞ、常によ」

「自由自然の常にがぞ、自重と、そう云う事よ」

「何とじゃ。言うに事欠いてじゃ」

「時として欠く」

「丸での言い分よ」

「分も時と場合よ」

「金剛力様よ、捌けようぞ」

「捌けて尚よ」

「正によ」

「やっとよ、正に風じゃ」

「まあまあ、言うてみたまでよ」

「みたまでをもって遊んだ、そう云う事よ」

「何とじゃ。遊んだとか」

「遊んで気晴らしよ」

「何とのう、納得よ」

「竜王よ、振りも又仕事よ」

「何とじゃ、納得よ」

「仕事仕事よ。常にじゃ」

「納得じゃ」

聖天竜王はそそくさと去っていった。


中天に於いて地の神々の元に紛れ込んでいた金山彦命と天宇津目命は、地の神金剛力と聖天竜王の会話を面白可笑しく聞き耳を立てていた。それは正に笑い話であり、笑い上戸の金山彦命にとって持ち帰るどころか必死の我慢であった。天宇津目命も又、可笑しさと共に笑い上戸の金山彦命を気づかっていた。

聖天竜王が去った後、金山彦命は我慢も此れ迄とばかりに笑い転げていた。

突如の出来事に地の神々は飛び退き、声のする方向に目をやっていた。

「何と可笑しい。笑いの種がこの様な所に落ちていたとはのう。正に笑い話じゃ。何と面白い。宇津目よ、行くぞ」

天宇津目命も又笑いが止まらずにいた。

「地の者よ、天にて土産よ、貰うていくぞ。金剛力よ、天晴じゃ。其方自身風も風よ。地にて人間は任したぞ。八面六臂宜しくにじゃ」

笑いも此れ迄とばかりに金山彦命と天宇津目命は月に向って飛び去っていった。

地をもって下りていた天照は自分自身を見てとり、一瞬にして天に向っていた。

「人間誕生」

天照は一瞬立ちどまり、月へと走り去っていった。

「皆よ、人間誕生じゃ。戻るに途中にて誰ぞが呟《つぶや》いていった。人間誕生とじゃ」

「何とのう、呟きましたか。大黒じゃ、外におらぬ」

「おろうに。七がよ」

「おるにはおるが、呟こうか、呟くまいぞ」

「誰にしてもぞ、誕生とよ」

「それは目出たい」

「誕生したとしてぞ、生まれたばかりの者がどうやって生きようぞ。西も東も分かるまいに」

「宇宙が育てる。きちんと成った上での誕生よ」

「納得よ。天としては風の如くか」

「正に如くよ。只々如くにて臨機応変よ」

「夢の誕生、そう云う事じゃ」

「父よ、地にてどうなされた。笑い転げて参られたか」

「転げる前に戻ってきた」

「何とのう、折角の地にて、それこそ人間をじゃ、何故に覗かれなんだ。天とて地とて一体よ」

「人間は大事よ。大事と在らばそれなりによ」

「どう云う事ぞ」

「天だからとて急ぐ事もない。じっくりとよ」

「納得じゃ」

「所で父よ、今の今、中天に於いて笑い転げてきた。必死の我慢よ。竜王めが風となれずにぞ、自分自身に付く者共に捨てられよった。それをじゃ」

「やっとのやっとよ金山彦よ、後よ」

「納得よ」

「で、どうなった」

「父よ、後じゃ。人間誕生よ。其処が先じゃ」

「臨機応変であろうに」

「臨機応変も時と場合よ」

「納得じゃ。笑い袋に入れて置こうぞ」

「そう云う事よ」

「宇津目よ、心配無用。今は笑いたきに時よ」

「まあまあ父よ、笑いは笑い、今は駄目じゃ。既に袋の中よ。一旦入れたとなると時を選ぶ。それこそが笑いよ」

「何とじゃ」

「天にて笑いは山程よ」

「山程の笑い袋は何処じゃ」

「さてさて、先程より目で追うていた所じゃ。真逆の地か」

「それはなかろう。如何にもあの方らしきに所よ」

「らしきと云うて何処ぞ」

「中天の外に有ろうかぞ」

「あの方の事じゃ、誕生をもって飛び下りたかぞ。大事の大事じゃ」

「地にて下りようとじゃ、猿田彦がおる」

「そう云う事じゃ」

「そうそうにて誕生に於いての反射が来ように。地に誕生をもって湧き返っておるか。天にて一であろうに。況してや囁くなどじゃ」

「一としてであったのであろうぞ。偶々の空中よ」

「在り得ぬぞ」

「正によ」

「取り敢えずはよ」

「それも在り得ぬ。如何なるに場合よ」

「父よ、甘いぞ」

「空中とてこの我れよ」

「ならば言おうぞ、相手は誰ぞ。名も告げずにぞ、誕生でもあるまい」

「父よ、そう云う事じゃ」

「夢よ。夢成って嬉しさの余りにであろうぞ」

「何とじゃ、風か」

「正によ」

「風なきに誕生でもあるまいぞ」

「父よ、誠ぞ」

「待とうぞ。その上でよ」

「待つしかあるまい」

「待つとしてじゃ、何時までじゃ」

「反射してくるまでよ」

「何とのう、風じゃ」

「風も風、風なればこその我慢よ」

「仕事じゃ」

「正によ」

「面白い」

「何とよ」

金山彦命は中天での聖天竜王と金剛力のやり取りを思い起こし、天宇津目命と共に吹き出し、如何なる月も崩れんばかりに笑い転げていった。余りの事に天照も又それに連られて笑いの何かも解らめ儘に笑い転げていった。


七人の分身と共に大国主命は地にいた。人間の全てを観察し、見極めるに為である。人間の成長は風に守られ、時を越えて育っていった。

「方々よ、高度なるに生き方はご法度じゃ。誠自然にぞ。生かす、これに尽きる。やっとの人間じゃ。如何に宇宙とて二度と生まれる訳ではない。細部に至るまでも知恵を出し、幾度となく失敗をした上での人間じゃ。正に生かすにはぞ、人間の動きをもってそれに沿って動く。危いと思えば口を出し、食が有るとすれば口を出す。常に付き纏い守るのじゃ。一々と言葉には自分の責任において口にせよ。一つ間違い有って屑となる。正に折角の人間よ。殺してならず、宇宙の夢じゃ。天地一切の和みよ。我れらにとっての生き甲斐じゃ。呉々も目を離してならずぞ。一瞬一瞬が死に繋がる。況してやぞ、宇宙の怒りとなる。方々よ、しっかりとじゃ、夢を繋いで行こうぞ。人間育てるに臨機応変なれど、何せ物体よ。慎重にじゃ。可笑しきとき飛べ。飛んで大笑いよ。此れからはぞ、地上をもっての生き様じゃ。見事に生かしてみよ、宇宙が笑う。笑うに更に更によ、新しい命が生まれる、次々によ。人間が生きるに生き方は、此処ぞと云う時にぞ、しっかりと教えてゆかねばならん。解らぬ儘に放り出してならず、放り出すにその先は死よ。正に折角の命、守り抜こうぞ」

「如何にもじゃ。我れらにとっての命よ。殺すに訳がない。何と愛らしいもんじゃ。実に命よ」

「風の如しよ。慌てず騒がずよ」

「事前に解っておる事じゃ。中とて外とて変わるまいぞ。只よ、危険が一杯よ、其処ん所が目が離せぬ。方々よ、臨機応変それぞれにてよ。女とて男とて分け隔てなくよ。共に強く強くじゃ。常に守りとはぞ、地に於いての事じゃ、生かすが先手、外にない。育てるよりも尚よ。生きるに育つ勝手にじゃ。先を見て指示する事よ。食ともなると大事よ。物体は生身よ。どうなる事やらぞ。その時でも慌てず騒がずよ。慌てて騒いで人間育たずよ。傷付いたとしてじゃ、兎にも角にも、如何にもまあまあと接する事よ。まあまあと接する事で人間自身慌てず騒がずよ。実にゆったりと生きようぞ。何事もよ、ゆったりが一番。その上での強さよ」

「如何にも納得じゃ。人間に物は伝わろうかのう」

「伝わらずして神の子かぞ。物を伝えるにはぞ、小声でじゃ、更には細部に至るまで人間を観てじゃ、その上で一々と臨機応変よ。伝わったとしたならばぞ、急がずよ。一歩一歩ゆっくりとじゃ。何事も自由自然なれど、臨機応変なれどよ」

「さてとじゃ、伝わるやらどうやらぞ、やってみるか。所で何を一としょうぞ」

「一にも二にも名を付けてやらねばぞ。名もなきに呼べまい。名は大きな名をじゃ。心して示せぞ。宇宙よ」

「風をもって如何じゃ」

「小さい小さい」

「風をもって小さきとか。この様に小さきに人間ぞ」

「それでも小さい、宇宙の子じゃ」

「風よりも尚か。風よりも尚ともなるとじゃ、大和《やまと》よ。宇宙にて一つ有り、地の星にては大和なりと何度となく聞いた。地の星が大和となるとぞ、其処で生まれたからには大和よ。初めてなるに人間ぞ、当然よ。大和で決まりじゃ。自慢の名よ」

「大和とか。何度も聞いたとか。何処でぞ」

「何度もよ。空《くう》の中でよ」

「空も空、何処の空じゃ」

「空は空、何処でもよ」

「何処でもともなると一つじゃ。御神《おんかみ》とてか」

「真逆の真逆よ。それしかない。元々にて人間の存在にては御神の夢として生まれてきた物、名付け親よ。そうは思わぬか。何度も何度もじゃ、大和大和とじゃ、何の意味もなく言われようか、この時の為よ。今こそよ」

「何と言うてもじゃ、名は大事よ。今の今じゃ、急ぐに、今なるに言い分信じようぞ」

「信じるも信じぬもよ」

「ならば決まりよ」

「大和とか。今一度聞くが、空とは何処じゃ」

「空は空、外に無い」

「風に乗って聞こえたか」

「流れはせぬわぞ。我が耳元でよ」

「何とのう、耳元でとか」

「はっきりとよ」

「実に納得よ。天の声は常にそうよ。風に乗る事はない。我れとて聞いた。よもやのよ」

「何とのう、大和とか」

「違うのう、人間二つじゃと」

「二つとか」

「正によ。二つとぞ」

「何とぞ、今一つとか」

「誠よ」

「何と何とじゃ。今一つともなると大事じゃ。人間連れて参れ。今一つぞ」

「何とよ。連れて参ろう。参るとて如何にしてぞ」

「この様な時に如何にしてとか」

「何とぞ」

七人の分身は人間を高く高く抱き上げその場を去っていった。

「やれやれじゃ」

凪となった大国主命は、二度池を抱き抱えた。中天よりこれを観ていた地の神々は驚き、「風となれ」とばかりに飛び下り池を覆っていった。

月より地を見ていた天の神々は、此処ぞとばかりに中天に向った。

「何と云う事じゃ、何が起こったぞ。今一人おるとか。父よ行け。行って加勢よ」

「無かろう」

「何じゃと」

「無い。地の子じゃ。今一人となると地の子よ。風となっておるではないか。何と二つとか。実に嬉しい事じゃ。実際にぞ、天とて地とて女《おなご》がおる様にぞ、人間共も又女が生まれよったかぞ。人間の本分よ。次々に生まれるとぞ、この耳で聞いた。何とのう、次々じゃ」

「確かに聞いた。いよいよとか。嬉しいもんじゃ。天と地と正に一体よ。今一人は何処じゃ。何処へやったぞ」

「あの様子じゃ、真面ではない。連れ出したかぞ」

「誠よ。さてじゃ、連れ出したとなると気になる。父よ、行くぞ」

「今一人生まれようとしている時にぞ、動けようかぞ」

「されば行く」

「何と行くぞ」

金山彦命と天宇津目命は風となって去っていった。

風となって地に下りた金山彦命と天宇津目命は風の中に割り込み、池の底へと沈んでいった。風として池の底にいた大国主命と七人の分身たちは、何事も自然とばかりに身を寄せ合っていた。

大きな大きな光たちは、人間を風で包み込み光を当てていった。新しい命は瞬く間に成長し大成していった。

七人の分身を残し天の神々は消えていった。地の神々も又猿田彦命を其処に置き消えていった。

光の中で育った人間は光の子として育っていた。風の如くに清き心を持ち、神の子としての全てを持ち合わせていた。

二人の人間は自然に寄り添い、凡ゆる人間としての動きをもって更に成長していった。

「地の長たるに猿田彦よ、風となりて常に接し、徒然《つれづれ》をもって時として干渉し、その全てをもって育てていくべし。長たる者、のんびりとじゃ。人間二人実に大成功よ。力有るをもって男と言い、優しきをもって女《おなご》と云うがぞ、女とて男の力を持つものなり。実に長よ、猿田彦よ、笑いをもって接するべし。笑いなきは殺せ。殺すも又良し、それが人間よ。況してや猿田彦よ、風として育てよぞ。責任重大、殺してならずぞ。情無しぞ、厳しくよ。自由自然、其方の子である。だからといって天の子でもある。正に一体よ。時として天にて動きあり。風としての動きであり、気にする事もなし。正に自由自然よ。猿田彦よ、人間とて名は必要なり。風と云うより力と云うより、初めての子じゃ。丸での子であり、丸での人間よ。風の如し、況してや山の如しをもっての名とするに大きな大きな名とせねばならぬ。其処でじゃ、宇宙をもっての名とするに実にその物、命をもって生きる地の星をもっての名とする。大きな大きな和みある名よ。果たして男をもって大和《やまと》とする。人間大きく育てよ。果たして女じゃ、猿田彦よ、地の長として其方が付けよ。優しさをもっての名よ。地にとっての遊びよ。今、心の儘によ。その上で人間共にしっかりと神を教え、名を付けてやれ。名をもって愛が高まる。人間神の子よ。丸での子よ。全て成る。自然よ。一々と自由自然、地の者共とてよぞ。自然の中で臨機応変、確かなるに人間の世界を創っていくべし。如何なる場合自由自然、臨機応変よ。天を気にしてならず、人間をも気にしてならずよぞ。只々笑いよ。地の笑いこそが人間育てるに元となる。人間は宇宙の夢、やっと叶った夢よ。大事に大事によ。実に大事に大事によ。大いに風よ、宇宙はぞ。地の長よ、猿田彦よ、常に我れ見て歩くべし。風となりてよ。風としての長であるべし。聽て人間が増えゆく時、その時こそが大事よ。地をもって一丸となり育てよぞ。誠に潤《うるお》う。清く優しく育てるべし。正にぞ。くる日もくる日も人間守るべし、育てるべし。確《かく》、見張るぞなり。見張って見張り、殺すまいぞ」

　風としての一言一言が猿田彦命の脳裏に染み付いていった。

「何と有難きお言葉、実に有難い。御神よ、実に有難く、臨機応変大事に大事に参りましょう。守ると云うより、育てると云うより、決して殺すことなく参りましょう。先は先、今をもって参りましょう。実に有難く、地の長と云うより風として参りましょう。正に和みとなりましょう。何と地が笑いの園となりましょう。風、風、風となりましょう。風となれば人間も又自然に風となれましょう。実に嬉しく、実に清々しくありまする。心ならずも人間をもって非があるとするならば、見張りをもって厳しくあれ。地の者として自由自然は臨機応変なれど、実に我れ見て参りましょう。早くも動いて参りました。早速に付きまとい見張りましょう。緩りと緩りと参りましょう。御神よ、たった今は有難きお言葉を頂き、地としての者として感謝感謝としてありまする。やれやれ、急ぎませぬと。何やら燥いでおりまする故、先ずは之までにて」

　猿田彦命は目を離してならずとばかりに二人の人間を見詰めていた。

「この小さき人間を如何にして生かすや」

「川辺にて大きな祠《ほこら》が出来て有りまする。祠とあらば雨風を避ける事が出来ましょう。如何にも父よ、直ぐにも連れましょう」

「連れると云うてどの様にして連れるや」

「さすればこの我れの出番じゃ。お任せあれ」

「竜王よ、出番とか」

「出番も出番、この我れの外に誰がおろうかぞ。一速くによ」

「父よ、一速くとよ」

「竜王よ、去れ」

「夢、夢、夢のこの時にぞ、去れはない」

「去るはないにしても、一里向こうにて待て」

「金剛力にして何が出来ようぞ」

「出番よ」

「丸での大きな生り《な》でこの様な小さき物を、どの様な仕様をもって連れるやぞ」

「大きな生りはお互い様よ。土壌の中で長々と生きたぞ。地を這うに如何に小さきとて一事が万事よ」

「真逆のよ」

「されば竜王よ、一里どころか去れ」

「夢々よ。見ずに地でもない。のう父よ」

「去れ」

「此れは父よ、父とも在ろう者がぞ」

「去って尚見えように」

「何とじゃ」

「急ぐに金剛力よ、緩り緩りとじゃ」

「先ずはお任せあれ、緩りと云うより一瞬よ」

「何とぞ。一瞬とか」

「一瞬も一瞬、一時が万事よ」

「此れは此れは父よ、去れとぞ」

「一事が万事と在らば一瞬とて成ろうぞ」

「見て見るぞ。一瞬とて何とてよ」

「見えたと在らば元にて地の底に戻ろうぞ」

「我れの目は天とて見えるわ」

「天は無限、時限が違う」

「だからと云って物体よ。見えぬに筈がない」

「ならば見よ」

「見て見る」

「されば父よ、祠にて会おうぞ」

「父よ、見逃がすまいぞ」

「祠よ」

聖天竜王にとっての一大事であった。自分自身地を這いその時を待った。所がその時既に金剛力の姿はなく、待ち構えていた聖天竜王にとっては正に青天霹靂であった。

「金剛力め騙したか。一瞬の隙を突いて逃げたか、狡《ずる》がしこい奴め。一瞬たりとも目を放してしもうた」

聖天竜王にとっての二度の悔しさに満ちた時であった。


「どうしたもんかじゃ」

「どうしたも斯うしたも父よ、見ておれば分かる」

「見ておればとか」

「見ておればよ」

「何とじゃ。二人して抱《いだ》き合うとるぞ」

「一瞬の元に来たのじゃ。此れこそが人間ぞ」

「見ておるだけで育とうか」

「見て、その上での事よ」

「実に流れの儘にとか」

「その通り。風の如きよ」

「夢の二人じゃ、目が放せぬわのう」

「それはそれ、臨機応変」

「目を放すに、更には地の者共が拘わるにどうなる事やらぞ」

「拘わってこそ地じゃ。夢の人間を、拘わるに筈がない」

「真逆のよ。大事をもって思う余りによ」

「大袈裟も臨機応変じゃ」

「真よ」

猿田彦命にとって金剛力は右に出る者無きに大きな力であった。


「父よ、人間は生きておろうか」

「この通りよ」

「今の今一瞬の後よ、この儘生きようか」

「生きようぞ、人間じゃ。宇宙の子よ」

「納得よ。それにしても金剛力奴、逃げたか」

「逃げたも逃げた。高が遊びよ」

「本気も本気、遊びかぞ」

「何と本気であったか。なれば負けじゃ。本気と在らば負けも負け。今後も又勝目はない」

「無くて結構、彼奴の奥の手は常に汚い。ならばよ。この我れは澄み切った天よ」

「そう云う事じゃ」

「そう云う事じゃとか。遊びよ。遊びも又本気、彼奴らしい」

「正にらしい」

「父よ、本気か」

「本気も本気、共にらしい、そう云う事よ」

「人間扱うに正に小さい。どうするぞ父よ」

「臨機応変よ」

「臨機応変とか。見て見ぬ振りとか」

「見ておれば分かる」

「何とのう。見ておれば分かるとか」

「悪戯に構わぬ事よ」

「何とじゃ」

「何とよ」

「だからと云って目が放せぬわのう」

「夢の人間じゃ、嫌でも誰ぞが見ておる」

「何とのう、嫌でもとか」

「嫌でもよ」

「夢の人間をもって嫌と云うか。父らしくない」

「らしいのよ。なればこそ気にしてしまう。皆々拘りたい物じゃ。所が夫々に仕事が有ってある。人間に拘りとうても出来ぬ事じゃ。結局この我れがどうしても責任上拘るしかない。皆の事を考える時、この時こそが嫌でもと云う事になる。然るに竜王よ、時としてしっかりと見よ」

「何とのう、らしいわ。見るも見る嫌でもよ」

「それは良かった」

「有難い事じゃ」

「今の今竜王よ、見ておれ、飽く程によ」

「父よ、飽こうかぞ」

「飽くまでよ」

「飽くに訳がない」

「飽くまでよ」

「それ程にか。嬉しい事じゃ」

「拘《かかわ》るな」

「何とよ」

猿田彦命は含み笑いをしながら遠ざかっていった。

天に於いては大きな出来事として人間の誕生は天の神々の誇りであり、宇宙の中での夢が成った瞬間であった。一切が有頂天であり、天の子としての人間に対し深い関心を抱いていた。況してや天の神々には人間を育てるに一切の大きな責務があった。

「金山彦よ、天としての役目として人間の育成には当たらねばならんが、あの様に小さき物じゃ、心して掛からねばならん。果たしてよ、呉々も言うておく、笑うなとじゃ。笑いとうなった時にはそ、一旦十里先まで跳び、笑いたいだけ笑うたならばぞ、又々一旦天を見上げ、笑いの種が尽きて尚人間を思い出す事じゃ。思い出して尚笑わぬとあらばその時こそよ、人間を育てて参れ。あの様に小さき物じゃ、臨機応変ぞ」

「笑えと云うて笑えようかぞ」

「夢ぞ。初めても初めてよ、誰とて笑う」

「笑うか」

「先ずは嬉しきにニヤニヤよ。次に笑わぬとしようか。人間の動きは如何なる場合真逆の猿よ。猿よりも尚笑えるやも知れぬ。そうなるとじゃ、如何なる場合笑おうそ。一旦笑いを飲み込んだとしてもよ、結局笑うてしまう。そうなると止まらぬ、それが其方よ。笑いの種が芽を出したならば如何なる場合十里二十里よ。果たして出た芽は地の者共に分け与えよ。人の笑いは見て笑えるものよ」

「一石二鳥、何とぞ」

「如何なる場合誰とて笑う」

「笑うとなればその儘返すぞ」

「返す事もなし」

「笑わぬとか」

「笑おうぞ、クスクスと」

「なればこそよ。この我れの中にクスクスなどない」

「地は地よ。人間よりも尚、地の者共を笑わせてこい」

「一時が万事よ」

「一石二鳥よ」

「早々とよ」

「何とのう、早々とか」

「かと云うて」

一瞬金山彦命は地に向って飛び出していった。


地では聖天竜王が人間に見入っていた。

「竜王よ」

一瞬聖天竜王は退ぞり、そして天を仰いだ。

「竜王よ、人間とは誰ぞ」

「人間は人間と」

聖天竜王は大きく立ち上がり二里を以って跳んでいた。

「天にて誰じゃ」
「竜王よ、人間の動きにて笑えようか」
「何とのう、人間見て笑う為に来たか」
「その通りよ」
「何とのう、天にて笑いは有ろうに」
「人間作るに必死であったわ」
「何とのう、天にて生まれておったか」
「その通りよ」
「ならば分かろうに」
「生まれたからには下ろしたのよ」
「何とのう」
「何とのうよ」
「何とのう」
「何とのうよ」
「人間作りて見もせずに下ろしたとか」
「それこそが人間よ」
「何とのう」
「何とのうよ」

「何とのう」

「何とのうよ」

「それにしても凄い」

「何とのうよ」

「正に」

「参ったか」

「参ったも参った」

「なれば去れ」

「去れと云うて、どうする積りじゃ」

「連れ戻るのよ」

「何と」

「何とよ」

「何と」

「何とよ」

「誠に可笑しい」

「正に可笑しい」

「何とじゃ。分かったぞ。誠に笑いにきおったか。そうはさせぬ。笑い上戸が笑うには地は狭すぎる。人間守るに見せる訳にはいかぬ」

「何とのう、笑えるか。それにしては笑うておらなんだぞ。笑いを忘れたか」

「忘れたも忘れた」

「何とじゃ。竜王よ、二十里先にて待っていよ、笑わしてやるぞ」

「二十里じゃと。人を騙して連れ帰るか」

「竜王よ、何の為の地じゃ。人間とはぞ、地をもって作られた物じゃ。地以外をもって生きられぬに物よ。さすれば態々来た。人間育てる為によ。所がじゃ、人間とはぞ、猿の如きであると、そうなればぞ、笑えように。笑う笑わぬは別としてじゃ、じっくりと見て見たい、天としてよ」

「納得よ」

「ならば二十里よ」

「成る程」

「行け」

「行けと云うて行けぬ。笑うとなれば一緒よ」

「何とじゃ」

「笑おうぞ、共によ」

「何とよ」

「地が笑えずに天が笑うか」

「笑えぬに者と共に笑えようか」

「笑えように」

「人の笑いを見て笑うか」

「人間見てよ」

「何とじゃ」

「何とよ」

「竜王よ、今此処で何をしておったぞ。何時から此処にいたぞ」

「何時からと云うて飽きもせずによ」

「ほう、飽きもせずにか。それで笑えたか」

「笑えたも笑えた」

「何とのう、笑えたか。何処でぞ。十里先か、二十里先かぞ」

「何とじゃ」

「真逆の此処で笑うたとか。良くぞ生きておる」

「笑うたと云うてクスクスとよ」

「大笑いじゃ」

「早々《そうそう》に笑えるもんでもない。丸での初めてじゃ。笑えるに物でもない」

「不思議なもんじゃ。初めてなればこそ笑えように」

「納得じゃ」

「納得とか」

「納得よ」

「納得とか」

「納得も納得」

「竜王よ、納得した上でぞ、今一度しっかりと見てみよ、この我れは二十里先で待つ」

「何とのう。待つとか」

「笑えようと笑えまいと二十里先よ」

「大笑いをもって二十里先よ」

「さればじゃ」

金山彦命は聖天竜王を残し消えていった。

後に残された聖天竜王は二度人間に見入っていた。

「笑えぬわのう」

聖天竜王は只々クスクスと笑い続けていた。

「寝《ね》転んでばかりでは笑えるもんも笑えぬ。何とか連れ出したいもんじゃ」

その時、後方でクスクスと笑い声がしてきた。笑いは大きく膨れ上がり割れんばかりであった。そしてその笑いは天空高く飛び上がっていった。

「何とじゃ」

聖天竜王にとってそれは他人事であり、何が、何処がと呆れて見送っていた。

一方金山彦命は二十里どころか聖天竜王の姿を影から見ていた。人間を見て笑えずにいる聖天竜王の姿に笑いを抑える事が出来ずにとうとう吹き出してしまい、人間を考えるに天高く飛び出していった。何も知らずに知らされもせずに聖天竜王は只々亜然として見送っていた。果たして聖天竜王は二度人間に目をやり首を傾《かた》げていた。何が、何処が可笑しいのだと。


「金山彦よ、人間はどうであったぞ。猿の如きであったか」

「猿も猿、この通りよ」

「大笑いであったか」

「大笑いも大笑い、地も又よ」

「何とよ」

「素戔嗚様よ、行って笑うて参れ」

「何とよ」

素戔嗚命はあっと云う間に地に向って消えていった。

地では聖天竜王が飽く事もなく人間を見ていた。

「可笑しいわのう。だからと云うて、金山彦様は何処を見てあの様に狂われたのじゃ。天の笑いは解らん」

聖天竜王は天を見上げ、更に人間に向っていた。

「竜王よ、人間はどうじゃ、生きておるか」

「何と、又々おいでか」

「天ぞ、来て当然。笑いすぎて今又か」

「笑いすぎて今又よ」

「今又は既に笑えぬか」

「人間守るに笑うてばかりいられぬ」

「地は呑気よのう。夢をもっての人間をぞ、竜王とはのう。笑うて笑うて良くぞ殺さずにおる。それとも夢と云うより猿以下か」

「天の考える事よ。情けない。人間の為よ。生かすに為よ。皆必死で動いておる。呑気で好い事じゃ」

「それにしても竜王よ、必死で何をしておる」

「人間を知るべく観察よ」

「果たして笑いすぎか」

「笑うと云うより何と和める」

「必死は何処へ行った」

「守るに必死よ」

「守るは和みとか」

「正によ」

「さればじゃ、この我れとて和んで見ようぞ」

「まあ見てみよ、笑える」

「笑えると在らばぞ、十里二十里よ。二人で笑うに大事となる。竜王よ、下がっておれ」

「何と云う事じゃ」

「何とと云うか。我れとて十里二十里飛んだであろうに」

「飛んだも飛んだ。だからと云うて今は無い。笑えたとしても一飛びよ」

「守りとは哀れよのう」

「何とよ」

「正にじゃ。哀れも哀れ、笑いとうても笑う訳にはいかぬか」

「そう云う事よ。だからと云うて哀れみはない。この様に和んでおる。笑うておる」

「だからと云うてぞ、自然とはぞ、我慢などするか」

「素戔嗚様よ、先ずは見よ」

「何とじゃ」

　聖天竜王の誘いに乗り、素戔嗚命は人間の前に座り込んだ。夢かと思うに人間であり、それは正に初めて見る姿であった。

「ほう、猿とは違うのう。何とらしくなった物じゃ。これ程とはのう。それにしても竜王よ、どの辺をもって笑えたぞ」

「一見して素戔嗚様よ、笑えようかぞ」

「納得よ」

更に素盞嗚命は人間に見入っていた。

「成る程、これは可笑しい。何々、何とのう、実に可笑しい。そうくるか。いやいや可笑しい、実に可笑しい」

後方で此の様子を見ていた聖天竜王はクスクスと笑い出し、我慢出来ずに大笑いとなり、人間をもって考え飛び出していった。

「何事じゃ。可笑しいには違いないが何処をもっての大笑いじゃ。この我れが来て守りに付いたと見てやっと笑えたか。我慢もこれ迄とばかりに狂いおったか。ならば今よ。和んで和み居座りよ。人守るに為とばかりによ。それにしても竜王め、天を利用するなどと許せん。だからと云うてこの際よ、許すぞ」

素盞嗚命は此処ぞとばかりに喜び勇んでいた。

「素盞嗚よ、良くぞじゃ」

「何々、此れは此れは久しきによ。会えて誠に良かったぞ。この様な時に会えるとはぞ、夢の夢よ。何故の竜王じゃ」

「必要欠かさざるにものよ」

「必要欠かさざるにものとか」

「分からんのう」

「其方の事じゃ、分かるまい」

「何とよ、誰とて分かるまいに」

「誰とて分かる」

「何とよ」

「飽きる迄見せとくに二度と近寄るまいぞ。そう云う事よ」

「何とじゃ。そう云う事かよ」

「そう云う事よ」

「だが併しぞ、飽きてはおらぬわ。笑いが我慢ならずに飛び出していった。そう云う事じゃ。既に戻って来ようぞ」

「来ぬわ。彼奴はぞ、飽きるに無いと言い切ったのじゃ。言うた手前飽きもせずぞ。真逆の真逆、天から格好の者が下りてきた。利用も利用よ。如何にして逃げ出すか、其処よ。何をもって逃げたぞ、それが知りたい」

「何とのう、我慢も限界であったか。あの笑いはこの我れを利用するに笑いであったか。何とよ。人間見て笑うたかと思いきや、利用するをもってこの我れ自身を笑いおったか。許すと云うて許せんぞ。我れをもって当分の間地に置けぞ」

「許すも許さぬもない。天の者ぞ其方はぞ。竜王如き放っておけぞ」

「天なればこその怒りよ」

「天なればこそ許せ」

「如きとて光よ。光らしく言い聞かせぞ」

「そう云う事じゃ」

「地の長よ。人間の為よ」

「真面じゃ」

「当然」

「大した物よ」

「天よ」

「納得じゃ」

「我れにして納得よ」

「一切か」

「何と一切とか。外に何がある」

「今よ」

「今と云うて何じゃ」

「天をもって言いすぎた」

「何とよ」

「如きに対し言いすぎよ」

「何、何々、如きとは誰じゃ。何とのう、金山彦とか。笑うて笑うて戻ってきたが、彼奴も又利用されておったか」

「その通りよ」

「面白い面白い。天の者が二人してか」

「その通りよ」

「金山彦には笑いは兎も角、怒りも又有ったと云う訳じゃ。金山彦の分もよ、納得じゃ」

「有難い事よ。如きは如きでしかない」

「だからと云うて許せ。天は天よ」

「共にか」

「何とぞ、共にとか」

「その通りよ」

「共にとは、この我れとてか」

「その通りよ」

「何とじゃ」

「されば素盞鳴よ、人間の為よ。当分にて地を忘れよ」

「成る程、竜王の如きとか」

「その通りよ」

「真逆の真逆二人とはぞ、金山彦に在らず、竜王とか」

「その通りよ」

「地の長とも在ろう者がぞ」

「地の長だからよ」

「何と何とよ。久しきに会えたと思うたが、今の今よ、当分どころか一生よ」

「何と有難き。流石に天よ、分かりが早い」

「真逆の真逆よ。一生どころか、無よ」

「正に有難い」

「言わしておけばぞ」

「言うて言うぞ、人間の為ぞと」

「為と云うならばぞ、天の仕事として無には出来ぬわ」

「無も又当分よ」

「当分と云うて何時ぞ」

「一生よ」

「何とじゃ」

「何とよ」

「何とじゃ」

「何とよ」

「夢の為よ。一生も又よ」

「そう云う事よ。一生も又よ」

「天をもっていざよ」

「さらばじゃ」

「さらばとか」

「さらばよ」

「夢はどうした」

「夢の為のさらばよ」

「夢の為とか」

「とかよ」

「何とじゃ。さらばよ」

人間に対する猿田彦命の苦肉の策であった。更には素盞嗚命に対する家族としての愛であった。


父よ、誠に笑うたぞ。天にて夫々よのう。人間見て大笑いするに金山彦様の如きお方がおられると思いきや、今の今戻って参られたお方もおられる。人間見てぞ、只々面白きと言われてはおるが大笑いがない。一々とその姿を見とる内笑うてならなんだ。あの方にして見ると、何がその様に可笑しいやらと思われたでござりましょうなぁ。誠に如何にも天にて笑い袋よ。見とるだけて可笑しゅうなる。地にてはおらぬわのう」

「おらぬとか。天にて光が写し鏡となり、そっくりその儘に真逆のおるぞ。此処におるよりも尚、その笑い袋をもって地の底までも探して参れ。それで笑えたならばじゃ、それこそが天の分身じゃ。何と目の前におる」

「何とのう、目の前にとか」

「目の前よ」

「目の前のう」

「目の前よ」

「真逆の真逆よ、目の前となると父か」

「地の父にして分身とはぞ、鏡ともなると天にて父よ。天にて光はそう云う事じゃ」

「何とじゃ」

「何とよ」

「夢として言うなれば、何と我れにして鏡はぞ、せめて金山彦様であって欲しいぞ。我れにて鏡はおろうか」

「おるもおる。今の今戻っていったわ」

「何じゃと、今の今とか」

「今の今よ」

「今一人参っておったか。何とのう」

「天にて鏡は女とてよ」

「何じゃと、女が」

「だからと云うて女は女よ」

「女の如きとそう云う事か」

「天にて女とはぞ、男よ」

「納得よ」

「竜王よ、兎にも角にも探して参れ」

「目の前はどうした」

「その儘よ」

「その儘とか」

「その儘よ」

「何とよ。目の前と云うからには時は掛からぬ。直ぐにも連れようぞ」

「正によ」

「大笑いするとなると目の前では拙い。人間よりも尚十里二十里離れた上でじゃ」

「当然」

「父よ、一瞬よ」

「正によ」

「正にとか」

「正によ」

「父よ、出せ」

「出せも何も出ておる。目の前によ」

「何とぞ。我れとか」

「一瞬じゃ」

「地にて笑い袋とか」

「誠にや。先にて金山彦がそれをもって大笑いし、戻って行ったぞ。笑い袋は側にいて笑えぬ。遠くにいて笑えるものよ。竜王よ、当分にて人間を忘れよ」

「忘れようぞ。忘れて忘れ、鏡もよ」

「鏡は鏡、しっかりと地からとて輝《ひか》らせよ」

「笑い袋が消えように」

「消えて上等よ」

「真逆の上等とか」

「それでこそ鏡よ」

「何とじゃ」

「何とよ」

「消して見せようぞ」

「今はじゃ、不動共が待っておろうに」

「何とぞ」

「人間守るに当分よ」

「飽きもせずにか」

「飽きまいぞ」

「飽いたればこその今よ」

「人は夫々よ」

「納得よ」

「行け」

「父よ、大笑いはぞ、十里二十里ぞ」

「しっかりとよ」

「しっかりとと云うてよ」

「長よ」

「納得じゃ」

聖天竜王は鏡ぞとばかりに天空高く舞上がり消えていった。

天に於いては天の神々が人間の生きるに総てを話し合っていた。

「父よ、人間に対し今話し合いは必要であろうか。たった今生まれたばかりにてやっとのやっとらしくはなったが、何の勘のと決めた所で人間その物がそれに添って行けるやらどうやらぞ。先ずにじっくりと見た上でじゃ、地の者をも交えた上で話し合うに必要となろうぞ。人間は地をもって生まれきた物、地の者を蔑ろには出来まいぞ。兎にも角にも人間よ」

「宇津目の言う通りじゃ。父よ、地を蔑ろには出来まいぞ。じっくりと観て参ろう」

二度金山彦命は皆んなを見回し、あっと云う間地に向って消えていった。

「何とじゃ」

一瞬身を構えていた天宇津目命も又金山彦命に続いた。

「何とじゃ、父よ」

「待て。行くまいぞ」

「何とじゃ」

「地が慌てる」

「真逆のよ」

「行ってならずぞ」

「行くまいとてじゃ。二人とて三人とて同じ事であろうに」

「同じとか」

「同じも同じ、人間見るには一人とて狭すぎる。結果はじっくりとよ、地を見るも又人間の為よ」

「何とじゃ。じっくりと人間見て参ったか。その様に狭き場所にておるか。素盞嗚よ、行くなと云うより必要もなしよ。人間じっくりと見たと在らば言えよう、猿の如きか」

「何とじゃ。じっくり見ては参ったが、人間を考えるに見なんだ。真逆のよ。猿の如きと云うて猿でなし。だからと云うて人間とはぞ、これが人間かとじっくりと観た。何と面白きぞ。大笑いはさて置き、竜王めがぞ、笑いとうても笑えずに我慢に我慢を重ね、我れが笑うをもって見ておる内にじゃ、とうとう我慢も限界じゃと大笑いをもって消えて行きおった。まあ、そう云う事よ。結果人間とはじゃ、猿の如きとそう云う事よ。されば父よ、今一度じゃ」

「じっくりと観た上での猿であったか。ならば行くに必要もない。何度行こうと猿よ」

「今一度をもって人間ともなろうに」

「残るか」

「今一度は一からの出直しよ」

「成らんと云うて行こうか」

「行くも行くぞ」

「ならば行け、一からよ」

「何とお優しい事じゃ。流石に父ぞ。ならば此れにて」

素盞鳴命が今正に地に向って身を翻《ひるがえ》した時、天を突き差さんばかりに衝撃が走り、あっと云う間素盞鳴命は天空高く消えていった。

「父よ、久方振りじゃ」

「何じゃと」

「父よ、正に久方振りよ」

猿田彦命は人間を離れ大きく飛び上っていた。

「何とじゃ。二人して何事じゃ」

「真逆のの冷たきに言葉じゃ。のう宇津目よ」

「冷たきも冷たき。父とも思えぬ」

「天にて何事ぞ」

「何とじゃ。宇津目様よ、何事ぞ」

「何とよ、先をもって飛び出したは金山彦様よ其方じゃ。我れとしては何事かと後を追うたまでよ」

「正に正に」

「正に正によ」

「良いわ。遊びは其処までよ」

「遊ぶに間とてない」

「有ろうに」

「父らしい」

「人間観て遊ぶか」

「何とよ。父よ、人間観て遊んでおったか」

「遊ぶしかない。遊ぶ内にぞ、人間と云う物が解って来ように」

「流石じゃ」

「流石に父よ、遊びを解っておられる」

「今更よ」

「何とじゃ」

「何ととか」

「何とよ」

「父よ、正に何とよ」

「天とは違う」

「違うと云うて、違わぬと何度も云うてきたぞ。天には天の大仕事がある。地には地の仕事がある。遊びは遊び同等よ。笑いとてよ。遊びがあればこその笑いであろうに」

「だからと云うてぞ」

「父よ、その言葉既に無い。その為の人間よ」

「天にて大仕事であったか」

「その通りよ。天にては常に地と一体よ」

「父よ、人間作るに笑いあり涙ありよ。笑いすぎて地を騒がせた事とてあろうが、涙したからと云うて心配は掛けておらぬ。人間をもって夢を作ってきたのよ。全ては笑いの為よ」

「だからと云うて何じゃと言われよう物ならば言わしてもらうぞ。地にて人間はぞ、この様におおっぴらに地に戻ってくるに為の物であったわ。夢よ。天地が心の底から一体となれるに夢の夢を作ってきたのよ。のう父よ、既にだが併しはないぞ。今この時からはぞ、天も地もない、そう云う事よ」

「父よ、人間はどうした」

「何とよ」

猿田彦命は一瞬にして消え、人間の元へと引き返していた。

「大事じゃ、何処へ行ったぞ」

二度猿田彦命は飛び上がり騒ぎ出していた。

「夢の為に来て折角の人間を放り出していたか。何と宇津目よ、邪魔者は退散よ」

「だが併しよ」

「だが併しよは既にない」

「納得よ」

金山彦命と天宇津目命は地を気にしつつ舞上っていった。


「宇津目よ、人間を何処へ隠したぞ。何と見て見ぬに振りよ」

「振りとか」

「振りも振り、人間の存在はあの場合誰とて気になる。さればこそ先を越されてしもうた。一瞬よ」

「真逆の真逆よ。嵌められたか。父によ」

「何とじゃ」

「嵌められたとなれば地じゃ」

「何とよ」

一瞬金山彦命と天宇津目命は光となって地へと急いだ。

「金山彦よ、西よ」

「西とか」

「西よ」

「何と西とか」

「何と西よ」

「西にして何がある」

「西には大きな池があるではないか。人間育てるに更には小さき草原があるではないか。地の長じゃ、気付かぬに筈がない」

「真逆の納得よ」

「先回りよ」

「何とよ」

「金山彦よ、池の中を探せ」

「何とじゃ、探せとか」

「何やら出てくる」

「何やらとか」

「何やらよ」

「と云うて逃げるか」

「逃げようか」

「探す間《ま》にて其方は何処じゃ」

「空《くう》の中にて見張っておる」

「何とよ」

「それ程と云う事よ」

「良かろう。一瞬よ」

「なればこその其方よ」

「山程に出て来ようぞ」

「何とのう、山程にとか」

「山程よ」

「山程とはのう。嬉しいもんじゃ」

「人間の為よ、外にない」

「納得よ」

「されば見張りよ、しかとぞ」

「しかと所か隠して隠すぞ」

「何と頼もしきに事よ」

「お互い様よ」

「正によ」

金山彦命は西に有る池に飛び込んでいった。果たして天宇津目命は池に覆い被さり、金山彦命を待ち続けた。

「一瞬とか」

更に天宇津目命は金山彦命を待ち続けていた。

「遅い」

当々天宇津目命は待つを止め、池を覗き込んでみた。

「何とじゃ」

天宇津目命は池の中に入り込み消えていった。

池の中には何処までも続く洞窟が横たわっていた。

「何処へ続いているのじゃ」

天宇津目命は何処までも何処までも進んでいった。更には道は縦横無尽に走っており、物ともせずに天宇津目命は前進に前進を重ねていった。

「あ奴め、何処へ行きおった」

その時、轟音と共に一筋の光が走り去っていった。

「何々」

天宇津目命は身を翻えし光の後を追った。

「宇津目よ、其処に居たか」

「居たも居た。じっくりとよ」

「まあ聞け」

「聞こうぞ。池の中にて山程に何ぞ有ったか。それとも行けども行けどもの洞窟で有ったか」

「何とじゃ。有ったも有った、行けども行けどもよ」

「何とじゃ。それで何か有ったか」

「有ったも有った、山程によ」

「果たして何処じゃ」

「夢の国よ」

「何とのう、人間が居たか」

「居たも居た。さすれば行くぞ」

「誰やらはどうした」

「誰やらも何も人間だけよ」

「何とのう、地の長とはぞ」

「なれば良い。今直ぐよ」

「急ぐぞ」

金山彦命と天宇津目命は再び池の中へと飛び込んでいった。

「されば宇津目よ、愈々ぞ」

「何とのう、海水ではないか」

「前以って言うておくぞ。人間とはぞ、実に面白い。笑うて笑うて笑うてしまう。さすればよ、笑いとうなったとしたならば、後を見ずに池よ。真っしぐらに走れ」

「成る程、果たして先程にて走ったか」

「走ったも走った、何とじゃ、穴の中に居たか」

「居たも居た。何事かと後を追ったのよ」

「何とじゃ、見られていたか」

「見たも何も、笑うておったか」

「笑うてみよ、折角の洞窟が大崩れよ。我慢も限界とあの様よ」

「笑いを止めて走ったか」

「そう云う事よ」

「良くぞ我慢よ」

「正によ」

「初めてにてやっとの人間じゃ、猿の如きとて笑えまいぞ」

「笑うも笑う」

「笑うたとて笑うな」

「そう云う事よ」

「さればよ、出るぞ」

「宇津目よ、出るよりも尚見よじゃ」

「出るよりも尚見よとか」

「そうよ、出るよりも尚よ」

「何とのう、何処ぞ」

「何と可笑しい」

「何処ぞ」

「あれじゃあれじゃ」

「何処ぞ」

「水の中にて人間の、ほれほれ、あの動きは猿その物よ」

「ほう、何とじゃ。水の中にて遊んでおるか。大した物じゃ。それにしても可笑しい。天では見えぬわのう。だからこその池であったか」

「何とよ。誰ぞに聞いたか」

「聞いたも聞いた。天空でよ」

「何とじゃ」

「有難き事よ」

「納得じゃ」

「上じゃ」

「納得よ」

金山彦命と天宇津目命はゆっくりと、更にゆっくりと地の上に上がってきた。

「人間じゃ。正《まさ》しくに人間じゃ。猿とは丸で違う。正に夢よ」

「夢の人間よ。食うに生命をもっての物体であり、この地の星を次々に人間として増やしていく、神々にはない子作りが出来るとの事じゃ。夢は無限よ」

「ならば食うに物を探すに大事じゃ。大きな大きな受け皿はあったにしてもよ、何処をどう探すかよ。何と可愛いものじゃ。小さきに人間よのう」

「何にしても守らねばぞ」

「守るは地よ」

「夢の人間守るに天とてよ」

「真逆よ」

「天とて親じゃ」

「納得じゃ」

「金山彦よ、一としての守りとして、天の守りとはぞ、如何にして生かすかよ。食うには、そう云う事よ」

「納得も納得。既に自然じゃ。口に海水を入れたぞ。真逆の何とよ」

「何と可笑しい。正に自然よ」

「何と可笑しい。面白い」

「水に対し食うをもって自然に成っておるなどと、常に自然よ」

「守ると云うて凡ゆる全てであろうが、食うに関しては正に自然じゃ」

「そうも行くまいぞ。食うに物が何処に有ろうかぞ」

「真逆のよ」

「食わすには食わすにだけの物を作るしかあるまい。天の仕事よ。早くも次々よ」

「何とのう、やっとの人間であったに。食うをもっての生命か」

「何と云うても物体よ」

「だからと云うて、夢じゃと云うて笑うてばかりいられぬか」

「笑いは笑い、その中よ」

「天と地と一つじゃ」

「当然」

「食うに関して言うなればぞ、地の仕事じゃ天にて作れようかぞ」

「作れように」

「何とよ、作れるとか」

「作れるも作れる。その為の天よ」

「宇津目よ、任すぞ」

「何とぞ」

「任すと云うて任すもせずよ」

「人間見て笑いつつか」

「そう云う事よ」

「其方らしい」

「らしくが一番」

「だからと云うて地を揺るがすなかれぞ」

「揺るがしたからとて、それも又我れよ。揺るがすと云うより笑わしてやる」

「人間と共に生きるのじゃ、勝手に笑おうに」

「笑うか」

「何とのう、笑わぬか」

「人間思う余りに笑えまいぞ」

「思う余りにとか」

「思う余りによ」

「食うに物をも作るとか」

「作ろうに」

「何と忙しき事よ」

「忙しきと云うてぞ、人間見るに観てゆくに誰とてそうなる」

「成らしてならずじゃ」

「真逆のよ」

「地が動きを止めてどうなろう」

「納得よ」

「急ぐぞ。守るぞ」

「真逆の笑えずとか」

「正によ」

「人間前にして笑えずとはのう」

「笑え」

「何とじゃ」

「笑うて笑うて戻ろうぞ」

「夢は今はよ」

「夢は成っておる。だからこその笑いよ」

「急ぐと云うて笑えようかぞ」

「笑えように」

「何とよ」

「人間前にしてぞ、食うをもって考えるとはぞ、前にいればこそよ。その全てが見えてこように」

「何とよ。笑える」

「そう云う事よ」

「さてじゃ、人間よ、天をもって笑わせてみよ。人間如きによ」

「如きとか」

「如きよ。猿は何処ぞ」

「猿とか」

「猿よ。猿とて生きておろうにぞ」

「納得よ」

「生きておるとなれば人間とてよ」

「何とよ」

「生きぬとあればよ、猿にも劣ると、そう云う事よ」

「納得よ」

「笑うに事もなし。全ては臨機応変よ」

「納得よ」

「何とじゃ。笑いもなきに退散か」

「笑おうぞ」

「何と」

「前方じゃ」

「何とよ、笑える」

「行くぞ、大笑いでよ」

「何とよ」

「笑うて笑うてよ」

「見るに可笑しい」

「そう云う事よ。流石に地よ。人間よりもじゃ笑える」

「如きよ。猿以上よ」

「納得納得」

「見るに可笑しい」

「ならば笑え」

「笑うと云うより笑うてしまう」

「右に左にぞ」

「納得よ」

金山彦命と天宇津目命は、人間をもって必死となり探し回っている聖天竜王の姿を目にし、此処ぞとばかりに右に左に分かれ如何にも可笑しいと言わんばかりに飛び上がっていった。

金山彦命の姿を右に見て、天宇津目命を左に見い出した聖天竜王は何事かとばかりに驚き、不意を突かれて右往左往していた。その姿は遊びをもって掛かっていた金山彦命と天宇津目命にとって滑稽に写り、聖天竜王を中に置き大笑いをもって右に左に飛び回り、果たして聖天竜王は何する事も出来ずに我れも又右に左に右往左往していた。益々に金山彦命と天宇津目命は大笑いをもっておどけながら天に向って消えていった。


「竜王よ、何をしておる」

「何をしておるとか。天にて遊んでおったぞ」

「何時何処でじゃ」

「今の今此処でよ」

「此処とか」

「此処でよ」

「果たしてどうしたぞ。遊ばれたか」

「何とぞ」

「何と遊ばれておったか」

「遊ばれるも何もぞ、天とはぞ、常に遊びよ」

「果たして竜王よ、共に遊べぞ。遊んで当然、天とて地とて一体よ」

「果たして遊んだ」

「何とよ」

「何とよとか」

「何とよよ」

「遊んだと云うて遊ぶに暇とてなかろうに」

「それでも遊べよ」

「ならば遊んだ」

「そうは見えなんだぞ。どう見ても遊ばれておった。流石に天じゃと、笑うた笑うた」

「良くもまあ言うてくれるぞ。見たと在らば一言よ。笑うよりも尚共に遊べぞ」

「何と竜王よ、此れこそが遊びよ。笑わずして遊びと言えようかぞ。見て遊ぶも又一興よ。見て笑うとはぞ、これ程お可笑しい物はない。此れからはぞ、何事もよ」

「この我れが遊ばれたとしてじゃ、天ぞ、見て見ぬ振りであったか」

「振りも何も、遊びでは手は出せぬわ」

「出すも又遊びよ」

「笑うもよ」

「この我れがぞ」

「その通り、だからこそ笑えた」

「だからこそとか」

「だからこそよ」

「だからこそとか」

「だからこそよ」

「金剛力とも在ろう者がぞ、あの様な時にぞ、天をもって引き付け、一言たりとも発して当り前。遊びだからとて笑うて済ますなどとぞ、以っての外よ」

「天には天の遊びよ」

「遊びをもって来たとか」

「そう云う事よ」

「何とのう、態々とか」

「態々よ」

「真逆のよ」

「竜王よ、人間よ」

「納得じゃ」

「夢をもって態々よ」

「何とよ」

「人間は何処ぞ」

「何とよ」

「何とよとか」

「何とよ」

「真逆の真逆、天とか」

「何、天じゃと」

「真逆の真逆よ、遊びも又本気であったか」

「何々、真逆ぞ」

一瞬聖天竜王は天に向って飛び出していった。

「それにしても竜王め、一々と単純」

聖天竜王の一瞬の動きを見て金剛力は呆れ果て、大笑いをもって消えていった。


「金剛力よ、人間は生きておるか」

「さて、生きておりましょうに」

「なればよい」

「人間の全ては猿田彦様が責任を持っておられる。生かさずしておれましょうや」

「なればこそよ」

「何とのう、なればこそとか」

「風の如くによ」

「何と風か」

「風よ」

「風の如くに自然にとか」

「正によ」

「だからと云うて風では育ちますまい」

「風で育たずにぞ、如何なる場合育たぬ」

「何とじゃ」

「何とよ」

「行って見ますや」

「そう云う事よ」

「天が大笑いしつつ去って参りましたぞ。如何にも天らしく聖天竜王をもって遊びつつ消えて行きましたが、人間と云う者はあの様に笑えるものらしい」

「竜王と遊んで参ったか。と云う事はぞ、人間とはぞ、可笑しいと云うて、笑うて笑うてと云う程の物でもないと云う事よ」

「成る程、ご最も」

「なればこそとか」

「なればこそとて、それは又」

「そう云う事よ」

「そう云う事とてと、何か」

「可笑しいが笑えぬに者よ。さればの限界よ」

「限界のう。捨てたか」

「捨てまいとて気が抜けたか、そう云う事じゃ。長とも在ろう者がぞ」

「正に」

「道は一つ、この池じゃ」

「何と、池の中とか」

「その通りよ」

一瞬山祇命と金剛力は池に飛び込み、長い長い洞窟を通り人間の待つ大海原へと抜けていった。


海面に姿を見せた山祇命と金剛力は、二人の人間の行方を追った。

「山祇様、あれじゃ」

「何とのう。可笑しいと云うよりあの燥ぎ方は猿にはない物よのう。立派な物じゃ。何ぞ言うておるか」

「何ぞ言うと云うより声その物は出しておりまするぞ」

「正にじゃ。言葉を知らぬか」

「その様で」

「猿田彦とも在ろう者がぞ」

「山祇様、この度の事は今の今じゃ、じっくりと見た上でと、そう云う事でござりましょう」

「それにしてもこの様な場所をもって放り出すとはぞ。大海原ぞ、呑み込まれように」

「納得じゃ」

「波を起こしてみよ」

「納得じゃ」

金剛力は人間を観つつ小さな波を起こしていった。所が人間の姿が一瞬にして消えていった。一瞬山祇命は二人の人間を救い上げ、海岸に有る高台へ下ろした。

「夢の人間ぞ。斯うなる事ぐらい分かろうに」

「怯えておりまするぞ」

「当然」

「身をもってですな」

「何事もよ」

「放り出した訳ではありますまいが」

「見失しのうたか」

「そうでござりましょう」

「それにしてもよ」

「正に」

「山祇様、来ましたぞ。逃げますや」

「逃げると云うより退散よ」

「風の如くにじゃ」

「当然」

山祇命と金剛力は海中より洞窟を抜けて消えていった。


「金剛力よ、人間を何処へやったぞ」

「何と、竜王ではないか」

「天にて遊んで参った」

「それは良かった。人間はどうした」

「一瞬をもって飛び出してしもうたが、人間を考えるに如何にも無理があった。さてはと、天をもって恥をかく前にじゃ、我れをもって取り戻し、急転直下真っ逆様よ。探した探した己れをよ。良くも良くもよ」

「遊びとはぞ」

「遊びじゃと」

「正に遊びよ」

「遊びとはぞ、相手が有っての事よ」

「何とのう、相手が有っての事とか」

「誠によ。相手無きに遊びと云えようかぞ」

「何とよ。相手が有ったればこそ遊べた」

「相手とはぞ」

「其方じゃ」

「如何にも天をもって」

「天とか。天はぞ、目の前から消えていた。目の前にいたは誰ぞ。聖天竜王其方じゃ」

「如何にも天が」

「竜王よ、遊んで遊んで遊んだ後でぞ、夢を持って天が戻ろうかぞ。単純明解何事もよ」

「言わせておけばぞ」

「竜王よ、人間ならば海岸にいた。波に浚われねば良いがのう」

「何々、浚われるとか」

「当然よ」

「何とじゃ。父は何をしておる」

「何とよ。其方が頼りよ」

「正によ」

聖天竜王は一瞬飛び出し消えていった。

「単純かつ面白い」

金剛力はその場に座り込み笑い転げていった。

「父よ、此処にいたか。海岸に於いては人間育てるに目が放せまい。波に呑まれて消えてしまうぞ」

「人間とはぞ、我等が子ぞ。波などと恐れようか」

「何と父よ、そう云う事じゃ」

「ならば行け」

「人間人間と、やっきとなって探しておったではないか。今は人間は地の物よ。探すと云うて皆々でよ」

「それはそれ」

「分からんのう、それはそれとか」

「それはそれよ」

「たった一人で育てる気がぞ」

「育てると云うより未だ名とてない」

「名も又一人でとか」

「さてじゃ」

「さてとか」

「さてよ」

「さてと云うて一人でか」

「長よ」

「何とよ」

「行け」

「名は天の物よ」

「それもそれ」

「何とじゃ」

「天地は一つ、何事もよ」

「言わして貰うぞ。天にて行けとよ」

「行くも行かぬもよ」

「分からん。行くも行かぬもとか」

「行くも行かぬもよ」

「行け」

「行け」

「何とよ、行けとか」

「行けじゃ」

「何とのう、有難い」

「何じゃと」

　一瞬聖天竜王は天に向って飛び出していった。果たして一瞬猿田彦命も又聖天竜王の後を追っていた。

　天より地を覗いていた金山彦命と天宇津目命は夢かとばかりに息を呑み、何事かとばかりに天照の元へと走っていた。

「父よ、まあ見よ。何事であろうか」

天の長として天照は即座に風となり地に向って飛び下りていった。

「彼奴め、人間放り出して何事じゃ」

「何々、宇津目よ見よ、長たる者が何事ぞ」

「何とよ」

「行くぞ」

「何とよ、東よ」

金山彦命と天宇津目命は一瞬風となり地に向って飛び下りていった。


天に向った聖天竜王を引き止めるべく猿田彦命は我れを忘れ必死であった。追われているを知らずに聖天竜王は天への思いを胸に秘めながら先を急いでいた。その時、空《くう》の中で大きな衝撃を受け、あっと云う間に消えていった。


地に下り立った天照は大海を見渡し、そして人間に近付いていった。

「正に地よのう。この様に小さき物体が生きるには一時たりとも目が放せぬ。それを何とよ、放り出したか」

暫くの間天照は人間と向き合っていた。

「可愛いもんじゃ。猿とは丸で違う。人間よ、我れの声が聞こえようや」

天照は何度となく問い掛けていた。

「何々、反応を示したぞ。何とよ。流石に我が子じゃ、光じゃ。反応を示したと在らば今じゃ。人間よ、名は有るか」

又もや天照は何度となく問い掛けていった。

「名じゃと」

「おう、聞こえたか。況してや言葉を発するか。流石に神の子よ。御神《おんかみ》の夢の夢じゃ。良くぞ生まれてきたもんじゃ。人間よ、聞こえようか。我れは其方の父よ、解るか」

「父じゃと」

「何と云う事を。嬉しいもんじゃ。人間よ、聞いて聞け。其方方はこの地の星に神の子として生まれてきたのじゃ、分かるか。生まれてきたのじゃ。生まれてきたからにはぞ、しっかりと生きて行かねばならぬ。夢の人間と申すぞ、人間の父と母じゃ。父と母として先ずは名と云う物が必要欠かざる物としてある。名じゃ。名が無いとあらば考えようぞ。大きな名をよ。名をもって分かるか。分かろうか」

「名を必要とするのですね」

「何とよ」

天照にとっての大きな感動であった。

宇宙神にとっても長年の夢が叶った瞬間でもあった。

「天照よ、全て任すぞ。其方の子じゃ。天の子よ。地に長が捨て去った以上地に任す訳にはいくまいぞ。今正にゆったりとせや。急ぐに事もなしぞ。地にて長は当分にて預かる。この地に於いて今一人の長がおるではないか。時として預けよ。常にゆったりとよ。さすれば子が育つ。急がず騒がずよ。鉄則じゃ。天照よ、其方の子よ。任して任し、信じて止まぬぞ。さればじゃ、この地に於いての今一人の長をも信じ様ぞ。我れにて任す、永遠によ」

天照にとっての衝撃であった。只々呆然とし、大海に向っていた。

人間は見る事のない声の主に何度も何度も呼び掛けていた。

「名を下さい」

「父よ、人間じゃ」

「何とよ、来ておったか」

「名をと、先程から叫んでおるぞ」

「余りの事に我れを失っていた」

「聞いた聞いた、有難い事じゃ。呪してや当然、自然よ」

「父よ、正に自然よ。と云う事はぞ、今一人をじゃ」

「後々、名が先よ」

「納得じゃ」

「正に名じゃ。父よ、何とする。大きくよ。宇宙ぞ」

「地でもある」

「それはそれ、此れは此れよ」

「それも此れもない。地よ」

「宇津目よ、丸で地をもって名じゃと言わんばかりじゃ」

「地で生きる限りは地かと思うたまでよ」

「地とて宇宙、そう云う事じゃ。のう父よ」

「そう云う事よ。宇宙の中での地よ」

「大きな大きな宇宙の中での地か」

「何とのう、閃《ひらめ》いたか」

「口も開けん」

「開くな」

「開いて開けぞ、其処からこそ良い名が生まれる。開かずして生まれるか」

「何と父よ、本気か」

「本気も本気、天の子よ」

「何とじゃ。本気と在らば一言よ。天から見るに地は円を描いておる。これでどうじゃ」

「何と閃いていたか」

「思いは誰とてよ」

「父にして思いはどうじゃ」

「思いは一つよ」

「ならば決まりじゃ。何とする」

「思いとはぞ、名ではない」

「何とのう、宇津目よ、決まったか」

「思いよ」

「開け」

「開くは父よ、父の子じゃ」

「納得よ」

「宇津目よ、開いてみよ」

「開くと云うて思いぞ」

「なればこそよ。決めるはこの我れ、人間の親としてよ」

「納得納得」

「開くに名と云うより、常に見てきた儘よ。この地の星は何処を取っても雄大で美しい。どの星よりも尚よ。第一色と云う物がある。円を描くに雄大さは、まあ見てみよ、この通りよ。宇宙より見た地の星、そう云う事じゃ」

「何と決まりじゃ父よ。この我れとてよ。何言う事もなし、同感よ」

「同感とか。我れは我れで開く物じゃ」

「開いたではないか。言う事もなしよ」

「既に開いた」

「何とよ。開いたも開いた。言う事もなしとよ。何とのう、宇津目らしい。なれば一言よ。父よ、上を見よ。見えよう、名が」

「流石によ」

「開いたからには行くぞ。未だ開いてないとか。宇津目にしては疎《うと》い」

「正によ」

「何々、この我れとか」

「やれやれよ」

「何とのう、開こうぞ。父よ、空の中有る、大きな名がよ。人間の中にも有る。そう云う事よ」

「やれやれよ」

「何とのう、未だとか」

「其方らしい」

「父にして心を出し切れ。そう云う事よ」

「金山彦よ、無理は無用。出し切れ」

「言う事もなし。すっきりよ」

「長が来た、退散よ」

「夢は夢、楽しみな事じゃ。父よ、負けるな」

「勝つ事もなし。行くぞ」

「夢は叶う物よ、のう父よ」

「叶うか」

「長がおる」

夢をもって金山彦命は地の長山祇命に託し天宇津目命と共に天へと舞上っていった。

「山祇よ、誠に言い様のない人間の誕生よのう。今をもってこの地の長は其方よ。猿田彦は自分の立場を常に捨ててておる。今も又この有様よ。折角の人間を捨ててしもうた。言い様のない有様よ。山祇よ、如何にもこの地に於いての長は其方以下にない。しっかりと受け止めよ。人間共を、夢の人間共をじゃ、先ずは導いてくれ。果たしてよ、名が必要となる。名が有ってこその導きよ。山祇よ、地に於いての長として、人間共の父としてじゃ、名は大事。初めての事にて雄雄しく、優しさをもって有るに名とせよ。今の今よ」

「天とも在ろう者がぞ。確かなる地を見てきたであろうに。地は地で我れを見てきた。長とはぞ、自分よ。誰が長などこの地に於いては無い。人間導くにそれもない。一々と見て臨機応変殺さぬ様によ。名も又よ。簡単明瞭見た儘よ。宇宙で生まれた人間ともなると夢の人間であろうに。一目瞭然よ。正に猛猛しくよ。天とはぞ、地をもって生きてきておる。結果の人間よ。だったらぞ、天の長として其方が付けよ。全ては丸くよ。猿田彦とて何をか言わんよ」

「山祇よ、何と地に長は要らぬとか。長が居てこその地の星であろうに」

「天と地は一体。一体ともなるとぞ、二人の長がいろうかぞ。宇宙とはそう云う物よ。天と地と力の限りよ。宇宙に於いてこの天体はぞ、宇宙神の心の中にある。果たしてよ、地の星こそがたった一つの御神の夢よ。天地が有っての地の星、何をか言わんよ」

「山祇よ、長無きに何をか言わんよぞ」

「何とじゃ、天らしくない」

「長は実に要る」

「何とのう。其方から見て地とは何んじゃ」

「夢の星よ」

「夢か。夢でしかないとか。淋しい物よのう」

「淋しいとか」

「夢とはぞ、自然よ。臨機応変よ。作っていく物ではない」

「何とじゃ」

「何とよ」

「全ては自然か」

「自然よ」

「だが併し山祇よ、自然をもって人間が生まれようかぞ」

「生まれたではないか、自然によ」

「天とはぞ」

「地でもある」

「何とのう」

「地の力なく生まれようかぞ」

「何とじゃ」

「何とよ」

「猿田彦はぞ、人間を知っていたか」

「知るまいぞ」

「人間作るに其方の力か」

「正によ」

「何とじゃ」

「自然よ。宇宙の夢であった。御神の力よ。御神の力なく生まれようかぞ」

「何とのう、謀られたか」

「謀るも何も自然よ。一体よ」

「それにしても猿田彦はぞ、何故に知らなんだ」

「長の怠慢よ」

「何とのう、怠慢とか」

「なればこそよ。長は要らぬとよ」

「何とじゃ」

「何とよ」

「天失格よ」

「正によ」

「天にて長も又要らぬとか」

「その通りよ」

「何とよ」

「人間作るに地を置いて出来ようかぞ」

「何と怠慢じゃ」

「その通りよ」

「夢に酔っていたか」

「夢の人間じゃ、酔うは当然。なれどよ」

「なれどとか」

「一体をもって酔わずして天地かぞ」

「地は酔わなんだか」

「酔うに暇とてない」

「何とのう。人間の為にとか」

「そう云う事よ。人間育てるにはぞ、何と物体よ。物体とはぞ、それを維持するに物が要る。間に合うやらどうやらと必死よ」

「真逆の真逆よ。天も又地に下りるか」

「下りたからとて天は天、自然自然よ」

「真逆の真逆よ」

「早速によ。天の仕事としてはぞ、人間育てる事よ。名はぞ、夢の名よ」

「何とじゃ」

「大和をもって付けよ」

「大和とな」

「大和よ、宇宙よ」

「何とのう、決まりじゃ」

「宇宙の夢よ」

「正に夢じゃ」

「天が下りて来たぞ、夢の名じゃ、宜しゅうにぞ」

一瞬山祇命は大海原に飛び込み消えていった。


「父よ、何をしておる。折角の地が台無しじゃ」

「何と台無しとか」

「誰ぞを逃がしたではないか」

「勝手によ」

「勝手で有ろうと無かろうとよ」

「逃げるを追わずよ、鉄則よ」

「何とじゃ、鉄則とはぞ、臨機応変とも言わぬか」

「言わぬ」

「何と言わぬか。宇津目よ、言わぬとよ」

「当然」

「遊びよ」

「遊ぶに暇とてない」

「有ろうに」

「臨機応変よ」

「ならば臨機応変よ、今こそじゃ」

一瞬金山彦命は大海原に向って飛び込んでいった。

「何々」

一瞬天宇津目命も又金山彦命の後を追い、大海原の中へと消えていった。

後に残った天照と天の神々は亜然とし、天の神々の中に於いての女神である金山彦命の妻木花咲耶姫命《このはなさくやひめのみこと》と天宇津目命の妻水速女命《みずはやめのみこと》は、久方の地だとばかりに妻としての権限をもって大海原へと飛び込んでいった。

「山祇様よ、逃げるはなかろうにぞ。呼んどいてぞ、何故にぞ」

「臨機応変よ」

「何とのう、夢よ」

「山祇様よ、遊んだか」

「時としてよ」

「何と時か」

「嬉しい事じゃ」

「正によ」

「果たしてどう云う時ぞ」

「人間よ」

「何とのう、人間とか」

「聞かせて貰いましょうか」

「聞く事もなし、自然よ」

「何とのう、聞かずに育てよとか。之も又嬉しいもんじゃ」

「山祇様よ、宜しゅうによ」

「一体よ」

「何とじゃ」

「何とよ」

「一体となれば全てじゃ。地を起こすも又夢よ。全ては人間の為、のう宇津目よ」

「臨機応変何事もよ」

「全てともなると何からぞ」

「人間よ、天にては天の仕事と云う物がある。先ずは人間よ、大和に於いてのじゃ」

「成る程、大和とか」

「良い名じゃ」

「何とよ」

一瞬金山彦命は大海原へ向けて消えていった。

「山祇様よ、宜しゅうによ」

天宇津目命も又金山彦命の後を追った。


その時既に金山彦命と天宇津目命を追ってきた木花咲那姫命と水速女命が池を飛び出していた。

「な、何とじゃ」

金山彦命は一瞬怯《ひる》み、池に向って飛び込んでいった。後に続いた天宇津目命も又驚きの声を上げ、振り返る事もなく池に向って飛び込んでいった。

二人の女神は余りの事に亜然とし、そして身を翻していた。

此れを見ていた山祇命は大笑いに笑い出し、その声は地の底までも広がっていった。

「何とじゃ、この地に女神がいたか」

更に更に山祇命は大笑いに笑い転げていった。果たしてその声は地の底を這い、折角の洞窟を次々に崩していった。

「山祇様よ、あれを見よ。何とぞ」

「あれと云うて女神か」

笑いを堪えつついいう事をぞ」

「彼奴らとは女神とか」

「天の者共よ」

「何とのう、天とも在ろう者がぞ」

「それにしても可笑しい」

「可笑しいとは」

「彼奴らは、成る程のう、納得よ」

「何と納得とか」

「納得よ」

「池の水は何処へ消えたぞ」

「地の底よ」

「何とのう、地の底にのう」

「彼奴らにとっての遊びよ」

「何と遊びとか。遊びでは済まされまいぞ。大事な池であった。山祇様よ、遊んでくるぞ」

「夢よ」

「夢の夢よ」

　一瞬金剛力は馴れ親しんできた洞窟へと身を沈めていった。そして轟音と共に飛び出してきた。

「遊ぶどころかぞ、本気よ」

「何とよ。何が有ったぞ」

「有ったどころか道が塞《ふさ》がれておる。天がぞ」

「何とよ」

「一つに、天よ」

「この際じゃ、それも又いい」

「何といいとか」

「当然」

「何とじゃ」

　山祇命と金剛力は一瞬飛び上がり、天へ向って舞上っていった。

「山祇様よ、何とじゃ」

「正によ。良くも良くもよ。全て見られておったか。それで尚か」

「許せませぬなぁ。何とするぞ」

「何も可にも、人間の為とよ」

「人間のとか」

「流石に天じゃ」

「何とのう」

「洞窟ほど人間にとって危なきに場所とてない。さればよ、臨機応変の遊びよ」

「それにしてもぞ、一言有って一体じゃ」

「遊びとはぞ、一瞬のその時よ」

「だからと云うてよ」

「天とは、凄い」

「山祇様よ、あれを見よぞ」

「何と美しきぞ」

「水の壁とはのう」

「良くぞ創った物じゃ」

「創ったかぞ。自然自然よ」

「納得よ」

「あれを見よぞ。丸で水の如きじゃ。轟々と流れ落ちておる。受けてみるか山祇様よ」

「受けると云うてどうするぞ」

「受けると、そう云う事じゃ」

「ならば受けてみよ。真っ逆様よ」

「受けて立つ。立って見せようぞ」

「頼もしき事よ」

「真っ逆様ともなると地にとっての恥、立って当然」

「頼もしい」

「さればじゃ」

　一瞬息を呑み、金剛力は天に有る大きな滝の中へと飛び込んでいった。

　果たして山祇命も又何んの迷いもなく滝の中へと飛び込んでいった。

「良くぞじゃ。地の者よ、天への道は常に有る。臨機応変くるを許すぞ。滝と云うて滝にあらず、水と云うて水にあらず、聖水その物よ。宇宙に於いての大きな力よ。天にて滝を浴びるとはぞ、既に天の者よ。夢は無限、果てしない。夢を見て叶えよ、次々によ。人間思うに湧き出てくる、次々によ。山祇命よ、地に於いての長よ。受け止めよ。見事なり。さて地の者よ、洞窟崩したは誰ぞ。はっきりと示せぞ。示した上で去れ」

　滝の中で山祇命と金剛力は滝の力に耐えつつ空《くう》の中での声に聞き込っていた。

「恐れ多くも有難き。長に尽きましては常に臨機応変をもって進めて参りましょう。洞窟の件にて申しますに、誰と云うて自然かと。人間の全ては為かと、夢に向っての自然の摂理かと思えてなりませぬ。されば示すには、自然に全てが分かって参りましょう。分かった上は又此処へこさせて頂きましょう。今は只有難く、聖水が身に染みておりまする」

山祇命は二度の空からの返事を待った。

「山祇様よ、示した上で去れと言われたぞ。去れと言われたからには去れじゃ」

「何とよ。嬉しい限りじゃ」

「誠に」

「去ろうぞ」

「去ると云うて、去るにはぞ」

「息を呑んで出るまでよ」

「正にじゃ」

山祇命と金剛力は一瞬消えていった。

「山祇様よ、何と云う事よ。息呑むに暇とてなかったではないか。どうした事ぞ。気が付けば今よ」

「夢よ、夢を見たのよ」

「夢と云うて夢でなし。正に自然とはよ」

「常によ。之こそが自然よ」

「雄大なるに自然とか」

「その通りよ」

「御神の仕業とか」

「仕業などとよ」

「ならば遊びじゃ。嬉しきに遊びじゃ」

「正によ」

「天とは常にか」

「そうも行くまいぞ」

「納得よ」

「天地は一体、これからはよ」

「嬉しきに事よ」

「地も又天よ」

「何とのう、天とか。真逆の謀られたかぞ」

「臨機応変自然よ」

「何とじゃ」

「時よ」

「何とのう、時とか」

「有難き事よ」

「全くに」

「何とよ」

一瞬山祇命と金剛力は人間を思い飛び下りていった。

「天ともなるとじゃ」

「未《いま》だか」

「名は兎も角面白い。見ていて飽きぬ。次々によ」

「父よ、名は何んとしたぞ」

「未だも何もよ。実に見てみよぞ」

「面白いか」

「父よ、名を付けてこそぞ。面白味が深まる」

「何んとぞ」

「父よ、心の中を晒け出せ」

「父よ、正にぞ」

「晒け出すも何も未だよ」

「真逆のよ。宇宙宇宙と広々とある。心とはぞ、自分よ」

「自分とて何とてよ」

「宇宙は一つよ」

「丸で自分無しとか」

「自分無く長でもなかろうぞ」

「未だと云うからにはぞ、有って無しよ」

「有りすぎじゃ、のう父よ」

「さてのう」

「やはり有ったか」

「当然」

「有ったからには今よ。吐き出せ全てよ」

「まあ見よ、急ぐ事もなし」

「急いでこそ面白い」

「正によ」

「夢よ」

「現実じゃ」

「現実も又よ」

「正によ」

「夢よりも尚現実よ」

「なればこその名よ」

「なればこそ見よ」

「見るか」

「見ぬと在らば天よ」

「金山彦よ、天とよ」

「それも又良い」

「良いとか」

「良かろうに」

「ならば天じゃ」

「今一度聞こうぞ。父よ、名は何んじゃ」

「金山彦よ、天じゃ」

「何とのう、自分無しとか」

「有って無しとよ」

「何と情ない」

「なればこその天じゃ」

「天とはぞ、今や地とて天よ」

「納得」

「今一人をもって遊ぶかぞ」

「そう云う事よ」

「更には今の今よ」

「納得よ」

金山彦命と天宇津目命は一瞬大海原に向って飛び込んでいった。

再びかとばかりに金山彦命の妻木花咲那姫と天宇津目命の妻水速女命も又その後を追っていた。

「何々、洞窟が消えたぞ」

「何とよ。何時の何時じゃ」

「何と山祇の策か」

「策も何も何んの為にぞ」

「自然とか」

「その物よ」

「どれ程の自然じゃ、進むぞ」

「進む前にじゃ、此処は折れてじゃ、自然よ」

「折れるとか。任せたぞ」

「なれば戻るぞ」

金山彦命と天宇津目命は身を翻し、今正に引返すに所であった。所が何も知らずに気を高めつつ後を追ってきた木花咲那姫命と水速女命は只々突進し、轟音と共に大きな光が飛び散り、再び洞窟は大きな穴と共に崩れていった。果たして四つの光は其処から飛び出し地上へと舞上っていった。空の中で四つの光はやっと自分となり、大きな穴に目をやりながら只々一点を見詰めていた。

「何とじゃ」

「凄いもんじゃ」

「此れは此れは」

「地に於いては之こそが自然よ」

「正によ」

「それにしても良くぞ追うてくれたぞ」

「正によ」

「追うに何ゆえ」

「何故ぞと云うか」

「何故ぞよ」

「天とも在ろう者がぞ、妻たる者の仕事よ」

「成る程」

「木花よ、誠に良い。流石よ」

「普通よ」

「何と普通とか」

「普通の外に何が有ろうかぞ」

「有ろうにぞ」

「何とよ」

「正に面白い。宇津目よ、普通とよ」

「普通普通と、普通と言えば全てよ、のう水速女よ」

「だからと云って普通じゃ」

「普通の中にも色々有りよ。追ったからには一つしかない」

「その通りよ。我が妻よ、木花《このはな》よ答えよ」

「言うたではないか、今」

「何とのう、宇津目《うづめ》よ、聞いたか」

「聞いたは聞いたが、木花ではない」

「何とよ」

「水速女よ、答えてみよ」

「言わしてどうする」

「聞いて終りよ」

「ならば言わぬ」

「終わらせずして何とする。愛をもって月か」

「成る程成る程、月か。とんと行かなんだ。積もるに話とてある。木花よ、この際月じゃ。月にて名を待とうぞ」

「正によ」

　一瞬金山彦命と木花咲那姫命は月へ向って飛び立っていった。

「やれやれじゃ」

「謀られたか」

「追い出した、そう云う事よ」

「それにしても凄い」

「二つの愛の力よ」

「何とのう、自然じゃ」

「丸で大海原じゃ」

「結果そう云う事よ。洞窟をもって繫がっておる。正によ」

「それにしても凄かったぞ」

「愛の力よ。女とてよ」

「正にじゃ」

「名とてよ」

「成る程」

「母も又強しよ」

「そう云う事じゃ。成る程、我らを謀ったか。追い出したか」

「そう云う事じゃ。母の心を引き出す前に邪魔が入ってしもうた、そう云う事よ」

「何とのう」

「何とのうよ」

「天がぞ。気が付かなんだ」

「付いておったわ」

「何とよ」

「父も父と、見守った」

「母も母とか」

「違おうに」

「何と自分とか」

「母の強きよ。愛よ」

「今頃はとか」

「喜びに湧いていようぞ」

「共にとか」

「何とのう」

「何とのうとか」

「何とのうよ」

「はてさてじゃ」

「心はどうした」

「此処にある」

「何とよ」

「此処も又良い、そう云う事よ」

「正に良い」

「人間の名を心の儘に出してみよ」

「遊ぶか」

「その通りよ」

「宇宙宇宙と誰ぞが言うておったわのう」

「其処よ」

「宇宙は丸い」

「地の星とてよ」

「正にじゃ。大きな輪じゃ」

「人間よ、人間その物よ」

「成る程」

「二人の和よ」

「成る程」

「宇宙を考えるに雄大且つ広い」

「何とのう。我が心を我れにか」

「一体よ」

「納得よ」

「果たして何とする」

「人間としての名じゃ。大いなる和とか」

「正によ」

「果たして雄大なる、納得よ」

「猛々しきに名よ」

「雄大にしてか」

「その通りよ」

「果たして名とするにはよ、大和猛《たける》とか」

「その通りよ」

「何と良き名じゃ」

「父とてよ」

「そうであろうか」

「有る。必ずに有る」

「有れば良いが。遊びは遊びぞ」

「当然」

「あと一遊びよ」

「何とよ」

天宇津日命と水速女命は、たった今出来たばかりの大海原へと飛び込んでいった。

「おう、天の者とか」

「天と云うより地と云うより、宇宙にて者よ」

「何とよ」

「今や天地は一体、宇宙よ」

「何とよ」

「地の中で会うとはのう」

「何とよ」

「通せとか」

「その通りよ」

「通れ様に」

「通るには通ろうが、一体ともなると抜けるに勿体ない。先は見えずじゃ。元に戻れ」

「戻れとな」

「戻れとよ」

「先見えずとなれば仕方なし、戻ろうぞ」

「見えぬも見えぬ。丸でよ」

「嬉しきに事よ」

「抜けるぞ」

山祇命と金剛力は一瞬にして轟音となり天宇津目命と水速女命に身を触れながら突進していった。

「な、何と」

天宇津目命と水速女命は一体となり洞窟の中へと転がり落ちていった。

「何とよ」

「何とじゃ」

「海水が地の底までもじゃ。如何にも許せん」

「此れも又良しよ」

「良しとか」

「良しよ。地を知るにはぞ、自然が一番。行くぞ」

「海水の行く先にとか」

「行く先と云うより、あれ程の海水が流れ込むに地の星その物がどの様になる物かと、見定め様かとよ」

「それこそ自然よ」

「大海原はどうなろうぞ」

「その儘よ」

「儘とか」

「儘よ」

「地の底ぞ」
「底とて何とて自然よ」
「自然自然とぞ」
「自然が一番よ」
「人間はぞ」
「それも自然よ」
「守るにはぞ」
「全てよ」
「守れるとか」
「死のうとよ」
「何とよ」
「夢は夢よ」
「天の宝ぞ」
「地の宝でもある」
「宝が、死んだからとてとか」
「自然とはぞ、守り様がない」
「何とよ」
「何とじゃ」

「それにしても海水は何処までじゃ」

「此処までよ」

「何んとぞ」

「行くぞ」

天宇津目命は水速女命を抱き抱え、轟音と共に洞窟の中を走り去っていった。


「山祇様よ、地をもって夢であったぞ。人間の名をもって成するとはのう。流石よ」

「流石も何もよ」

「天にとっての心無しじゃ」

「心有ってこその物よ」

「何とよ」

「天ぞ」

「天とてよ。地の心に入り込めなんだ」

「入って尚よ」

「入ったとか」

「入ったも入った、人間の名ぞ」

「だからと言うてぞ、地の意の儘であった」

「一体よ」

「何んとのう」

「一体なく天でもない」

「だからと言うてよ」

「夢は一つ宇宙よ」

「山祇様よ、ならば聞こうぞ。相手の心を見たとか」

「見ずともよ」

「見ずに一体とか」

「その通りよ」

「ならば聞こう。天に見られたを知って先手とか」

「先手も何も一体よ」

「天が天としての名を決めていたとしてぞ、地としての名を言われた時にぞ、はてと、何んとぞと、同じ名を言われてしもうたと思うたとしてぞ、それでも一体とか」

「一体よ」

「何んとのう」

「天としてはじゃ、正にとばかりよ」

「何んとじゃ」

「一体とはよ」

「一言無しじゃ」

「当然」

「すっきりじゃ」

「金剛力よ、大きな池よのう。此れも又一体よ。自然よ」

「何んとじゃ。それにしても天がのう」

「波動よ」

「波動とか」

「天は天で見てきた。そう云う事よ」

「人間の為とか」

「全てはよ」

「海原がそれぞれとか」

「そう云う事よ」

「これ程の物を良くぞよ」

「地をもっての遊びよ」

「何んとのう、遊びとか」

「遊びも又大事」

「さればよ、地の者を連れ、時としての遊びよ。山祇様よ、先ずは黙れぞ」

「時としてそれも又大事」

「何んとよ」

金剛力は一瞬飛び起ち、不動を引き連れて天へと舞上っていった。

「父よ、人間をもって名は付いたか。如何にもの名であろうのう。宇宙をもっての名か」

「宇宙と云うより人間らしくよ」

「らしくとか」

「らしくよ」

「らしく等と、何んとぞ」

「宇宙は丸い、そう云う事じゃ」

「はてさて、だからと云うて丸いはなかろう」

「正に丸よ」

「丸とか。名は丸か」

「丸とて何んとて名は名よ」

「山祇様がそう云うたか。先程にて会うたが一言無しよ」

「如何にも地らしい」

「らしいも何もいきなりよ」

「それで何が起こったぞ」

「起こったと云うより自然よ」

「自然の何んじゃ」

「海水よ」

「海水がどうした」

「地中深く落ちておる」

「落ちてどうなる」

「はてさてよ」

「はてさてとか」

「自然が動く」

「動くか」

「動こうに」

「動くにどうなる」

「だからのはてさてよ」

「山祇は見たか」

「だから一言無しよ」

「自然とか」

「地よ。地を知り尽くしておる」

「何とよ」

「人間が先、そう云う事よ」

「人間見よ、らしい名よ」

「何んとよ。人間の和をもってか」

「正によ」

「大きな和とか」

「正によ」

「実に良い名じゃ」

「大きな丸よ」

「納得。地は此れを知ってか」

「勿論」

「何とよ」

「全ては一体、そう云う事じゃ」

「雄雄しきにはどうなったぞ」

「猛猛しきにでもある」

「当然じゃ」

「然《しか》るによ、山祇の言葉を借りるとするならばぞ、地を蹴って生きるにその様は雄雄しきに有って尚、猛猛しきにをもって生きてこそ人間と、果たしてじゃ、この我れも又当然の事として名を付けた。猛猛しきをもって猛《たける》とした。大きな名よ。大和猛よ」

「嬉しきに事じゃ」

「宇津目よ、戻れ」

「何とよ、戻れとか」

「戻れとよ」

「姫様方は厳しい」

「当然」

「人間育てるに女《おなご》とか」

「女とて男とてよ」

「妻よ、どうするぞ」

「戻れと言われて戻ろうぞ」

「何んと戻るとか」

「戻るが一番」

「何事もよ。逆ろうて良い事なし」

「宇津目よ、逆ろうて良い事なしとか。良い事ずくめよ」

「何んとじゃ。良い事ずくめとか。女の良い事ずくめとは、これ程恐い物はない」

「ならば居よ」

「居たとなれば尚更よ」

「宇津目よ、天を見よ」

「見て損じゃ」

「見ぬも又損よ」

「貴方様には詰めて詰めて遊ばれてきた。戻る戻らぬはぞ、臨機応変よ」

「さてじゃ、我れとて戻る。居て邪魔よ」

「何んとよ。妻よ、戻るぞ」

「夢に向ってよ」

天宇津目命と水速女命は臨機応変をもって天へと舞上っていった。

「常に夢の為によ」

「女、女とぞ」

「母よ、行くぞ」

「天照をもって我れは妻じゃ。人間には女とてある」

「よもやのよ」

「一体よ」

「さればよ、晴々と戻るぞ」

「天にて頼りよ」

「頼りと在らばぞ、大きくよ」

「遊んで遊べ、今こそよ」

「宇津目どころか今一人おる」

「更に更によ」

「父よ、任せよ。女の遊びよ」

「程々によ」

「夢に向って程々などない」

「臨機応変よ」

「速佐須良よ、女と云うより其方は男よ。男の全てを持ち合わせておる。さればの頼りよ」「其方様に言われとうない。優しさの中に全てが隠されておる。我れどころかぞ」

「速佐須良よ、天を見よ」

「正にじゃ。人間と共に遊んで遊べ、勝手に育つ」

速佐須良姫命は一瞬天に向って飛び上がっていった。

月をもって安らいでいた金山彦命と木花咲那姫命は常に人間を思い、一切心は地に向けられていた。

「何んとぞ。あれを見よ」

「何んとじゃ」

「地に於いて何事がぞ」

「それにしても煌々と光り輝いておる」

「一体とか」

「正によ」

「嬉しきに限りよ」

「誠に美しい」

「不動共じゃ」

「不動共とはいえ、美しきよのう」

「大きな和じゃ」

「正しきに」

「優雅にして力強い。正に地よ」

「斯うして見るに此れ迄にない地よのう」

「潤いよ」

「正に和じゃ」

「人間を得てやっとの一体とか」

「人間を得て父の心が、優しさが、厳しさよりも尚表面に出たと云う事じゃ。人間をもって正に一体よ」

「厳しさよりも尚とか」

「尚よ」

「地はそれ程に天を恐れていたとか」

「父ぞ」

「高がよ」

「何んとよ」

「恐れたとなると人間を殺すわ」

「何んとよ」

「天を恐れて人間が育とうかぞ」

「納得」

「天が生まれるに全ては自然。地を造るも又自然であったろうに。地が恐れたは宇宙よ」

「納得よ」

「動くに全てが崩れるなどと、地は地で気をもんできたかぞ。きたとなると残念無念よ。やっとの一体などとぞ。今の今までじゃ」

「無念も何も自然よ」

「自然であろうかぞ」

「自然であろうに」

「自然ともなると一体よ」

「天の、地の罪とか」

「罪も罪、計り知れぬに罪よ」

「人間のお陰じゃ。罪もこれ迄じゃ」

「一々とよ、成って行こうぞ」

「来ましたぞ」

「何んとよ」

「月に向ってくるとはのう」

「逃げるぞ」

「逃げるとか」

「逃げる」

「何んとのう」

「逃げるに喜ぶ」

「何んとじゃ」

一瞬金山彦命は妻を抱き抱え天空高く飛び上がっていった。

「金剛力様、初めての月にしては今一つ喜びがない。天をもっての喜びとは何んであろうか」

「一切が喜びとはぞ、人夫々よ」

「人夫々と云うて、不動の全てであろうに」

「何んとのう、全てとか」

「我らは一体、夫々などない」

「夫々であろうに」

「夫々であるに且ってない」

「有り得ぬ」

「のう皆よ、夫々などと無いはのう」

「有って無しよ」

「納得。金剛力様、そう云う事よ」

「常に一体であったとか」

「一体でしかなかった」

「何んとのう、哀れよ」

「哀れも又有って無しじゃ」

「無とか」

「無も又ない」

「言うに哀れよ」

「哀れと云うより我慢よ」

「何んと我慢とか」

「我慢も我慢、一切よ」

「何んとじゃ」

「洞窟より出《いで》て正に嬉しく、やっとの夢が成ったと思いきや二度の暗闇よ。一切が我慢の連続であった。天空を仰ぎ見て尚笑えずよ。天が有って尚其処に行けず、行こうとして止められよ。何んの為の宇宙ぞと、そう云う事じゃ。夫々などと有ろうかぞ」

「やれやれよ。ならば言おうぞ。この際じゃ、この月をもって居座ろうぞ。大笑いしようぞ。笑えずして光でもない。人間如き放り出そうぞ。皆よ、天乗っ取りよ」

「面白い」

不動明王にとっての喜びであった。


一切を陰から地の神々の話を聞いていた天宇津目命は水速女命と共に驚き、そして一瞬飛び出していた。

「宇津目よ、聞いたか」

「何んとよ。隠れていたか」

「居たも居た。乗っ取るとよ」

「くれてやろうぞ」

「納得」

「彼奴らの納得行くまでよ」

「あっと云う間の納得よ」

「ならば急ぐぞ」

「正によ」

「妻よ、行くぞ」

「正によ」

一瞬金山彦命と天宇津目命は妻を抱き抱え、地に向って飛び下りていった。

「山祇様よ、月にて何故にぞ。果たして其方様は此処にて何故じゃ」

「真逆の月とか」

「如何にもよ」

「月に一度なりともよ。夢よ」

「我らとて実に今を待ち兼ねていた」

「更に山祇様よ、其方様とはじっくりと夢を語り明かしたかったぞ。今こそよ」

「常に夢は自然よ」

「だが併しよ、語るも自然。自然とはぞ、今こそよ」

「山祇様よ、今こそぞ、天地は一体。夢を語ると云うより、語るをもってこそが夢よ」

「今こそとか」

「今こそじゃ」

「山祇様よ、天と地を知るに人間の為でもある。この我らにして和みでもある」

「和みは今をもって語らずとも有ろうに」

「和みとはぞ、次々よ」

「金山彦よ、行くぞ」

「何んとのう」

「何んとのうよ」

「此処では和めぬとか」

「そう云う事よ」

「何んとよ」

「天と地よ」

「何んとよ」

「夢は無限よ。風の如しよ」

「風か、納得」

「山祇様よ、何と和めた」

「何とじゃ。和めたとか」

「和め」

「和んだと云うて納得。少々なりとも不満と云うて不満よ」

「不満こそが今よ」

「何んとよ。風とは其処とか。ならば尚更よ。山祇様よ、居座るぞ」

「居座ると云うて此処ではない。大和よ。山祇様よ、行くぞ」

「何んとじゃ」

「行かずして一体かぞ」

「ほう、そう云う事か」

「そう云う事よ」

「山祇様よ、夢は見る物じゃ。手薬煉引いて待つ物ではない」

「何んとよ」

「天は天、地は地、今こそ出さねばぞ」

「早《はや》出したわ」

「大和とか。猛とか。今一人おる」

「姫子《ご》は姫の仕事よ」

「ならば姫よ、行くぞ」

「忙しき事よ」

「急ぐ」

「地をもっての人間ぞ。行くぞ」

「さてじゃ」

金山彦命は山祇命の妻、嬉水引命《おにこべのみこと》を一瞬をもって攫《さら》い天宇津目命と共に飛び去っていった。

「父よ、生きておるか人間は」

「生かしておる」

「生かしておるとか」

「勝手によ」

「今一人に名は付けたか」

「付けるに暇とてない」

「何んとよ」

「誠に動きよる」

「動いたからとて高が人間」

「女じゃ」

「女とて名は居ろうに」

「急ぐに事もなかろうとよ」

「真逆のよ」

「名を付けるに親かぞ」

「親と云うより父よ、女となると女かと連れて参った。無理矢理よ」

「母よ、何故に付けなんだぞ」

「女は女よ、天にて女はおらぬ」

「納得じゃ」

「金山彦よ、納得とか。母ぞ」

「常によ。女かとよ」

「納得。地にて姫よ、そう云う事よ」

「地にも女は居らぬわ」

「何んとじゃ。宇津目よ、天にも地にも女はおらぬとよ」

「納得よ」

「納得とか」

「さればよ、優しさをもって、見た儘をもって女の如きにあるお方に付けて貰うしかあるまいぞ、のう母よ」

「そう云う事じゃ」

「なれば母よ、宜しゅうによ」

「さてじゃ」

「さてとか」

「動くに人間ぞ。目が離せん」

「何んとよ、逃げるか」

「逃げるも逃げる。丸で浮かばぬ」

「男よのう」

「正に男じゃ」

「我が妻は男なりとか」

「はてさて父よ、気付かなんだか」

「面白い」

「女と認めるにはぞ、名はきちんとよ」

「貴方様よ、逃げようぞ」

「正によ」

「地の母よ、女に返って宜しゅうによ」

「地の母よ、地の責任よ」

「地の母よ、鈴の如きに名よ」

「地の母よ、常に和めるに名よ」

「地の母よ、天にて鈴は常に鳴っておる」

「宇宙でよ」

「やれやれじゃ」

「正にじゃ、やれやれよ」

「父よ、流石よ」

「正にじゃ。母よ、何んと女よ」

「さればよ、女として行く」

「面白い」

「父よ、後は任せよ」

「任すぞ、一瞬よ」

「納得」

天照は妻の速開津姫《はやあきつひめ》命を連れ、天高く上《のぼ》っていった。

「優雅じゃ。母は女であったか」

「正に女よ」

「さて、地の母よ、名を付けようぞ」

「正にぞ。地の母よ、行く先々に鈴はある。じっくりと考えよ」

「金山彦よ、じっくりとか。一瞬と言われたわ。一瞬とよ」

「ならば一瞬よ」

「今や地の母よ、一瞬よ」

「何とじゃ。地の母は外にいる。其処をもって名としようぞ。地の母筆鈴白よ」

「何と鈴じゃ」

「鈴々と良くも言うたぞ」

「地の母よと言いつつ鈴とか」

「地にて女はたった二人よ。名を付けるに親とじゃ、育てるに親よ。共に和める。そう云う事じゃ。父にやられた」

「何んとよ。流石によ」

「さて地の母よ、そう云う事じゃ」

「何んとする」

「一瞬をもって浮かんだ。鈴が鳴るをもっての名じゃ。鈴鳴姫《すずのなりひめ》じゃ。名付け親としては満足よ」

「父め、母め、まんまと嵌めた」

「充分よ、満足よ。有難き事よ」

「流石よ。地の母じゃ」

「母は一人、二人要らぬ」

「要らぬわのう。今や天地は一体、そう云う事よ」

「地の母地の母と、それも又嵌めたか」

「嵌められて嬉しやぞ、名付け親じゃ」

「宜しゅうによ。たった今より子育てじゃ」

「正によ。宜しゅうによ」

「来た来た。見定めた上でよ」

「逃げるか」

「逃げる事もなし、優雅によ」

「正によ。天らしくよ」

「らしくも何も一体じゃ」

金山彦命と天宇津目命はゆったりゆったりと天へ上《のぼ》っていった。

山祇命は心の底から和みながら大地に座り込み、夢としての宇宙を見ていた。

「眩しき程よのう。颪の如し天照か。猛々しきにある。颪は颪、光の上は光の上よ。人間の為とか。目で楽しみ安らぐが一番。育てるなど有ろうか。宝とか。宝はこの星よ。育てよと云うなれば育てるも良し。人間と共に心の儘によ」

山祇命にとっての地に於ける大きな出立であった。

次々に飛び立ってゆく天の神々を見上げ乍ら今かとばかりに立ち上がり、一瞬飛び立っていた。

「やられたか。流石に天じゃ。何処までも笑える。追うて負けよ。ゆったりゆったりと我れも又よ」

山祇命にとっての嬉しい和みであった。

「人間は何処じゃ。動いておるか」

「動いておる。小さきに目が放せぬ」

「放す事よ。宇宙の子よ」

「だからとて見て見ぬ振りは出来まい」

「見た上で放り出せ」

「愛らしいもんじゃ。良くもぞ」

「名は何んとしたぞ」

「良い《い》名じゃ。宇宙にて鈴有りとじゃ。常に鈴は鳴り響いておるとじゃ。されば閃《ひらめ》いた。我れとしては名付け親よ。全ては一体、地をもっての一体を考え、筆鈴白を思い閃いたのよ。鈴をもっての名じゃと。果たして良い名よ。鈴鳴姫じゃ」

「真逆よ。名付親は天とか」

「一体よ」

「風め」

「宇宙よ」

「宇宙とか。宇宙に於いて鈴が鳴り響いておるとか。何処でじゃ。妻よ、行くぞ」

山祇命は妻である嬉水引命《おにこべのみこと》を抱き抱え、天に向って飛び去っていった。


「金剛力よ、未だ居たか。月とはぞ、和みの場所よ。和んで和み地を忘れたか」

「はてさて、何時の間にやらぞ。皆よ、地に戻れとよ。地が何れやら、のう皆よ」

「宇津目よ、地は何れやらとよ。忘れたと在らば飛ばすか。何処やらの地に落ちようぞ」

「何んと面白い。月の威力を見せ付けようぞ」

「金剛力よ、我れで決めよ。どの星じゃ」

「皆よ、聞いたか。地の威力とて見せようぞ。今や地に於いては、のう天の方々よ、人間がおる。人間守るに一休みであった。和みと云うより人間の為、月を知らずして月を語れようか。高がの時よ。天の方々よ、天をもって地を知るよりも尚、じっくりと地を見て回るにどうであられた。知り尽くされたか」

「此れは此れはぞ。宇津目よ、何んとしようぞ」

「任せようぞ、話にならん」

「任すとか。話にならん物をじゃ、任され様がない。金剛力よ、出直せぞ」

「何んとよ」

「出直して出直し、その時こそよ、地の全てを教え聞かそうぞ」

「何んとよ」

「何んとじゃ」

「皆よ、行くぞ。出直しよ」

「金剛力よ、天と地と一体よ。夢であったぞ。天を知るには出直す事じゃ」

「金剛力よ、そう云う事よ。何時にてもよ」

「何んとじゃ」

「何んとよ」

「何時にてもとか」

「遊びとてよ」

「何んとのう、嬉しきにものよ。天の方々よ、正によ。既に出直しよ」

「出直すも何も一体よ」

「何んと有難き事よ」

「出るも入るもよ」

「何んとじゃ」

「人間が待っておる、早速によ」

「皆よ、感謝よ。出直すと云うより何時にてもとよ」

何んとじゃ何んとじゃと不動明王は一体となり、全てを忘れて大きな一団となり地に向って飛び下りていった。

「何とじゃ」

金剛力も又笑い転げながら地に向って飛び下りていった。


「父よ、丸で静かじゃ。何方かがおらぬに夢の如きよ」

「金山彦よ、何方は戻っておる」

「何んとじゃ、戻っておられたか。それはそれはよ。良くぞ戻られた。待ち望んでおりましたぞ。何年振りじゃ」

「あっと云う間よ」

「何処ぞの星で長にでもなられたかと、羨んでおったぞ」

「正に羨め。天を越えて参った。誰とて行けぬわ」

「何んとのう。御神《おん》とか」

「気付いて見ればよ」

「何んとのう、それ程とか」

「それ程よ」

「果たして真面になられたか」

「父よ、飛ばせ」

「飛ばすと云うより飛ぼうぞ」

「何んとじゃ。宇津目よ、飛ぶぞ」

「飛ぶ前にぞ、真面と云うより越えるに先が見たいぞ。素戔嗚様よ、それは何処じゃ」

「何処じゃと云うて、越えた先よ」

「何処をどう越えたのじゃ」

「解ろうかぞ。気付いてみればよ」

「それ程の相手とか」

「御神を置いて外にない」

「正に羨ましき」

「宇津目よ、人夫々よ。気付いて見ればと云うた所でこの我れなればぞ、如何にも目を開き見極めようぞ。何処やらが分からずに戻ってこれようかぞ。素戔嗚様よ、兎にも角にも話してみよぞ。話の内容次第よ」

「金山彦よ、去れ」

「去ると云うより逃げるが勝ちよ」

「何んとぞ」

金山彦命と天宇津目命は地に向って飛び下りていった。

山祇命と妻の嬉水引命は天の神々の中にいた。

「大きな名にて人間は、その名に相応しきに人間として育ち行こうぞ。人間を知るには我れの自分をも知る事ぞ、知る為には天の方方を見るが一番と斯うして参った。かと云うて長々と居座るに訳にもいかぬ。この我れを見てじゃ、気になるに事とて有ろうか。心を出し切って頂きたいぞ。夢の人間よ。育てるに万が一にも間違いは許されぬ。人間は神の子、だからと云うて光とは限らぬ。人間の全てを知るにはぞ、常に目を向けるに必要がある。その時にぞ、光とも在ろう者がぞ、我れ知る事もなく好き勝手を決めてみよ、育つどころか勝手気ままな人間としてなる。果たしてじゃ、宜しゅうによ。心を出し切って頂きたい」

「心を出し切れとか。宜しゅうにとか。天も又よ」

「父よ、如何にもよ。よもやの我れはぞ、今や父に匹敵するに者となっておる。所がじゃ、自分となると見えておるやらぞ。父がそうである様によ。如何にも自分と云う物は見えている様で見えぬ物よ」

「良うも良うもよ」

「納得とか」

「実によ」

「ならば言おうぞ。出し切ろうぞ」

「素盞嗚よ、この我れと匹敵するじゃと」

「匹敵よ」

「大したもんじゃ」

「大きなお方がはっきりと心して仰られた。今や天照に匹敵すると」

「大きなお方とは何処の誰ぞ」

「良くぞ聞いてくれた。空の中での事よ。それこそ心を出し切って頂いた訳よ。我れこそはと言えるにお言葉をもってよ。誠に愛おしいとよ。実に水の如きとよ。天照は、とよ」

「誠に我れも又よ、言われて見たいもんじゃ」

「素盞嗚よ、天照はとか」

「まあまあ、光の中の光とよ。結局負けよ」

「解せんのう」

「父は父とよ」

「出し切れ、素盞嗚よ」

「出し切れとか。出すに父ではないぞ」

「何んとよ」

山祇命は天を諦め、妻を伴って出ていった。

「何とじゃ。山祇とも在ろう者がぞ、自分見る事もなく逃げるとはぞ。父よ、追うか」

「追うて損する」

「損とて徳よ」

「山祇にとって天は無い。素盞嗚よ、飛べ」

「何んとよ」

「永遠によ」

「永遠にとか。何んと嬉しやじゃ」

「さて皆よ」

「父よ、我れに任せよ。素盞嗚如きよ」

「何んとのう、我れ如きとか」

「如きよ」

「任され様ぞ」

「父よ、預かる」

速佐須良姫命は一瞬大きな光と化し、素盞嗚命を巻き込みながら天空高く舞上っていった。

「やれやれよ」

「大きなお方は誰であろうか」

「母よ、夢の夢よ」

「夢とか」

「天空の中にて夢を見たのよ」

「流石に妻よのう。母よ、妻にしか出ぬ言葉よ」

「共に夢を見たか、瀬織津よ」

「見ました。大きな夢を」

「見たからには飛べ。飛んで素盞嗚を救うて参れ」

「救えぬ。あの方はあの儘でよい」

「救わねば消えるぞ。速佐須良が消すわ」

「消えるも又よい。自分を取り戻すまでよ」

「妻らしい」

「木花よ、其方もよ」

「何んとじゃ」

「水速女よ、妻として飛べ」

「飛んで損じゃ。瀬織津様よ、月にて出し切ろうぞ」

「何んと我れもよ。自分見るに月が一番」

「姫は姫、妻よ、其方もよ」

「母としてじゃ、参ろうぞ」

「女としてよ」

「納得じゃ」

一瞬光となり天の神々は月に向って消えていった。

「山祇様、天にて月は誠に和める。況してや地が丸見えぞ。天の方々にとって月は地に居《お》るも同然。天としては常に和みの中にて我らの動きを見ておったのじゃ。更に更によ、見られておるが分かっていながら天見る事もなくよ。人間をもって天地は一体とかぞ。あれではぞ、一体どころか、些かにも此方《こっち》としては何んとよ。一体と云うからにはぞ、月も又一体とか」

「一体よ。何時何ん時よ」

「真逆のよ」

山祇命の中で月も又無が広がっていった。

「金剛力よ、一体をもっての地は地よ。月よりも尚人間ぞ。人間をもって和んで和め」

「何時にてもとか」

「当然」

「何んとよ」

「人間をじっくりとよ」

「真逆の真逆よ」

「何事もよ」

金剛力は人間の居場所へと一瞬にして消えていった。

「不動明王よ、一々と各々三人一組となりて人間をじっくりと見て参れ。見たからには育てよ。我れも又育つ」

「一々と有難き。今にも時かと待ち侘びておった。皆よ、感謝よ」

「感謝も感謝、行くぞ」

「待て待て、三人一組よ。押し掛けるに人間が死ぬ。先ずは我れと」

「見るに死ぬか」

「見るに死ぬ。不動共よ、撤回よ」

「何んと撤回とか」

「撤回も撤回よ。見る前にぞ。我れを見よぞ」

「長々と見過ぎよ」

「見たとか。見たにしては夢が無い」

「見たは夢ばかりよ。天への道よ、のう者共よ。見過ぎて見たはよのう」

「見たにしては見えぬ。天への夢と在らば今一度よ、去れ」

「去る者は去る事よ。この我れは人間よ。天とは其処にある」

「実に我れもよ。去る者は去れ」

「真逆の真逆よ。去ろうぞ。人間見るに失格よ。正に去るに者共よ、我れに続け」

　不動明王の夢が夢としての物としてあり、その夢をしっかりと確かめるべく次々に天に向って舞上っていった。

「何んとじゃ」

「此れで良し。三人とか。緩る緩ると見て参れ。その上でじゃ、正に夢を見よ。和めて和める。笑いとはぞ、其処にある。此れからはじゃ、夢を作るに笑いばかりよ」

「正に有難きに。更には夢が膨らむ」

「脹らんで尚笑え」

「笑いも色々とか」

「無限大よ」

「納得」

「納得も納得、行くぞ」

　三人三様無をもって三人の不動明王は人間の居場所へと立ち去っていった。


「山祇様よ、仲良く何事じゃ」

「仲良くとか。常によ」

「地は良《い》い。空と違い火にて潤える。誠に和むわぞ」

「天は天よ、和めてきたであろうに」

「当然。されどされどよ。天にはない潤いがある。実感よ」

「何んとのう、実感とか」

「実感も実感よ。丸での実感よ。晴れ晴れじゃ」

「山祇様よ、何んやかんやと言い訳よ。言い訳をしつつこの様よ。のう金山彦よ」

「言い訳も又本気よ。常によ」

「山祇様よ、時として言い訳よ。夢は夢、言い訳の中から生まれてくる物よ。高がの言い訳が徳を呼ぶ。其方様次第よ。人間とて言い訳の中より生まれた。地に下りたきにばかりによ。何んと夢が叶うた、そう云う事よ」

「一々と上手い事をいう。流石に天よ」

「褒め言葉とか」

「宇津目よ、褒め言葉上等、受け止めよぞ」

「止めてどうする」

「止めて捨てるのよ」

「何んとじゃ、納得」

「人間よ」

「そう云う事よ」

「山祇様よ、言い訳よ。人間人間とよ」

「身が引き締まる」

「それはそれはよ」

「引き締めて尚よ」

「夢よ」

「貴方様よ、飛ぶぞ」

「何んとよ」

山祇命は妻の嬉水引命を抱き抱え空の中へと消えていった。

「やれやれよ。身が引き締まったとか。我れ見るに見えていたとか」

「納得よ。天を試したとか」

「それにしても鋭い」

「甲斐が有ったと云う物よ」

「何んにしても嬉しきに事よ」

「人間人間よ」

「人間よりも尚よ」

「何んとじゃ。人間よりもとか」

「此処は地よ。夢は叶えるに物よ」

「何んとよ」

「人間の為人間の為と言い訳よ。西じゃ」

「西とか。東であろうに」

「北でもある」

「何んとのう、南でもあろうに」

「夢は夫々、我れは西よ」

「西のう、それも又良い」

「夫々であろうに」

「臨機応変よ」

「西をもって夢とするとか」

「宇津目よ、其方の夢の中に東は無きとか」

「有って有る」

「そう云う事よ」

「だからと云うて西とか」

「夢を一気に成すにはぞ、更には時よ。今や人間は西を向いておる。果たして西よ。一早くに成さねばよ」

「小さな小さな人間ぞ。ちょこまかと西に東によ」

「宇津目よ、西じゃ」

「何んとじゃ。大山が居座っておる」

「そう云う事よ」

「ならば西よ」

「西にて山々を次々によ」

「山程よ」

「正に身が引き締まる」

「身震いよ」

「地にて久しきによ」

「嬉しきに限りよ」

「さてとぞ、行くか」

「真逆のさてとか」

「不動共が実に下りてきた。真逆の西ぞ」

「何んとよ」

「今回はと言い訳よ。折角の地、時とも言うぞ、東よ」

「言い訳にしては引き締まるに心が無い」

「遊びよ。なればこその言い訳よ」

「天とも在ろう者がぞ」

「時よ、遊ぶに時よ」

「時のう」

「時も時」

「納得」

「正によ」

「夢じゃ」

「夢も夢、叶おうぞ」

金山彦命と天宇津目命は東に向って飛び去っていった。

「金剛力様よ。人間はこの様に小さい。況してや物体、生きられ様か」

「生きるをもって生まれてきた物をじゃ、生きられ様かとは何事ぞ。今は斯《こ》うして我れらが守っておる。不動共よ、言わずと知れた我れらよ。守るに抉じ付けてじゃ、育てて見るかぞ」

「真逆のよ」

「金剛力様よ、見本じゃ」

「正に見本よ。育てるが解らぬ」

「育てると云うて皆目よ。初めての事にてぞ、だからと云うて高が人間、思いの儘によ」

「思いの儘とか。されば思いの儘にて見本よ」

「皆よ、行くぞ」

「はてさて」

「あれを見よ。誰ぞが戻って参った。見本も何もよ」

「やれやれよ」

「如何にも残念」

「正に正によ。金剛力様よ、何時の日にかぞ」

「見本よ」

「見本をもって誰ぞが戻ってきたではないか。風となって見物よ」

「何んとよ」

一瞬金剛力と不動明王は風となり一歩二歩と離れていった。

「やれやれぞ皆よ、人間の為とばかりによ」

「人間の為、人間の為とばかりに未知の世界であった。宇宙は広い、止め処《ど》なく広い。未知の果てはでも行って見たいもんじゃ」

「誰とてよ」

「人間の為よ、行くか」

「行って戻れぬ。未知の世界と云うたが、人間も又未知よ。時よ。未知の世界を切り開こうぞ」

「何んとじゃ」

「開いて開き、遊ぶのよ」

「嬉しきに人間じゃ」

「遊ぶと云うて此れも又未知」

「未知なればこそよ」

「開くに当って竜王様よ、見本じゃ」

「空の中にて痛く痛くよ、じっくりと教わってきたではないか、正によ」

「されば見本よ」

「痛さが先にて人間どころかぞ。見本と云うて未知とはぞ」

「遊ぶに出来ずとか」

「遊びも本気よ。なればこその一歩も二歩も引いた上でよ」

「竜王様とも在ろう者がぞ、引くとか」

「一歩引いて前進よ」

「竜王様よ、我れが行こう。痛うて痛うて堪えた分、見本と云うより遊びよ」

「堪えた分にて遊ぶとか。止めて止めよぞ。痛い目に遭う」

「いっそ遭おうぞ」

「さてよ、遭うてみよ」

「止めて正解、遭うて戻れぬ。宇宙の果てよ」

「何んとよ、止めじゃ」

「止めるとか。何んと情ない」

「人間の為よ」

「果たしてそうであろうかぞ」

「人間人間と、痛さの中でぞ、万遍も言われた。情ない結構よ」

「竜王様よ、人間の為ぞと一歩も二歩もよ」

「風となってゆったりとよ。人間守るに見るが一番」

聖天竜王と不動明王は風となり、一歩二歩と下がっていった。

風となって此れを見ていた金剛力と不動明王は驚き、更に一歩二歩と後退していった。

東の地で人間を思いつつ地の様子を見ていた金山彦命と天宇津目命は、大山より吹き込む風に目を向けていた。

「何やら聞こえたぞ。風の騒めきじゃ。何やらぞ」

「一遊びよ」

「何んとよ」

一瞬金山彦命と天宇津目命は大山を越えて風に向っていった。

果たして風は物凄く。金剛力と不動明王は不意を突かれ、一瞬前に向って転がっていった。

小さな小さな人間を目を凝らして見ていた聖天竜王と不動明王は、後からくる物凄き音に驚き、一瞬聖天竜王は人間を抱き抱え、海岸にある広い広い砂の上に転がし、風に向って突き進んでいった。

果たして大山は一瞬にして崩れ落ち、小さな丘となっていった。

その中で金山彦命と天宇津目命は西へと逃げ去っていった。

「金剛力め、人間殺すに参ったとか。それも何んと、向ってくるに後方からとはぞ。不動共よ、金剛力めを何んとするぞ」

「何んとも何も竜王よ、後方からとはぞ、この我れらではない。常に地は一体よ」

「何んと居たか」

「居たも居た。後方からいきなりの大物がよ。たった今、大笑いをもって西へ行ったわ。

追うも何もこの様よ」

「何んとじゃ。人間殺すに見張っていたか」

「殺すも何も遊びよ。天の遊びは自分よ」

「天とか」

「恐らくはよ」

「何いつじゃ」

「二つよ」

「二つとか。成る程、手強い」

「西よ」

「人間がおる」

「天が殺そうとしたに人間よ、放っておけ」

「納得」

「行くぞ」

地に於いての二つの光は不動明王を従えて西に向って飛び去っていった。

山祇命と妻の嬉水引命は空の中を自由気儘に検証の最中であった。

「山祇様よ、月にて参られよ」

「月にてとな。女神とか」

「女神とて光、気の向く儘よ」

「さてじゃ。遊びと在らば断るぞ」

「天にて遊びは常に本気よ」

「本気の遊びとか」

「正によ」

「夢よ、参ろうぞ」

「女神だからとて遊びは遊びと、地をもっての思いをもって見られては困るぞ。天の女神は皆男じゃ」

「妻よ、急ぐぞ」

山祇命は一瞬妻を抱き、空の中へと消えていった。

「山祇よ、月に下りよ。遊びと云うより風となり面白可笑しくよ。天をもって引き締めよ。一切が我が物よ。天地一切宜しゅうによ」

空の中での夢事であった。

「何んとよ」

「夢の夢よ」

「実に自然よ」

「宜しゅうにとよ。実に宜しゅうにと」

「人間の為、そう云う事よ」

「それにしてもじゃ」
「宜しゅうにも何も、一切光よ」
「光とてよ」
「宜しゅうにと云うなればぞ、先ずは月よ」
「嬉しい事じゃ」
「事やらどうやらよ」
「自然自然よ」
「当然」
「光となって一切よ」
「風となってよ」
「光であろうに」
「風で充分」
「ならば風じゃ」
「風となってゆったりとよ」
「女神とか」
「風共よ」
「男とぞ」
「其方もよ」

「納得」

山祇命は妻の嬉水引命と共に月へと舞下りていった。


「参ったぞ」

「月は遠すぎましたか」

「見るに近きよ」

「来るにはか」

「月は思いの外遠いものよ」

「女神とてか」

「正によ」

「嬉水引様よ、良くぞ我慢よ」

「我慢も又嬉しきに物よ」

「山祇様よ、良き妻じゃ」

「当然」

「月にて緩るりとされよ。緩り緩りと出し切って頂きたい」

「来たからにはよ」

「嬉水引様には常に宜しゅうによ」

「颪の如しよ。吐いて吐く」

「宜しかろう」

「風となりてよ」

「納得」

「母よ、一言よ」

「三度《みたび》よのう」

「実に三度かと」

「何時の日にかと、緩りとと今は昔よ」

「遂にじゃ」

「そう云う事よ。正に宜しゅうによ。気の迷いにて一言一言強きであった。今や一体、急ぐに事もなしよ。じっくりと緩りとよ」

「否々、流石に」

「母よ、緩りとはその先よ。出し切ってこそ前進よ」

「否々、流石に」

「天は良いのう、自由自然で」

「自由自然は地とてよ」

「有ったやら無かったやら」

「出し切っておる。流石によ」

「木花よ、一切よ」

「母よ、人間がおる」

「風の如くよ」

「良うも良うもよ」

「母よ、嬉水引様とて風の如しよ。今や前進よ。緩りとなどあるかぞ」

「天は強い」

「強くも弱くもよ。母は常に弱い」

「木花が言う通りよ。母は強し、されどよ」

「実に面白い」

「風として言おうぞ。女神とはぞと」

「母よ、其処じゃ。常に見てきた、弱き部分をよ。常に優しさに溢れ、優しさ故に間違いがあった。優しさは人夫々よ」

「流石に」

「母は母としての優しさを見せたまでよ。その優しさをどう取るかは人夫々自分よ。間違い等と烏滸《おこ》がましい。口を慎め、天ぞ」

「何んと云う事よ」

「風々と、風が呆れる」

「木花よ、水速女よ去れ」

「去ってはなるまい」

「流石に地の父よ」

「瀬織津姫よ、その為にどうなったぞ。貴方様の夫はぞ」

「言うてくれるぞ」

「言わねば解らぬ」

「何んとのう」

「言うて尚更によ。素盞嗚様は今何処にじゃ。常に妻たる者よ。一歩遅れたが故にぞ、攫われてしもうた。流石によ、上には上がおる」

「此れは此れはよ。流石に天、手厳しい」

「出し切っておる」

「水速女よ、人夫々役割りよ」

「母よ、どうなされたぞ。天の母ぞ。それを言うならばぞ、攫うは母であったろうに。身近にいた」

「何んとよ、身近にいたとか」

「何時にてもよ」

「妻はどうしていた。遠くから眺めていたとか」

「貴方様よ、眺めて楽しむも又妻よ」

「楽しむに暇とて無かったであろうに」

「言いたい放題言うてくれるぞ」

「其女様も又出し切れぞ」

「正によ。出し切る事ですっきりする」

「何んとよ、そう云う事じゃ」

「風は終りよ」

　一瞬瀬織津姫命は天空に向って飛び去っていった。

「何んとよ」

「この際じゃ、許そうぞ、のう木花よ」

「許すか」

「許さずして何んとするぞ」

「山祇様よ、任すぞ」

「何んとよ」

「その為に呼んだ」

「飛び去ったからには許すしかない」

「何んとよ」

「何んとよとか」

「飛去ったは妻ではない。女よ」

「ほう、妻ではなかったか」

「優しさも此れ迄とばかりによ。瀬織津らしい」

「母よ、優しさも此れ迄よ」

「納得」

「颪もたじたじじゃ」

「貴方様よ、たじたじどころか強い。ぐっと我慢よ。瀬織津を飛ばせた」

「成る程、飛ばせたか」

「止めもせずによ」

「母は強しとか」

「確り有るべしよ」

「さて木花よ、水速女よ、夫は何処ぞ」

「山祇様よ、今は女だけの時よ」

「既に終った」

「母がおる」

「母じゃ」

「だからこその」

「何んの為の母ぞ、見た上で学べ」

「何んとよ、手厳しい」

「木花よ、逃げるぞ」

「終ったと在らば逃げる事もなし。緩り緩りと行こうぞ」

「地にて人間よ」

「女としてよ」

「そう云う事じゃ」

「母よ、緩りとよ」

「緩り緩りと出てゆく」

「出て行く事もなし、此れからよ」

「何んとじゃ」

「母よ、この際よ」

「誠に誠に、この際よ」

「行け」

木花咲那姫命と水速女命は地に向って飛び下りていった。


「人間は何処ぞ」

「小さき故隠れて見えぬわのう。地の者共は人間守るに何処ぞ」

「小さき故洞窟であろうぞ」

「洞窟と云うて何処じゃ」

「隠すにはぞ、風となり地を這うにしかない」

「這うに一目よ」

金山彦命と天宇津目命は凡ゆる全てを人間をもって考え、その中での人間の支えとなるに地の神々をも創るべく動き、今も又遊びの中での創るをもって動き、大きな光となって地を動かしつつ、更には地の神々を利用し、全てが笑いの内に進行する中で一瞬をもって消え、人間を守るべく人間の居る場所へと先行して其処にいた。

果たして人間を隠すべく金山彦命と天宇津目命は風となって地に這い、一目瞭然をもって人間の居場所を突き止めていた。

「居たぞ。丸での場所じゃ。水無きに住めまいに」

「だからと云うてよ」

「一事が万事よ。小さき池よ」

「小さきと云うて我が力よ。人間が居ては出来まいぞ」

「池と言うより湧き出るに水よ。光となりて一瞬よ。金山彦よ、向こうの沢より持って参る故、水が湧き出たならば水をもって小さきに池とせよ。此処より二里三里向こうによ。果たして人間ぞ、水を求めて隠し出す。神の子よ」

「何んとよ」

「金山彦よ、然と見ておれ」

「見るには見るが宇津目よ、大水は夢崩すぞ」

「人間の為の水よ、崩すかぞ」

「大水と在らば止める」

「大水と在らば我れで止めるわ」

「小さき池ぞ。小さき小さきによ」

「当然」

天宇津目命は沢に向けて飛び去っていった。

後に残った金山彦命は腹這いとなり人間に話し掛けていた。

「人間よ、聞こえ様か」

金山彦命にとっての遊びであり、心からの和みであり、人間を知るに時でもあった。

するとと人間は金山彦命の声に反応し、聞き耳を立てていた。

「何んとじゃ、聞こえるとか。この我れの声が聞こえたか。真逆よのう。さすればよ、人間よ、聞こえたならば手を上げよ。手じゃ」

するとと人間は両手を広げ高々と上げた。

「真逆のよ。人間よ、手はどれじゃ、示してみよ」

するとと人間は二度両手を広げ高々と上げて見せた。

「真逆のよ。人間よ、其方の名は何んじゃ」

するとと人間は両手を広げ高々と上げた。

「何んとじゃ。聞こえておるを示しただけか」

金山彦命にとっての試練であった。

「全てを教えるに何んとするぞ。せめて名じゃ。男と女じゃ。手と足よ。されば西に東よ。如何にも手強い。さてさてよ。何んとするぞ」

金山彦命は、今こそが時とばかりに人間に向っていた。

「人間よ、聞こえようか。聞こえたならば手を上げよ。何んとよ。人間よ、それは手じゃ。手と言うのじゃ。手と言うてみよ。手、手、手、手、手、手、手、手、手、手、人間よ、手と言うてみよ。手じゃ。手、手、手、手、手、手、手、手」

すると人間の口から手と云う言葉が小さく漏れてきた。何度も何度も手を復唱していた。

「何とじゃ。かと云うて手が何やらぞ。誠にもって手強い。人間よ、聞こえるか。聞こえるならば手を振れ。手を上げよ。そうそう、それが手じゃ。振ってみよ、ぶらぶらとよ。ぶらぶらと手を振れ。何んとじゃ。そうそう、手じゃ。それが手じゃ。手、手、手、手じゃ」

すると人間は手を上げ、小さく振りながら手、手と何度となく繰り返していった。

「何んとよ。嬉しいもんじゃ。次は何んじゃ。名じゃ。名と云うて解るまい。況してや男と女じゃ。どっちの名がどっちやらぞ。如何にしてよ。兎にも角にも名は要る。今は只留めなく復唱よ。復唱をもってたたみ込むしかない。それにしても手強い」

金山彦命は今にも人間を隠し、その総てを教えたい衝動にかられていた。果たして金山彦命は更に更に人間にのめり込んでいった。

「金山彦よ、水はどうした。小さき池にてどうしたぞ」

「何んとよ」

「池にては要らぬとか」

「要るも要る」

「果たしてもうよい」

「何んとよ。だが併し宇津目よ、人間大事よ。何んと手強い。一々と夢中よ。水の事などとんと忘れておった。名を教え込むに必死であった。宇津目よ、やってみよぞ。何んと手強い」

「急ぐぞ」

「何んとよ」

「実によ」

「人間隠すぞ、それ程よ」

「隠すに暇とてない」

「今一度よ」

「二度三度よ」

「何んとよ」

「来た来た」

「遊びは遊び、何処までもよ」

「人間がおる」

「真逆よ」

「風よ」

「風とか」

「風となって居座るのよ」

「何んとよ」

「真逆のよ」

「居座るに当ってぞ」

「北じゃ」

「何んと北とか」

金山彦命と天宇津目命は風となり、北へ向って飛んでいった。

「金剛力よ、彼処じゃ」

「実にぞ。小そうて見えなんだ。行く末にて有ろうかぞ。竜王よ、常に見張りよ。我れらが仕事よ」

「納得。それにしても金剛力とも在ろう者がぞ、見えなんだとはのう。実に情ない」

「見えて見えていた。だが併しよ、人間育てるは地の父猿田彦様よ。となると此処は一歩引きと、そう云う訳よ」

「成る程、引いて引いたとか。引かねばどうなったぞ」

「人間が消えていた」

「何んとよ。消えていたとか」

「誠よ」

「金剛力よ、攫うに積りでいたか」

「正によ」

「攫うたからとて一目瞭然、その比ではない」

「だからこそよ。見えて見ぬに振りとよ」

「何んとじゃ」

「時としての遊びよ」

「遊びとか」

「遊びとて本気。何時にても攫う」

「たった今より見張りよ」

「見張って見張り、見失うなよ」

「心配無用よ。見張ると云うより離れぬ」

「離れように」

「離れてたまるか。目とて離さぬ」

「されば此れ迄よ」

金剛力は一瞬動き人間を抱え上げ、一里先までも連れ去り、白き大砂丘の上に落としていった。

「皆よ、人間守るぞ。一瞬たりとも目を離すなぞ。目を離してならずじゃ。然と心得よ」

「竜王様よ、人間は何処じゃ」

「人間此処よ」

聖天竜王は亜然とし奇声を上げていた。

「追え」

聖天竜王は不動明王を連れ、金剛力の後を追った。

「何んとじゃ。竜王の負けよ」

「負けも負け。風の如し金剛力よ」

風となって飛び、小さな丘より全てを見ていた金山彦命と天宇津目命は吐差に動き人間を抱き上げ、更に一里をもって清水の湧き出る小さな池へと下ろしていった。

「やれやれじゃ」

「一里も二里も夢の人間は神の子、正に強い」

「流石によ」

「自然自然、何事もよ」

「さてじゃ」

「さてよ」

金山彦命と天宇津目命は更に金剛力と聖天竜王の後を追っていた。

「金剛力よ、人間攫うたか」

「何んとじゃ、目を離してしもうたとか」

「離すも何もよ」

「離すも何もとか。離しもせずに消えたか。流石に神の子よ。消えるとはのう」

「攫わずして消えるか」

「消えように。自然の成すに業な」

「良くも良くもよ。業とか」

「業よ」

「業と在らば今一度よ。業を見せよ」

「何んとのう竜王よ、業見せ合うてどうする。人間の為とか。それとも人間無視とか」

「成る程、人間隠して育てるとか」

「何んと竜王よ、人間攫うに一目瞭然、何処に隠すや」

「腹の中よ」

「人間隠すに腹などあるか」

「有ろうに」

「何んとじゃ」

「有って有る」

「皆よ、出せ」

「見えましたぞ、金剛力様よ。竜王様の腹の中じゃ。のう皆よ。丸見えよ」

「更に見える。不動共の後によ」

「金剛力よ、我が腹は真っ白よ。透き通っておる」

「見事によ。だからこそ見えておる。攫うたは自分、見え見えよ」

「竜王様よ、不動の後よ」

「何んと後か。金剛力よ、人間死んで大事の大事よ。大きな大きな責任ぞ。何処に落とした」

「さてのう。後と云うておる」

「後とて前とてよ。死んで責任よ」

「はてさて分からんのう。死んだと在らば其方の責任、生きたと在らば我れの責任、立派に育てようぞ」

「何んとよ、生きておるとか」

「生きておればの話よ」

「何んとぞ」

「竜王よ、一目瞭然、探す事もなし、光の子よ」

「光とて物体、物体こそが宝よ。その宝をぞ」

「竜王よ、攫われるぞ、天がおる」

「何んと」

「後よ」

「何んと」

「急げ」

「竜王様よ、我れらが行く」

「行って勝ちよ」

「正によ。者共行くぞ」

聖天竜王の目が一瞬光り、あっと云う間に消えていった。

「金剛力よ、流石よ」

「嬉しきに出て来られたか」

「出たも出た。出て尚一言よ」

「嬉しい限りじゃ」

「人間攫ろうた上にぞ、大砂丘の真っ直中とはのう。あれでは死ぬ」

「殺されたか」

「さてのう、光の子じゃ、生きようぞ」

「真逆の真逆よ」

「何時かは死ぬ、物体よ」

「死ぬに物体だからとて今は今、殺す訳には行くまいに」

「ならばどうする」

「攫うに際し一瞬よ。其方様方を見た時にぞ、此れは此れはと頼りにした。それを何んとぞ、見て見ぬに振りであったか」

「光の子とよ」

「試したか」

「初めての事よ、試して当然」

「二度に人間生まれようか」

「さてのう、それも試しよ」

「何んとじゃ」

「金山彦よ、其処までよ」

「宇津目よ、手温い」

「手温い結構。金剛力よ、流石よ」

「何んとよ、生かしたとか」

「さてよ。生きたやらどうやら」

「何んとじゃ」

「金山彦よ、其処までよ。生きたであろうぞ、二里程飛ばした」

「天とも在ろう者がぞ、飛ばしたとかぞ。何んと二里もとか」

「砂地じゃ、死ぬまい」

「如何に砂地とてぞ。皆よ、行くぞ」

「行く事もなし、のう宇津目よ」

「行ってこその地よ」

「行ったからとて死は死よ」

「何んとじゃ」

「金剛力よ、行け」

「金剛力よ、行くまいぞ」

「行ってこその地よ」

「何んとじゃ宇津目よ」

「一体よ。生かすにはぞ、一体であらねばよ」

「納得。金剛力よ、そう云う事じゃ」

「何んと何んとよ」

　一瞬金剛力は不動明王を連れ消えていった。

「やれやれよ。遊びも程々」

「併し面白い」

「追うか」

「当然」

　金山彦命と天宇津目命は二度金剛力の後を追った。

人間を探すべく聖天竜王は目を爛々と輝かせ、風となって地を這っていた。

「居たぞ」

「寄るな寄るな。近付いてはならんぞ。風となって伏せていよ」

「伏せていよとか」

「人間が死のうぞ」

「風となりて尚か」

「尚よ」

「者共、西じゃ」

「西とか」

「西よ。西で好き勝手よ」

「納得」

不動明王は風となり西へ向って消えていった。

「誠か。何時の間にやらの池ぞ。小さき故の池とか。誰ぞの仕業かぞ。水とはのう」

聖天竜王は風となって横たわり、人間に見入っていた。

人間を探すべく聖天竜王の後を追ってきた金剛力は、風となって尚光を放つ聖天竜王を目にし、一人静かに下りていった。

「竜王よ、見えておるぞ」

「何んと何んとよ」

「不動共は何処じゃ」

「さてのう」

「何んと西か」

「西じゃと」

「はてさて」

「西とて何んとて自由自然」

「自由は夫々よ」

「自然が有っての自由でもある」

「西のう」

「西だからとてぞ」

「納得」

「納得とか」

「納得よ。者共、西じゃ。自由自然よ。勝手気儘に和んで参れ」

「只管じゃ」

「嬉しきに限りよ」

「金剛力様、夢であったぞ。叶うとはのう」

「既に一体よ」

「正にじゃ」

「自由自然によ、和んで参れ」

「有難きによ」

「者共、行くぞ」

一瞬不動明王は西に向って飛び去っていった。

「さてさてよ。竜王よ、大した物じゃ」

「小さきとて高が人間。探すに一瞬よ」

「さてじゃ」

「所で金剛力よ、何時の間にやらぞ。如何にもの如くよ。人間攫うておいて水とか」

「何んとのう、知らなんだか」

「知る筈もなし突如よ」

「真逆のじゃ」

「如何にしてぞ」

「如何にも何もよ」

「人間思うての事であろうに」

「当然であろう」

「はてさて」

「はてさてよ」

「何んとじゃ」

「誰の仕業やら、そう云う事よ」

「人間救うたか」

「誠によ」

「誰ぞ」

「はてさてよ」

「父か」

「父と在らば人間より離れまいぞ」

「ならば誰じゃ」

「探せ」

「探せとか」

「探して尚引き付けておけ」

「何んとぞ、引き付けておけとか」

「そう云う事よ。その間に人間攫うておく」

「何んとよ」

「攫うて尚隠す」

「隠すとか」

「隠すとよ」

「何んの為ぞ」

「天よ」

「何んと何んと天とか」

「天よ、外に誰がおろうかぞ」

「天とはのう」

「一体だからとてよ」

「納得」

「納得とか」

「納得も納得、一体だからとてよ」

「何んとのう凄い」

「凄いとか」

「いやいや凄い」

「まんまとよ」

「何んとじゃ、頼りになる」

「如きよ」

「如きのう、納得」

「さればよ、参るぞ」

「参れ。相手は天、二人じゃ」

「何んと、二人とか」

「如きよ」

「誠に誠に」

「竜王よ、叶うに訳がない。引き付けておいてじゃ、吐差に西へ飛べ、そう云う事よ」

「はてさて、許せんのう」

「許すも許さぬもよ」

「金剛力よ、西とか」

「西であろうに。不動共がおる」

「此処より去れとか」

「去ってどうする。去るは天よ」

「納得」

「納得とか」

「正によ」

「参れ」

「参るぞ。攫うて何処に置く」

「此処よ」

「何んの為の攫うじゃ」

「天が見ておる」

「何んとぞ」

「すぐに側よ」

「探すに必要もなしとか」

「そう云う事よ」

「何んとじゃ」

「参れ」

「参るぞ。果たして蹴ちらして一気によ」

「西ぞ」

「当然」

聖天竜王は静かに立ち上がり、風となって側に居るであろう天の神を目で追っていた。

「分からぬのう。金剛力よ、誠か」

聖天竜王は尚も目を爛々と輝かせ天の神を追っていた。

「金剛力よ、誠かぞ。風とはいえぞ」

何処ぞとばかりに聖天竜王は金剛力に見をやった。

「何んとじゃ」

果たして金剛力は人間を攫い消えていた。

「何んと何んとよ。許せん」

聖天竜王は尚更に目を光らせ四方八方を見渡していた。

「此れは此れは竜王よ、うろちょろと何を探しておる」

「な、何んと」

「真逆の竜王とはのう。一人とか。不動共は何処ぞ」

「さてよ」

「何んとよ、捨てられたとか。天下の竜王がぞ。捨てられたとはのう」

「一人とて二人とてよ」

「ほう、二人とか」

「二人とて三人とてよ」

「宇津目よ、やられたぞ。三人とよ」

「風となって隠れておるとか。それは拙い」

「宇津目よ、逃げるぞ」

「納得。三人とはのう」

「宇津目よ、西じゃ」

「何んと西とか」

「西よ」

聖天竜王の目が笑い、爛々と輝いていた。

果たして金山彦命と天宇津目命は一瞬消え風となって空の中に立ちはだかっていた。

「西とな。まんまとよ」

聖天竜王は光となり西へ向って消えていった。

「面白い面白い。流石に竜王」

「流石によ」

「果たして何処じゃ、金剛力め」

「西へ飛ばしたからには東よ」

「人間抱えて東でもあるまい」

「水有る所よ」

「納得よ」

「それにしても金剛力め、流石に山祇様の小下意《こがい》よ。言う事が振るうておる。我れらを蹴ちらせとよ。ああまで言うて追い出すかぞ」

「相手次第よ」

「納得よ」

「水じゃ」

「居たか」

金山彦命と天宇津目命は水上に座り、人間に話し掛けてみた。

「人間よ、聞こえるか」

するとと人間は驚いた様に一点を見詰め、はいと返事をした。

「何んとのう、聞こえておる」

「何んと面白いもんじゃ」

「人間、神の子よ」

更に金山彦命は、目を凝らして一点を見詰めている人間に声を掛けてみた。

「人間よ、手を上げてみよ」

すると人間は両手を広げて上に上げた。

「何んと面白いもんじゃ」

「神の子よ」

更に金山彦命は続けた。

「人間よ、其方は誰じゃ」

すると人間は即座に応えた。

「人間です」

「大笑いじゃ。金山彦よ、其方は凄い」

「違うぞ、自然よ。正に神の子よ」

「それにしても面白い。攫うて参ろう」

「攫うとか、良かろう」

「攫うて尚遊ぶぞ」

「遊ぶ遊ぶ、正に遊びよ」

「水辺と云えば、有ったのう」

「有った有った、あれは良い」

「攫うと云うてどうやるぞ」

「どうと云うて吹き飛ばすのよ」

「成る程、さればよ」

「人間神の子よ。死ぬまいて」

「死んで結構」

「納得」

「さればよ、一気にぞ」

　一瞬その時人間の姿が消えていった。

「居たか。正に自然よ。此処は拙い」

「そう云う事よ」

「金剛力め、天を見縊《みくび》ったか」

「見縊ったも見縊った」

「急ぐぞ」

「何々」

「竜王よ」

「攫うとか」

「先をよ」

「正にじゃ」

「金剛力めよ」

「正によ」

「攫うて尚隠すぞ」

「正によ」

金山彦命と天宇津目命は小さな池に向かって舞上っていった。


「金剛力よ、風よ」

「風となれ」

「風となって遊ぼうぞ」

「風とならねば人間が死ぬ」

「金剛力よ、風よ」

「金剛力よ、来たぞ。人間が死ぬ」

「何んとよ」

「風となって遊べ」

「面白い」

「正によ」

「金山彦よ、風の如くによ」

「果たしてよ」

「今よ」

吐差に金剛力は風となり、一里向こうへと身を隠していった。

果たして金山彦命は吐差に身を屈《かが》め、人間を包み込んでいった。

「竜王よ、何をしておるぞ。追っては見た物の、はてと、気が付いたのよ。西へは行くまいとよ。今こそよ、竜王よ、人間よりも尚和みよ。我れらをもって遊べ。逃げ切ったと在らば人間は我れらの物よ。負けたとなると竜王よ、人間、其方の物よ。この地の星をもって遊びよ」

「天の言い分は聞かぬ。聞いて損よ」

「何んの何んの。我れらは天、なれどたった二人よ。竜王よ、不動の力とて許すぞ。天とはを見せ付け様ぞ」

「見るも何も見てきた」

「ほう、その上での負けを認めたとか」

「勝ちをよ」

「大笑いじゃ」

「天をもって遊ぶに暇とてない」

「何んとじゃ。暇の外に何があるぞ」

「今はよ」

「ほう、今こそ大事よ」

「今こそとか」

「今こそよ」

「遊びをもって大事はなかろう」

「大事も大事、本気の遊びぞ。人間の命が掛かっておる。今こそよ」

「何んとじゃ」

「何んとよ」

「人間は何処ぞ」

「金剛力めが隠しておる。勝ってこその彼奴めよ」

「成る程、良かろう。不動共よ、風となって見ておれ。地に於いて我れはよ。天如きよ」

「ほう、たった一人か」

「一人で充分よ」

「何んとのう、されば一人よ。金山彦よ風となれ。大笑いの元に見ておれ。人間殺すな」

「人間じゃと」

「人間よ」

「天の手許か」

「勿論」

「何んとよ」

「金山彦よ、人間離すな」

「不動共よ、風どころかぞ。人間殺してならずよ。天とも在ろう者がぞ」

「死ぬまいぞ、神の子じゃ」

「神の子とて物体。殺して和めようかぞ」

「果たしてそう云う事よ。その為にもよ、金山彦は風となる。不動共よ、居て邪魔よ。我れと共に遊べ。本気のよ」

「併し何か有る。不動共よ、相手は天、逃がして逃がすな。人間の為よ、和みの為よ。一瞬よ」

「一瞬も夫々」

「一瞬とはよ」

果たして一瞬聖天竜王は光となり、天宇津目命に向っていった。

果たして一瞬天宇津目命も飛び上がり、光となって消えていった。

果たして聖天竜王はにんまりと笑い「不動共よ、先回りよ」とばかりに轟音凄まじく追っていった。

「やれやれよ。金剛力よ、出て参れ」

風となって全てを見ていた金剛力は、暫くは笑いが止まらずに笑い転げていた。

果たして笑い上戸の金山彦命も又、一瞬人間を離れ十里向こうをもって笑い転げていた。

「金剛力よ、じっくりと見ていよ。人間面白きぞ。手は何んじゃと言うてみよ」

金剛力は人間に近付き、

「人間よ、聞こえようか。聞こえるとあれば手を上げてみよ」

すると人間は両手を広げ高々と上げて見せた。

「何んとじゃ」

「斯う云う事よ。此れからはぞ、この様に育てよぞ。次は名よ。じっくりと焦らずによ」

「何んとじゃ」

「地は地よ」

「有難きにじゃ」

「何んの何んの一体よ」

「人の為人の為と焦る事もなしよ。常にじっくりと構えよぞ。竜王とてよ」

「今は正に其方様方のお陰よ。誠に有難く、感謝感謝よ。竜王も又それを知る」

「知るも知らぬもよ」

「知らせめねば」

「自然自然、言う事もなし」

「自然も又相手による」

「よるまいぞ」

「竜王ぞ」

「だからこそよ」

「何んとじゃ」

「解らせる、そう云う事よ」

「解ろうかぞ」

「宇宙よ」

「納得」

「金剛力よ、全ては自然よ。人間とてよ。名を知れば後は全てよ。ずるずると行く、全てがよ」

「身が引き締まるに思いよ」

「締めるに事もなしよ。全ては遊びよ」

「何んとじゃ」

「さてじゃ、消えるぞ。後は宜しゅうによ」

「何んとじゃ」

「消えて一遊びよ」

「何んと何んとよ」

「さればよ。名ぞ、じっくりとよ」

「天に感謝よ」

「要らぬ事よ」

金山彦命は一瞬光となり天宇津目命の元へと急いだ。

「金剛力よ、急げ。名よ」

「常によ」

「宇津目よ、風となれ。風となって人間守れぞ。此処からは我れよ」

「納得」

聖天竜王をもって遊びに狂じていた天宇津目命は、人間を育てるをもって消えていった。必死をもって天めとばかりに追っていた聖天竜王は金山彦命の出現に驚き、実感としての戦いをもって挑んでいった。

「な、何んとじゃ。人間を差し変えたか。者共、先回りよ」

金山彦命は大笑いをし、大きな光の玉となって振り返り、聖天竜王に向っていった。

吐差の事に驚いた聖天竜王は一瞬轟き、光の柱となっていた。

尚も金山彦命は笑い上戸をもって大笑いしながら、立ち上がっていた光の柱を次々に倒していった。

「実に天め。不動共よ、行くぞ」

聖天竜王は此処ぞとばかりに不動明王を連れ天へと舞上っていった。

「やれやれよ」

金山彦命はどっかりと座り、舞上っていく地の神々を見送っていた。

「一々と地も又美しきじゃ。それにしても天とはのう。何をもって天ぞ。天より一見《いっけん》とか」

有無を言わさずに聖天竜王を下した金山彦命は、天に返るをもって天宇津目命を待った。

「金山彦よ、風どころか一体であったわ」

「風となって入って参ったか」

「一気によ」

「久方なりてすっきりよ」

「正によ」

「それにしても竜王め、天とはぞ」

「約束よ。人間取られては行き場なしよ。天と云うより空をもっての逃げよ」

「天をもって一見かとよ」

「空も又夫々よ。風となって向ってくるやも知れぬ、今正によ」

「何んとじゃ」

「風の音よ。らしい」

「何んとよ」

「風となって更に更によ」

「二度の一体とか」

「右に左によ」

「良かろう。交叉をもって天よ」

「そう云う事よ。二度の柱よ」

「竜王の柱に向けて更によ」

「面白い。向かってくるからにはよ」

「来ようぞ。竜王らしくよ」

「さてよ、時じゃ」

金山彦命と天宇津目命は風となり、右に左に舞上っていった。


風となって空の中にいた聖天竜王と不動明王は、負けは負けとして地を見た。

「不動共よ、天の力は一つかぞ。一つではなかろう。二つと在らば人間は何処じゃ。正に二つよ。考えるに可笑しい。となるとじゃ、今や二つおる。人間無しとするなればぞ、今こそよ。二つを囲んだ上でぞ、正に柱よ。二本の柱をずたずたによ。者共、行くぞ」

今正に聖天竜王は不動明王と共に二つの光に向っていた。

その時既に金山彦命と天宇津目命は光となり、地の神々の中に交叉していった。その音は物凄く、地の星が割れんばかりであった。

地の神々は吐差を突かれ、次々に柱となっていった。その中で聖天竜王は正に大きく、天までも届かんばかりであった。

金山彦命と天宇津目命は二度交叉し、聖天竜王の柱に向って突進していった。

二度不意を突かれた聖天竜王は風の中に包まれ、天空高く舞上っていった。

果たして空の中に留まり地の神々の行方を追っていた金山彦命と天宇津目命は、その凄さに亜然としていた。

果たして地の神々は光の玉となって落ちていた。

「真逆よ。人間殺したか」

「金剛力がおる」

「だからと云うて、凄い。地が、どうなる事やらぞ」

「全ては自然。死んだからとてそれも自然」

「自然自然と遊びじゃ」

「遊びも又自然よ」

「かと云うてぞ」

「自然自然と、その全てよ」

「人間死んでもかぞ」

「それも自然よ。死ぬかよ、神の子よ」

「神の子とて物体よ」

「物体物体と気にする事もなし」

「何んとよ」

「一体をもって生きようぞ」

「何んとよ」

「金剛力がおる」

「とっくの昔にとか」

「正によ。一時が万事よ」

「納得」

「自然が全てよ」

「竜王め、すっきりよ」

「すっきりと云うより此れからよ」

「向ってくるとか」

「くまい」

「我れ見るとか」

「見まい」

「育てるとか」

「そう云う事よ。人間よりも尚よ」

「果たして人間、見届けるか」

「事もなし。直ぐに分かる」

「納得」

「それにしてもよ、地が燃えておる」

「燃えて良かったとか」

「そう云う事よ」

「自然とはじゃ。それも此れも人間の為とか」

「そう云う事よ」

「何んとよ」

「自然自然と、そう云う事よ」

「人間生きるも死ぬもとか」

「何んとよ」

「遊びも程々、そう云う事じゃ」

「程々の遊びが在ろうかぞ」

「有ろうに」

「無い」

「何んとのう、納得よ」

「自由自然」

「基本とか」

「正によ」

「基本は基本」

「その全てよ」

「今度ばかりは程々によ」

「天たる者、一つたりともよ」

「はてさて」

「今度ばかりはとか。ばかりと在らば負けよ。天たる者、負けるか」

「自然がそう言うておるか」

「実によ」

「されば納得よ」

「人間人間と気にする事もなし。只々育てるのみよ」

「生きていればか」

「そう云う事よ」

「生きて居ようぞ」

「そう云う事よ」

「金剛力の事じゃ」

「誰とてよ」

「さてよ、天にてお待ちよ」

「待つまいぞ」

「納得。妻とてよ」

「納得」

「納得とか」

「納得よ」

「女とはとか」

「男よ」

「何んとよ」

「男であればこその天よ。男であればこそ放っておける」

「納得よ」

「風となってゆらゆらとよ」

「ゆらゆらのう」

「ゆらゆらよ」

「ゆらゆらと月じゃ」

「誠によ」

「面白い。逃げるか」

「そう云う事よ」

「負けを認めるとか」

「そう云う事よ」

「認めた上で何んとするぞ」

「只々反省よ」

「大笑いじゃ」

「大笑いよ」

「笑うて済ますとか」

「済ますも何もよ」

「竜王めに止めを差すとか」

「差すも差す、上手によ」

「勝負なしとか」

「その通りよ」

「流石に天と言わせるとか」

「正によ」

「如何にしてぞ」

「如何にもの如くによ」

「しっかりとじゃ、見届けようぞ」

「何時の日にかよ」

「何んとじゃ。当分にて地は無しとか」

「有ってはなるまい。当分にて月よ」

「天にて宇津目がぞ、月とか。当分とか」

「其方もよ」

「真逆の断る。遊びは遊び、自由自然よ」

「納得」

「納得とか。反省なしとか」

「無しよ」

「面白い」

「月にて緩りとよ」

「緩り緩りとじゃ」

「地を崩すに大きな一仕事よ」

「納得。全ては人間の為」

「その通り」

「誠に美しき地よ」

「燃える火にてよ」

「燃え尽きようぞ」

「そう云う事よ」

「不動の力とか」

「そう云う事よ」

「地も又大きな仕事をしたとか」

「したもした」

「何んとよ」

「正にすっきりよ」

「果たして天じゃ」

「天のう、誰ぞがおろうに」

「居ようかぞ」

「それにしても月よ」

「何んとじゃ、見届けるとか」

「そう云う事よ」

「見届けずしてすっきりでもない」

「そう云う事よ」

「流石の宇津目もとか」

「そう云う事よ」

「面白い」

「時としてよ。反省反省、そう云う事よ」

「非を認めたか」

「時としてよ」

「時のう」

「時よ」

「時と在らば仕方あるまい。この我とてよ」

「自由自然はどうした」

「自由自然の中での時であろうに」

「納得」

「納得とか」

「納得よ」

「月にてならば一瞬よ」

「一瞬としてぞ、見届けられようか」

「られようぞ」

「納得」

「なれば一瞬よ」

「一瞬一瞬と臨機応変」

「そうもいかぬ。竜王めが見ておる」

「何んとのう、飛ばされていたか」

「さてさて戻るぞ」

「金山彦よ、断る。竜王めを見届けるにはぞ、月が一番。人間育てるに金剛力だけではぞ、竜王の力も又必要欠かさざるにものよ。金剛力めの力だけではとてもとても育つまいぞ。今こそ一体、ゆったりゆったりと育ちゆくを見たいものよ。あれだけの遊びをした後じゃ、既にゆったりであろうぞ」

「何んと宇津目よ、竜王にぞ、ゆったりなどと云う言葉があろうかぞ」

「何んと云うても父の代理よ。今や父無きに遊ぶに暇とてなかろうに。金剛力とてよ、なればこそ必死で育てておる」

「何んとじゃ、育てておるとか」

「育てずしてあの騒ぎじゃ、出て来ない筈がない。育てておったればこそよ」

「納得」

「それにしても竜王め、何処じゃ」

「燃えるに火の中ぞ、そう云う事じゃ」

「遊ぶに訳がない」

「そうであろうか」

「遊ぶに遊んだ後よ」

「正にじゃ」

「ゆったりゆったりと育ててくれればよいが」

「竜王にゆったりは似合わぬ」

「地に代理じゃ」

「それにしてもよ」

「似合うと云うよりやるしかない」

「そう云う事じゃ」

「見えぬのう」

「見えんで上等、金剛力の下《もと》で育つが一番」

「共によ。一体よ」

「宇津目にしてはお優しい」

「当然の当然よ」

「当然と云えば当然」

「地に於いての二人よ。一体となって育てていこうぞ」

「そう在れば好いが」

「有って有る。それでこそ地よ。天の力など要らぬわ」

「さてさて、戻るか。それとも見届けるか」

「この際じゃ、見届けようぞ」

「納得」

金山彦命の目が笑っていた。

「金山彦よ、戻って待て。地を信じずして天でもない。邪魔も邪魔よ」

「如何にも邪魔らしい。戻って待つぞ」

「行け」

金山彦命にとっての最も充実した一時であった。今正に月を飛び出し、大笑いをもって天に戻っていった。

天では天照が待ち構えていた。

「父よ、戻ったぞ。誠に和んで参った。今又よ。月にて竜王が参っておる。のう父よ、月へ参れ。月には笑いがある。誠に大笑いよ。行け行け、今よ」

「風となって行けとか」

「その通りよ。今こそ笑えよ」

「地にて大事をもって今此処に居乍らぞ、月にて笑えとか。良くも良くもよ」

「ほう、地にて大事とか。何事じゃ」

「誠に遺憾よ。人間とはぞ」

「人間神の子よ」

「光とて物体、あれ程の事をしておいてぞ、良くもよ」

「何んとよ。父とも在ろう者がぞ、地を知らなんだとか」

「何んじゃと」

「地の底はぞ、火の海よ。人間が住むについぞの火が襲いかかろうに。さればよ、遊びをもってぞ、あれこそが自然であろうに」

「何んとよ」

「笑え笑えよ」

「月とか」

「月よ」

「今こそとか」

「今こそよ」

「竜王とか」

「だからこそ笑える。宇津目よ。笑い袋よ」

「笑えずして天でもなしか」

「天とて地とてよ。天としてよ、地を笑わせて参れぞ。正に和みよ」

「今こそとか」

「今こそよ」

「宇津目とか。笑い袋の其方が何故に此処におるぞ。金山彦よ、何故ぞ」

「何故とか。笑うて笑うて転げて参った。果たしての父よ。滅多になき事よ、急げ」

「滅多にも何も」

「父よ、行け。月よ」

「真逆のよ」

「笑うて笑うて転げて参れ」

「何んとよ」

「笑いは笑い」

「何んとよ」

「行って得する」

「金山彦よ」

「急ごうぞ父よ」

一瞬天照は光となり、月へと舞上っていった。


月では聖天竜王が今正に出て行くべきか、それとも天宇津目命に激しい怒りを力の限りに表し、思いっきり蹴って蹴って逃げるかと。出て行ったとするならば如何にして相手に勝てるかと。況してや相手は名うて、どうしたもんかと迷いに迷っていた。

「さてさてと、地は地よ。代理に任せて戻るか。金山彦め、何処ぞ」

天宇津目命は立ち上がり、今正に飛び発とうとしていた。此れを見た聖天竜王は一瞬光となり轟音と共に唸りを上げ、天宇津目命を目掛けて突進していった。果たして天宇津目命は身を翻えし、地に向って飛び下りていった。果たして聖天竜王は自分自身身を翻えし、地に向って天宇津目命を追った。

笑いをもって月に向っていた天照は、地に落ちていく二つの光を見て驚き、我れも又その後を追っていた。

天で月を見上げていた金山彦命は、月を飛び出していく二つの光を目にし、更にはその後を追う天照の行動に目を向け「な、何んと」とばかりに我れも又飛び下りていった。

　地に着いた天宇津目命は一旦天を見上げ、身を翻えして聖天竜王に向っていった。余りの事に聖天竜王は身を縮め、自分を守るべく必死であった。果たして天宇津目命は聖天竜王を抱え込み、大海原へと飛び込んでいった。

　果たして大海原は大きくうねり、海岸線を包み込んでいった。

　果たして地上を埋め尽くしていた火の子は一瞬にして消え、海の中へと沈んでいった。

　果たして天照と金山彦命は一瞬空の中に足を止め、天宇津目の行動に見入っていた。

「父よ、流石よ。こう来るとはのう。笑いも又色々よ」

「流石と云うより正によ」

「流石と云わずして何んであろうかぞ」

「流石も色々」

「色々とか。流石に色が在ろうかぞ」

「有って有る」

「有るとするならば真っ白よ」

「白とて何んとてよ」

「父よ、何が言いたい」

「我れと我が身よ」

「何んとよ。火を消すに我が身を削った、そう云う事よ。責任は責任、きちんと取ったと、そう云う事よ。天と地とじゃ。流石と云うて外に何があろうかぞ」

「さてよ。折角の地、人間は何処ぞ」

「水有る所よ」

「水とか」

「水無きに生きられようかぞ」

「さればよ」

「まあ待て」

「待てとか」

「待つも又よ。ほれほれ、見よ」

「何んとじゃ」

果たして大海原が静まり、二つの光が飛び出してきた。

「何んとじゃ」

海原より飛び出してきた天宇津目命は、地に目もくれずに天に向っていった。

「父よ、行くぞ」

「人間」

「天よ」

金山彦命も又天に向って天宇津目命を追った。果たして天照は人間をもって気になりつつも、天にはと、一つの言い訳をもって二人の後を追い、天に向っていった。

「山祇よ、尚更に励めよ。夢は夢、捨ててならずぞ。捨てて人間が死ぬ。人間育てるにはぞ、自らよ。一つ間違えて夢が崩れる。地に於いて人間は風の如くにある。それをぞ、たった一つの間違いから崩れていったとするならばぞ、崩れた儘に自分自身となる。人間だからとて我が子よ。我が思いの儘に育ててみよぞ、さすれば育つ」

　山祇命と妻の嬉水引命は、空《くう》の中での宇宙神の言葉としてその全てに感動し、長としての夢が広がっていった。

「出向いた甲斐が有ったと云うもんじゃ。一々と頭が下がる。身が正に引き締まるぞ」

「夢の如きじゃ」

「人間が育ち行くに自分が見えてくる。そう云う事じゃ。一つの間違いとはぞ、知らぬ間よ。人間見て学べとよ」

「嬉しきに事よ。人間見て学ぶとか」

「人間と共に学ぶのよ」

「常にか」

「常とはぞ、正に自然よ」

「納得」

「人間が我れらが生き様を教えてくれる、自然によ」

「光とはなど烏滸《おこ》がましい」

「全くによ」

「人間様々じゃ」

「宝よ」

「よもやよ」

「宝も宝、二つとなきによ」

「納得」

「人間殺すまいぞ」

「当然」

山祇命と妻の嬉水引命は晴れやかに地に下り立っていた。


「父よ、自らをもって人間を育てるに積りでいたとか。当然と云えば当然。違うと云えば違う。人間は今や地の物よ。時として天の力も必要とするであろうが、だからと云うて父よ、今の今はその時ではない。地は地で人間を知るに必要がある。のう宇津目よ」

「言わしておけばぞ。父にして人間育てようなど有る訳がない。気にはなる、そう云う事よ。我れらとて同じ事よ」

「何んとよ。何んと父よ、謝るぞ」

「何んの何んのよ。育てようとした、そう云う事よ」

「何んとよ。併し何んとよ。宇津目よ、育ててしもうたぞ」

「な、何んと、育ててしもうたとか」

「何んと何んとよ。育てたと云うて遊びよ。父よ、何んとぞ。面白うて面白うて時を忘れた、のう宇津目よ」

「忘れたと云うより、らしい」

「らしいとか」

「常によ」

「常にとか」

「常も常よ。一言も二言もよ」

「何んとのう、言わしておけばぞ」

「言うて損よ」

「ならば言うな」

「言いたきを我慢よ」

「我慢とか」

「我慢も我慢、人間の為よ」

「人間の為とか」

「為よ」

「ならば言おうぞ、人間の為よ」

「言うな」

「言うなとか」

「言うなとよ」

「父よ、どうじゃ」

「言え」

「言うて損とよ」

「損も又よし」

「何んとよ。宇津目よ、言えとよ」

「言うてよし。さてとよ」

「何んとよ」

「言わずともよ」

「同体とか」

「父とてよ。のう父よ。言うて損とよのう。天とはぞ、一体と云うより同体よ」

「納得」

「されば父よ、遊びとよ。本気のよ。天とて親、人間のよ」

「共に本気か」

「何んとじゃ」

「父よ、本気も本気、何んとよ」

「されば本気よ。天の威厳よ」

「父よ、威厳など要るか。高が遊びよ」

「父よ、遊んで遊び、笑い転げようぞ、人間でよ」

「何んとよ」

「付いて参れ、父よぞ」

「正によ。今はぞ」

「何んとよ。付いて参れとか」

「参れとよ」

「参れとよ」

「参ろうぞ」

「大笑いじゃ」

「笑うな」

「笑うて笑う」

「静かに静かによ」

「静かに笑えとか」

「笑えとよ」

「静かに笑うに転げるわ」

「転げると在らば月よ」

「月はもうよい」

「飽き飽きとか」

「飽き飽きも飽き飽き」

「月は要らぬとか」

「要って要る」

「何んとよ」

「臨機応変、月とよ」

「父よ、捨てて行く」

「捨てておる」

「はてさて」

「良くも良くもよ」

「さて父よ、静かにじゃ、付いて参れ」

「参れとか」

「参れとよ」

「宇津目よ、参れ」

　一瞬金山彦命は光となり、地に向って飛び下りていった。

「やっとよ」

「笑える」

「笑えるとか」

「笑いの外に何が在ろうかぞ」

「有るぞ。逃げるのよ」

「何処へぞ」

「先ずは月よ」

「何々、月とか」

「一旦よ」

「一旦とか」

「一旦よ。人間育てるに今となっては邪魔な奴よ」

「何んとのう」

「遊びも遊び、本気がない」

「何んとじゃ」

「夢がない」

「夢無きか」

「無いと云うより常に遊びよ」

「何んとのう」

「頑としてよ」

「納得と云うて納得よ」

「さて父よ、一旦よ。見極めた上でよ」

「納得よ。付いて参ろうぞ」

「遊びよ」

「納得よ」

「面白い」

「笑うに時とか」

「時よ」

空の中で天照と天宇津目命の笑いが木霊していった。


「山祇様、此方に居られましたか。人間誠に面白い。名と云う物を知りましたぞ。一々と教えて参りましたが、流石に神の子じゃ。一々と一つ一つを分かってくれまして、感心感心の元に笑うて仕舞いましたぞ。会うて見まするか。笑うて笑える。母よ、未だ未だよ。教えるに無限よ。山祇様よ、今よ」

「今とか」

「今であろうに」

「何をもって今じゃ」

「今しかあるまいに」

「地は一体よ。今も何もない」

「成る程、だからと云うてぞ、先ずは見よぞ」

「見るも何も臨機応変、何時にてもよ」

「何時とは何時じゃ」

「何時にてもよ」

「ならば今よ」

「今とか」

「今を置いて有ろうかぞ」

「何んとよ」

「見ぬとか」

「見るも見ぬも臨機応変」

「分からんのう」

「分からずともよい」

「分からせて欲しいものじゃ」

「ならば言おうぞ。それで人間は生きておるか。水をもって生きられ様かぞ。水だけではなるまい。そう云う事よ。食有る所水が要る」

「納得納得。そう云えばよ」

「人間放っておけ」

「納得」

「水をもって次々よ」

「納得納得、そう云う事じゃ。急ごうぞ」

「急ぐも急げ」

金剛力は一瞬飛び上がり消えていった。


「竜王よ、何をしておる」

「何んと何んと居たか。人間殺したか」

「何んとのう、死んだか」

「見当らん」

「探す事もなし、神の子よ」

「神の子とて物体」

「物体とて神の子よ」

「生きておるとか」

「生き死には臨機応変、放っておけ」

「何んとよ」

「何んとよ」

「放り出せとか」

「放り出せとよ」

「生き死にはとか」

「生き死にはよ」

「この我れは無よ」

「それでよい」

「死んだとてか」

「死んだとてよ」

「何んとよ」

「何んとよ」

「金剛力よ、人間何処へ隠したぞ」

「隠すも何も自由自在よ。思うが儘に動いておる。ちょこまかとよ」

「守り無きとか」

「守りは在ろうに」

「何んとよ」

「守りも無きに放り出そうかぞ。宇宙よ、此処はぞ」

「納得と云うて、身が引き締まる」

「竜王よ、人間生かすに物体は、水だけでは生きられぬとよ。食と云う物が要る。然と心して掛かれと、伝えにきた。流石の父、山祇様の命よ」

「父とか」

「父よ」

「父のう」

「父よ」

「この地にてぞ」

「父よ」

「言わして置けばじゃ」

「何度でも言う、父よ」

「父は父とか」

「父は父よ、外に無い」

「何んとよ」

「何んとよ」

「山祇様にては承知か」

「承知も承知、自然によ」

「何んとよ」

「何んとよ」

「今一人はどうなる」

「さてのう。決めるは自分」

「何んとよ」

「何んとよ」

「決めるは自分とか」

「自分よ」

「ならば決まりよ」

「何んとよ」

「何んとよ」

「納得とか」

「何んと」

「何んとよ。決まりとぞ、山祇様よ」

「面白い」

「正に面白い」

「金剛力よ、我が父を待とうぞ」

「待つ事もなし」

「何んと」

「忙しきによ」

「何んとよ」

「竜王よ、急ぐぞ、人間が死ぬ」

「急ぐには急ぐがぞ」

「外に何が有る」

「今なるに」

「人間よ」

「人間人間とぞ」

「それしかない」

「父はぞ」

「一人よ」

「一人とか」

「竜王よ、行くぞ」

金剛力は一瞬光となり消えていった。

「何んとじゃ」

聖天竜王も又光りとなり金剛力の後を追っていた。


「竜王よ、此処よ。此処にはぞ、食が山程よ。水とて有る。だが併し池が無い。流れとなるに道がない。さればよ、この我れは此処に池を作ってゆく。されば竜王よ、此処より先に水の流れをもっての道をぞ、人間の居《お》る近くをもってぞ、人間を見つつ作り上げてくれ。さすれば人間は流れの道を通り、この池へと辿り着く。何んと竜王よ、一体よ」

「まあまあよ」

「何んとのう、断るとか。流石によのう。誰ぞの子よ」

「断わりとうて断れずよ。人間人間とよ」

「断れ、らしくよ」

「断って損」

「損とか」

「損も損」

「損とはのう、呆れたもんよ」

「人間人間」

「断れ」

「さてとじゃ、皆の者、一気よ」

聖天竜王は光となり、流れをもっての道を一瞬にして作り上げていった。

「流石よ」

金剛力も又地を動かし、人間としての夢の空間を作り上げていった。


「山祇様よ、人間が生きるに為の水辺が出来たぞ。竜王めが流れの道をあっと云う間よ」

「あっと云う間か」

「正にあっと云う間よ」

「果たして人間はぞ」

「如何なるに竜王とてよ」

「竜王とてか」

「殺したか」

「殺したも殺した」

「何んとよ」

「何んとよ」

金剛力は一瞬光となり飛び出していった。


「竜王よ、人間は何処じゃ」

「見て見ぬ振りよ」

「殺したか」

「殺したかどうかは分からぬが、神の子であろうに」

「何んとのう、流石に誰ぞの子よ」

金剛力は二度光となり飛び去っていった。

「者共、行くぞ」

聖天竜王は一瞬光となり、月へ向って舞上っていった。

「山祇様よ、人間は何処じゃ」

「人間とか」

「分かっておる。其方様のなさる事じゃ、夙《つと》によ」

「如何なる場合竜王とてよ。殺すか」

「何んとよ」

「殺して夢無しよ」

「納得」

「竜王め、月よ」

「何んとよ」

「月は良い」

「誠に」

「父とはぞ」

「聞いていたか」

「聞くも何もよ」

「父よ、正に失態よ」

「空にて道は開ける」

「飛べとか」

「飛ぶは自分、我れではない」

「開いて参ろうぞ、自分としてよ」

「我れとてよ、行くしかない」

「何んとよ。子の責任はか」

「自分自分」

「誠にもってよ」

「月にて会おうぞ」

山祇命は一瞬風となり消えていった。

金剛力も又光となり月へ向って舞上っていった。


「竜王よ、天にては丸で風どころか、行くに無風よ。竜王よ、天高く上《のぼ》って参れ。無風の中で我れ見て参れ。何んと見えて見える。行って行け。風となって天高くよ。竜王よ、風よりも尚、心よりも尚、何んと無よ。無となり行って参れ。間違いだらけの自分が見える。見えた時こそよ、素直となれぞ。人間がこの地に生きる限りよ。一にも二にもよ、自分の為、人間の為よ。天に留まる事なくぞ。更に更に高くよ。見えて見える。見えたならば嫌みのある自分を捨てて参れ、宇宙にによ。一切がすっきりとなる。夢の如きよ。のう妻よ」

「のう貴方様よ、すっきりも何も人夫々、この我れは常にすっきりと居た。天空に於いてはその全てが眩しく、無となりて見惚れていただけ。如何にも美しく、和みと云うより真に無よ。嫌みなど見えなんだ。竜王よ、見える見えぬは人夫々。見えたとなれば捨てて参れ。捨ててすっきりする。捨てたからには好き勝手よ。自由自然よ。月にて緩りとして参れ、のう貴方様よ」

「成る程、月とはのう。人間よりも尚月であったか」

「月も人夫々、夫婦は一体よ」

「一体の中での我慢とか」

「我慢も人夫々」

「何んとよ。見元なんだ」

「何んとのう父よ、すっきりとか。今一度よ」

「人間人間とよ」

「無となれずに下りて参ったか。父よ、らしくない」

「無とはよ」

「父よ、行くぞ」

「正によ」

「母よ、人間よ」

「人間とか」

「宜しゅうによ」

「何処ぞ」

「水辺よ」

「納得」

「人間に対し妻よ」

「父よ、行くぞ」

猿田彦命と聖天竜王は風となって天高く舞上っていった。


「山祇にして月とか。人間はどうしておるぞ」

「生きておろうぞ、神の子じゃ」

「知らぬとか」

「知るに必要とてない」

「何んとよ」

「月にて一見よ」

「人間をとか」

「さてのう」

「山祇にして何んの為の月ぞ」

「月は月。人間の為とも言える。天照とも在ろう者がぞ。月とはぞ、地に於いての和みよ。更にはぞ、此処から見るに地も又和みよ。互いにそれこそが人間の為ともなる。正に和みよ。心が出来ねば人間は育たぬ、完璧によ。一つ気付いて月とよ」

「納得」

「さればよ、天照よ、月とか」

「正によ。一つも二つもない。只々人間よ」

「只々人間とか。らしくない」

「親心よ」

「親は宇宙、神の子よ」

「併し山祇よ、親心とは実に微妙、其方とて有ろうに」

「有って無しよ。地にて人間にはその全てが親よ。守り抜いておる」

「嬉しきに生きておるとか」

「丸での人間よ、生きて当然」

「すっきりよ。地にて一見とか。何をもっての一見ぞ」

「面白い事を言う」

「見るに美しきよのう」

「当然」

「正に和む」

「和むからとてよ」

「見るに水の美しき」

「やれやれよ」

「地にては見るに暇とて無きか」

「無いも無い、人間のお陰とよ」

「実に面白い事を云う」

「言うて言おうぞ、人間のお陰じゃと」

「人間、和みであろうに」

「和んでおるに暇とてない」

「何んとよ」

「何んとじゃ」

「人間とは、和みとは、成る程のう」

「成る程よ。その為の一見よ」

「成る程成る程」

「山祇よ、今は地じゃ」

「そう云う事よ」

「人間知らずに親とはよ」

「そう云う事よ」

「山祇よ、天を以って緩りとよ」

天照は風となり地に向って下りていった。

「何んとじゃ。山祇様よ、正に緩りとよ。一見も二見もよ」

「既に一見よ。二見は要らぬ。宇宙を二見よ」

「何んとのう、地は地、そう云う事じゃ」

「そう云う事よ。当分よ」

「何んと当分とか。嬉しき限りよ」

「美しきに宇宙よ。宇宙を知らずして人間でもない」

「そうそう、そう云う事じゃ」

「空間は空間、されどよ」

「正しくに」

「其処よ」

「正に」

「月は月」

「正に」

「金剛力よ、二見三見よ」

「有難い」

「人間こそが和みよ」

「正に」

「行くぞ」

山祇命と金剛力は天空高く舞上っていった。

「山祇様よ、空間どころか塵の山じゃ。カリカリとする」

「のう金剛力よ、塵も積もればよ。次々に一つによ」

「真逆の真逆、二見三見とか」

「臨機応変、来てしもうた」

「山祇様よ、大事の大事よ」

「正によ。これも又嬉しよ」

「嬉しとか」

「嬉しよ」

「加勢を呼ぼうぞ」

「呼ぶも何もおる」

「何んと、何んとじゃ」

「竜王の目が光っておる」

「納得」

「声掛ける事もなし」

「勝手に来るとか」

「来ずにはおれまい」

「面白い」

「和んで和む」

「正に」

「二見三見よ」

「納得」

果たして聖天竜王は自慢の体を使い、無数の塵を此処ぞとばかりに集めていった。

「何んと竜王よ、素晴らしい。来てくれたか」

「来たも来た。この様な空間が有ったとはのう。父とてよ」

「何んとじゃ。猿田彦様もとか」

「山祇様よ、集めたからとて何んとする。大きな物となるに何処に置くぞ」

「宇宙よ。勝手に飛んでいく」

「勝手にとか」

「勝手によ」

「竜王よ、兎にも角にも集めよ」

「金剛力よ、集めるは良いが、集めた物にて合体は凄まじい物がある。常に其方はその中におる。光とてよ、塵に埋もれぬ様によ」

「埋もれたからとてよ」

「次々に良しとか」

「二見三見よ」

「二見三見とか」

「和み、和みよ」

「和みとか」

「和みの外にない。此れこそがよ」

「和みのう、納得。行くぞ、しっかりとよ」

「和みをもってよ」

「力の限りよ」

「急げ」

「何んとよ」

聖天竜王は益々となり、大きな体で塵を巻き込んでいった。塵は膨大となり、地を凌ぐに星となっていった。

「父よ、月じゃ」

「月か」

「未だとか」

「山祇とてよ」

「共とか」

「当然」

「彼奴め、何処におる」

「北よ」

「北とか」

「風の如きよ」

「既に風とか」

「恐らくはよ」

「恐らくのう」

「行ってみよ」

「見るか」

「ならば我れが行く」

「何んとじゃ」

「一体よ」

「納得」

猿田彦命と聖天竜王は一見をもって見回しながら北の方向へと向っていった。

「何処じゃ」

「おりませぬなあ。抜けがけかぞ」

「竜王よ、逃げよ」

「何々」

猿田彦命は一瞬轟音となり天に向って飛び出していった。果たして聖天竜王も又一瞬轟音と化し、猿田彦命の後を追った。

果たして塵として一つの星と化した物体は唸りを上げて火の玉と化し、遥か彼方へと消えていった。

「何んとじゃ」

「自然よ。宇宙に於いての自然よ」

「だが然し凄い。山祇様よ、流石によ」

「それも自然、逃げよとよ」

「何んとのう、逃げよとか」

「逃げよとよ。兎にも角にも自然の凄さよ」

「有難きよのう」

「有難きも何も自然」

「納得」

「来た来た」

「来たも来た」

所が猿田彦命と聖天竜王は一気に地に向って落ちていった。

「な、何んじゃと。許せん」

「許す事よ。あれ程の事じゃ」

「如何にも許すとして、猿田彦様とも在ろう者がぞ」

「それも又有りよ。あれ程の事じゃ。逃げるが勝ちよ。我れらとて抜けがけしたではないか」

「納得じゃ」

「許せは此方《こっち》よ」

「正に」

「猿田彦、流石とよ」

「納得」

「夢の如きよ。和みよ」

「納得」

「この地とてよ」

「正にじゃ。誰の仕業じゃ」

「宇宙よ。正に自然によ」

「呆れたもんじゃ。自然に自然に呼び寄せられていたか。それにしても猿田彦様と竜王もとはのう。宇宙神が試されたか、我れらの力をじゃ」

「その通りよ」

「自然自然と山程とか」

「その通りよ」

「山祇様よ、以後宜しゅうによ」

「今更よ」

「大事も大事、人間がおる」

「納得よ」

「地か」

「天空よ」

「塵とか」

「山程よ」

「二度か」

「二度よ」

「加勢が居ろうに」

「要るか」

「要らぬとか」

「塵も夫々、ゆったりとよ」

「時としてか」

「そう云う事よ。時として不動と共によ」

「何んと喜こぶ」

「そう云う事よ」

「只々有難きよ」

「人間の為よ」

「人間の為とか」

「そう聞こえた」

「何んとのう、自然か」

「有難きに自然よ」

「実に納得」

「金剛力よ、ゆったりとぞ」

「それでこそ和みとか」

「天とて和みが要る」

「何んとよ」

「何んとよ」

「天に聞かせてやりたい」

「口は災いの元よ」

「災いとか」

「相手は天よ、災いとなる」

「なる程」

「お互い様よ、そう云う事じゃ」

「何んとのう、自然か」

「何んとよ」

「されば山祇様よ、自然をもって動くぞ。其方様は月よ。地に戻り、嬉水引様をも攫って来ようぞ。あっと云う間よ、月で待て。不動共が歓ぶ。さればよ」

「金剛力よ、ゆったりとぞ。遊びよ。さもなくばふっ飛ぶ」

「恐ろしや恐ろしやじゃ」

「そう云う事ぞ」

「月にて待て」

金剛力はあっと云う間に消えていった。


「竜王よ、颪となれ」

「誰じゃ」

「宇宙よ。颪となりて不動共と共に今一度、宇宙の中に有る塵をもって遊べ。颪となれ、急ぐ」

「良くもじゃ。山祇様とも在ろう者がぞ、真逆の真逆よ。山祇様に物申すぞ、去れじゃ」

「竜王よ、猿田彦様に一言よ。流石にとよ」

「何んとよ」

「共に一瞬よ。逃げたは流石とよ」

「成る程」

「そう云う事よ。果たしてじゃ、人間よりも尚塵じゃと、二度よ。竜王よ、この地の為であり、人間の為とよ。不動共とて生き甲斐となる。和みとなる。我れらが力で宇宙の塵を一切合切無とよ」

「面白い」

「遊びよ」

「今一度となると、又々逃げよとか。そうなるとじゃ、実に、のう金剛力よ、逃げるに時が分かろうかぞ。分からぬでは拙い。遊んで遊んでふっ飛ぶ」

「ふっ飛ぶか。流石をもって逃げようぞ。流石をもっての体験よ。竜王よ、何事もよ、体験よ」

「流石とか。流石流石と聞き飽きておる」

「体験とはぞ、自分でそれを知るのよ」

「知ると云うてそれもよ」

「宇宙の声を何度聞いたぞ」

「何度もよ」

「耳元でじゃ」

「聞くにどうなる」

「逃げるのよ」

「何んとよ」

「流石によ」

「父とてか」

「だから逃げた」

「正にじゃ」

「正によ」

「体験とか」

「体験とよ」

「金剛力よ、正に一体とか」

「一体とよ」

「夢よ」

「夢よ」

「無となりて行くぞ」

「遊びよ」

「遊びとか」

「遊びよ」

「何んとのう。あれだけの凄さをもって遊びとか」

「遊びよ」

「嬉しきによ」

「ゆったりゆったりとよ」

「何んとよ」

「それでこそ体験よ」

「嬉しきによ」

「竜王よ、行くぞ」

「実によ」

金剛力と聖天竜王は不動明王を連れ、大きな光の渦となり舞上っていった。


「父よ、地にて誰一人よ。消えておる」

「消えて当然」

「当然とか」

「当然も当然」

「一つの星にて光り輝いておるが、如何にもとばかりに皆して行ったかぞ」

「金山彦よ、如何にもとして行くかぞ。許される事ではない。人間が居る今、動けようかぞ。人間の為として宇宙かぞ。あの星は何時の間によ。果たして金山彦よ、気が急く。何故ぞ」

「急いて急いておった。宇津目よ、宇宙よ」

「されば父よ、そう云う事じゃ。天は天よ。人間をもってゆったりとせよ」

「正によ。父よ、人間宜しゅうによ」

金山彦命と天宇津目命は一瞬光となり、天空高く舞上っていった。

「竜王よ、急げ」

「急げとか。夢じゃ。流石にとか」

塵をもってゆったりと舞上っていた聖天竜王は、耳元で聞こえた声に従い不動明王と共に先を急いだ。

一方金剛力も又風の如くに舞上っていた。

「金剛力よ、急げ」

「急げとか、夢じゃ。流石にとか」

果たして金剛力も又耳元で聞こえた声に従い、山祇命の言葉を忘れて先を急いだ。


「宇津目よ、成る程じゃ。見てはきたが今とかぞ。地め、宇宙をもって動いていたかぞ」

「真逆よ。宇宙とはぞ、一つよ。一体よ。夢かと思うに一瞬の事よ。それにしても凄い。二度と、それこそ許せん」

「さてさてよ。地をもって動かし、塵如きよ」

「来た来た。力の限りよ」

「あの大きな塵をもって中心よ」

「正に正に」

金山彦命と天宇津目命は天空に浮かぶ塵を大きく纏め、中心の塵に向けて合体させていった。

果たして後を追ってきた金剛力と聖天竜王は驚き、二つに分かれて立ち竦んでいた。

「竜王よ、我れの元へ進め」

「何んとよ」

「急いで急げ」

「真逆の真逆、先程の声はか」

「竜王よ、一体よ。天も地もない」

「何んとよ」

「どけどけ」

金山彦命の目が笑っていた。

「金剛力よ、我れの元へ進め」

「何んとよ」

「急いで急げ」

「真逆の真逆、先程の声はぞ。天は天よ」

「金剛力よ、急げ」

「地は地よ」

「金山彦よ、地は地とよ。天は天、遣り遂げるぞ。果たして逃げるぞ」

「正に正に。ふっ飛べじゃ」

尚も金山彦命と天宇津目命は次々に塵の中心に向けて大きく合体させていた。

「地は地と金剛力よ、一体も又ぞ」

「無念と云うより夢が」

「夢は夢よ、先はある」

「先よりも尚今よ」

「果たして叶おうぞ」

「叶うも叶う。地の底力よ」

「行くぞ」

「一体よ」

果たして聖天竜王は金山彦命の元へ、金剛力は天宇津目命の元へと急いだ。

二組に分かれた天地の神は一体となり、一つの大きな星を作り上げていった。

「竜王、逃げよ」

果たして聖天竜王は金山彦命の後を追い、不動明王と共に轟音となって地に向った。

「金剛力、逃げよ」

一方金剛力も又、天宇津目命の一言をもって逃げ出し、不動明王と共に轟音となり天宇津目命の後を追った。

果たして新しき星は火の玉となり、宇宙の彼方へと消えていった。

「やれやれ。金山彦よ、正に愉快よ。あれ程とはのう。塵があれ程よ」

「否々、久方よ。地も又凄い」

「凄い凄い。地無くよ」

「果たしてよ、二度三度よ」

「次は天よ」

「正に」

「女神とてよ」

「正に」

「夢よのう」

「正に夢よ」

「地の星とてか」

「自然自然よ」

「金山彦よ、宇宙は広い。塵が消えるにぞ、何処までも何処までもよ」

「宇宙とか」

「宇宙よ」

「宇宙神の懐の中よ。何処へ行こうとよ」

「よもやの事が有るやも知れぬ。地の為とよ」

「何事もよ。地の為地の為とか」

「全ては其処にある」

「何んとよ」

「今なる星は何処ぞ」

「今に分かる」

「月にて行くかぞ」

「月にて一見よ」

金山彦命と天宇津目命は月に向って下りていった。

「金山彦よ、金剛力が囁いておった、流石流石とよ。何んの事やらとぞ」

「何んとじゃ。竜王とてよ。あの様な時にぞ、流石とは我れらに向ってかとよ。所が、流石が消えた。果たしてよ、今思うに流石とはぞ、不動共をもっての自分であり、流石をもって不動共に言わ示す、我が力を見よとばかりによ。所が何んと我れらが居た。見せるどころか天の力を見てしもうた。言わせる所をついついよ、我が口から出てしもうた。流石に天じゃと。されば一言よ、流石に地よとじゃ」

「それにしても腑に落ちぬ。常にの言い方ではない。逃げよと言うて逃げたが、言わねばふっ飛んだ。先にて星が生まれた時に、恐しくは山祇様、果たして地の父をもが居た筈よ。所がぞ、事は大きい。塵をもって動くには何んと云っても数よ。不動共を動かすとなると父にしても山祇様にしても既に必要ない。となるとよ、宇宙の声を受けるに、此れは欠かせぬ。竜王にしても金剛力にしてもそれこそ必死よ。聞こえて流石にとよ。聞こえぬでふっ飛ぶ。果たして賭よ。恐らくは其処をもって無となっていた。結果の流石よ。流石と言わ示したい。その思いが無の中で口をついて出たのよ。所が、聞こえぬ儘に逃げ出す羽目になってしもうた、そう云う事よ。今や地でがっくりよ。果たして流石にとよ。地じゃ」

「今は拙い。天と地よ、一体よ。人間に夢中よ」

「夫れは夫れ、此れは此れよ」

「褒め千切って参るか」

「参るも参る、遊びよ」

「遊びも本気よ」

「当然」

金山彦命と天宇津目命は一瞬光となり、地に向って飛び下りていった。

「父よ、人間をもって遊ぶに無心よのう。丸で水その物よ。水と一体よ。この分だと更に人間が生まれてこようぞ。父よ、自らの子よ」

「何時の間にやらじゃ」

「何時にてもよ」

「再びとか」

「当然」

「何んとのう」

「当然も当然」

「父よ、地にて父は何処じゃ」

「さてのう」

「二度とか」

「人間をもって渡すべく待っておる」

「今一人居ろうに」

「それも又よ」

「又とか」

「実によ」

「連れて参ろうぞ」

「金山彦よ、自然自然よ」

「納得」

「山祇は天よ」

「何時何時までも居ろうかぞ」

「其方様とてよ。宇宙が待っておる」

「何んとよ」

「人間、神の子よ。既に捨てよ。勝手に育つ」

「捨てて尚見ていた」

「ならば放り出せ」

「正によ。父よ、放り出す事よ」

「後は地よ」

「宇津目よ、放り出すと云うて放り出せまい。一切任せよ」

「何んとよ」

「今はこうするしかない」

金山彦命は天照と一体となり、空間へと舞上っていった。果たして天宇津目命は人間を抱え込み、一里先へと下ろした。果たして人間は驚き、草原の中に倒れ込んでいった。


「人間よ」

地に於いての長として山祇命は、人間を育てるべく心の儘に宇宙を見て回る内に、多くの事を、更には天界をもって学んで行き、風となって地に戻ってきていた。広い心で人間に近付く中で山祇命は、心の奥に潜んでいた天の神々の動きに対し大きな歪みが有る事を、今更の様に感じていた。如何なる場合天地は一体だと。今正に天の動きを目の当りにし、一体をもって笑いが止まらずにいた。

「人間よ、生きておるか。生きて神の子よ」

風の心で山祇命は人間を包み込んでいった。

「父よ、実に可笑しい。地にて長が大笑いよ」

「実によ。父よ、人間抱え込んだが一瞬よ。金山彦めの動きを見てとって一瞬の一瞬よ。抱え込んだはよいが、下ろすには何処じゃと、これも一瞬よ。風に任して下ろして参った。金山彦よ、風を感じたからといって一体よ。逃げる事もあるまいによ。父は父で感じていたろうに。風と風よ。二つの風がこの時とばかりに一体となれたであろうにぞ。一瞬の閃きが何時でもない。金山彦よ、許される事ではない。大損よ」

「得よ。大損どころか得よ。人間を考えよ、人間をよ。始めが肝心よ。地に任すが一番。天は臨機応変よ」

「違うのう。臨機応変も何も、実にあの時こそがよ。真逆の始まりであったに」

「何とじゃ」

「何とよ」

「はてさてと。父よ、臨機応変のやり直しよ」

一瞬金山彦命は天照と一体となり、地に向って飛び下りていった。

「奴め」

天宇津目命も又一切を見届けるべく地に向って飛び下りていった。

「やれやれよ。山祇様よ、先程にてはよ。風を差し置いて早とちりよ。今の今、この通りじゃ」

「早とちり結構よ。時として笑いは必要。風の動きは笑える。実に笑うて笑えた。正によ」

「流石に流石に。金山彦よ、感謝よ。感謝も感謝、して尚よ」

「納得」

「山祇様よ、風と風、正によ。天にて長は目障りじゃ。置いて行くゆえ宜しゅうによ」

「何とのう、目障りとか。その目障りをこの我れに。果たして断る」

「何と父よ、断るとぞ。断られたと在らば何処ぞへ行け。実によ」

「はてさてよ。宇宙にでも行こうぞ」

「それは良い父よ、宇宙は広い。人間とておる」

「真よ、父よ、人間とでも遊んでいよ」

「さてのう、人間とか。生きるも死ぬもよし人間よ」

「ならば言おうぞ。見届けて見届けよと」

「これは面白い。そうせよ父よ。直ぐにもよ」

「金山彦よ、逃げるぞ」

「納得」

天宇津目命と金山彦命は、山祇命に夢を託し舞上っていった。

「はてさて、何をか言わんやじゃ。天にては常によ。やっと自由よ」

「何とよ。頼もしい限りよ」

「常によ」

「さて、天の長よ、夢と云うより人間の扱いじゃ。死なす訳にもいくまい。生かすと云うより捨てると云うより、一から一々と、人間とて神の子じゃ。心の道理を導くに必要があろう。言葉ひとつよ。今や天地は一体、夢は一つよ。人間育てるに誰とてよ。人間の為、人間の為とそう云う事よ。誠に忙しい、地はよ。果たして天の長よ、折角の地、緩りとせや、人間とよ」

「何と何とよ。物は言い様、天に戻るよりも尚よ。目障りと在らば言うてくれ」

「当然。人間の為よ」

「人間人間と、好い言葉じゃ」

「そう云う事よ」

「面白い。流石よ」

「地をもって口を挟むも又長の仕事よ。人間人間と遊ぶに暇とてない」

「何とのう、嬉しい事じゃ」

「長とも在ろう者がぞ」

「流石によ」

「夢の夢よ」

天照も又、人間を探すべく風となって消えていった。

「人間人間とか」

風としての力を出し尽くし、山祇命は消えていった。

「人間人間と」

「有難い事よ」


「宇津目よ、天空をもって何事か蠢《うごめ》いておる。誰彼と消えておる。空《くう》をもって遊んでみるかぞ。沉してや、人間をもって風が大きく一体となった時、稀《まれ》に見る風の一群がいた。真逆のよ。強きも強き、悠然として去って行きおった。あの時にて名を発したのう。見るに大した男よ。風である事には間違いなかろう。消えて尚出てこぬ。空の中にて遊びに遊び、風の靄《もや》を消し去ろうぞ」

「夢であった。夢の中の彼れこそが風よ。遊ぶはよいが空は広い。風と在らば待つ事もない。あられもなきに追う事とてない。この際じゃ、遊ぶも又利よ。果たして金山彦よ、風に会うたからとて一言無しぞ。偶々会うてしもうたと、そう云う事よ。一事が万事よ。臨機応変よ。一言有って我れは消える。そう心得よ。奴の名は大黒天よ」

「会うたからとて一言無しとか。在り得ぬ」

「一言云うて負けじゃ」

「何とよ」

「そう云う事よ」

「一言も二言も相手次第とか」

「そう云う事よ」

「何とよ」

「風と在らばそうなる」

「納得」

「さてとよ」

「何とよ」

金山彦命と天宇津目命は天空に向って舞上っていった。

著者プロフィール

原田 弘子（はらだ ひろこ）

福岡県出身

地の光

2022年 6 月15日　初版第 1 刷発行

著　者　原田 弘子

発行者　瓜谷 綱延

発行所　株式会社文芸社

〒160-0022　東京都新宿区新宿1－10－1

電話　03-5369-3060（代表）

03-5369-2299（販売）

印刷所　株式会社暁印刷

ISBN978-4-286-23734-3